Catherine Rider • Kiss me in Rome

Catherine Rider

Kiss me in Rome

A Winter Romance

Aus dem Englischen von
Franka Reinhart

cbj

Dieses Buch ist auch als E-Book erhältlich

MIX
Papier aus verantwortungsvollen Quellen
FSC® C083411
FSC
www.fsc.org

Verlagsgruppe Random House FSC® N001967

1. Auflage 2019

With special thanks to James Noble.

Aus dem Englischen von Franka Reinhart
Lektorat: Catherine Beck
Umschlaggestaltung: *zeichenpool, München, unter Verwendung mehrerer Motive von © Shutterstock (Kite_rin, Anton Korobkov, prochasson frederic, Karolina Madej, 4 PM production, Alice-D, Viacheslav Lopatin)
he · Herstellung: SeS
Satz: Buch-Werkstatt GmbH, Bad Aibling
Druck: cpi Books GmbH, Leck
ISBN 978-3-570-16556-0
Printed in Germany

www.cbj-verlag.de

1

Anna

Dienstag, 17. Dezember
21:41 Uhr

Ob es wohl sehr abgefahren wäre, wenn ich bei den Flugbegleiterinnen nachfrage, ob sie einen Fallschirm dabeihaben, den ich mir ausborgen könnte?

Vielleicht hätte ich nicht bei meinem Freund in der Tasche kramen sollen, während er auf der Toilette war. Aber meine Ohren ploppten wie Chinaböller und Stephen musste die Lutschbonbons ja unbedingt in seinem Gepäck unterbringen. Ich hatte also gar keine andere Wahl. In seiner Tasche hätte ich nun alles Mögliche erwartet (todlangweilige Autozeitschriften – check; seinen uralten, fast schon historischen iPod Nano, den er aus unerfindlichen Gründen immer noch benutzt – check; Trockenfleisch – igitt, check), aber ganz bestimmt *keinen* Verlobungsring.

Denn gibt es einen *unpassenderen* Ort, um herauszufinden, dass der eigene Freund einen Heiratsantrag plant, als an Bord eines Flugzeugs, zehntausend Meter über dem Atlantik?

Das geht gar nicht. Erstens sind wir beide gerade mal

neunzehn, also viel zu jung für eine Verlobung, und zweitens habe ich in letzter Zeit so meine … Zweifel. Also, ich liebe Stephen. Wir sind zusammen, seit wir dreizehn waren, er ist mein bester Freund, mein bester Computerspiel-Partner, der Erste, dem ich irgendwelche Erlebnisse aus der U-Bahn erzähle, und der Letzte, den ich vor dem Schlafengehen anrufe. Aber nach sechs Jahren Beziehung – fast ein Drittel unseres Lebens – sind wir mittlerweile so weit, dass wir jederzeit die Sätze des anderen beenden können. Was vor allem daran liegt, dass wir sie *allesamt* schon gehört haben.

Im vergangenen Jahr ist mir aufgefallen, dass wir uns allmählich voneinander entfernen. Ich habe mein Wunschstudium an der *International Cooking School* in Manhattan angefangen, und er arbeitet in der Autowerkstatt seiner Eltern in Bensonhurst, Brooklyn, wo wir beide aufgewachsen sind. Wenn wir zusammen sind, finden wir kaum noch gemeinsame Gesprächsthemen. Wenn er von irgendwelchen Autos erzählt, langweile ich mich fast zu Tode. Und ihm geht es genauso mit den Geschichten von meinen Mitstudenten und unseren neuesten kulinarischen Entdeckungen.

Dabei musste ich feststellen, dass wir uns zwar in- und auswendig kennen, aber eigentlich total verschieden sind. Ich fühle mich besonders lebendig, wenn ich Leute um mich herum habe, die mich inspirieren (zum Beispiel meine Freunde vom Studium), oder wenn ich neue Sachen erkunde und die Welt entdecke. Stephen ist dagegen immer noch mit denselben Leuten befreundet, die er schon aus dem Sandkasten kennt. Er ist zufrieden damit, niemals aus seinem überschaubaren Kiez in Bensonhurst herauszukommen.

Auch als wir vorhin am John-F.-Kennedy-Flughafen bei Shake Shack Burger aßen, verfielen wir wieder in unser übliches Muster: alberne Witze reißen, um den anderen zum Lachen zu bringen. Bisher dachte ich immer, dass wir uns voreinander so zum Affen machen können, weil wir uns total vertrauen. Aber langsam habe ich den Verdacht, dass wir uns eigentlich gar nichts zu *sagen* haben.

Tja, deshalb finde ich es jetzt ein bisschen unheimlich, dass er diese Routine vielleicht noch sechzig Jahre fortsetzen will.

O Gott, jetzt kommt er von der Toilette zurück und *winkt mir zu* wie ein Golden Retriever, der ganz aus dem Häuschen ist, weil sein Besitzer gerade zur Tür hereinkommt. Ich greife nach der Spucktüte in der Sitztasche vor mir, was nicht nur damit zu tun hat, dass Stephen manchmal zum Erbrechen nett ist.

Es ist zu befürchten, dass ich tatsächlich verlobt sein werde, wenn wir in Rom landen. Denn ich war noch nie besonders gut darin, Nein zu sagen, wenn er mich mit seinen großen braunen Augen ansieht, erwartungsvoll wie immer. Und wenn Stephen mich dazu überreden kann, die schriftlichen Arbeiten für meine Zwischenprüfung eine Woche vor dem Abgabetermin fertig zu bekommen, damit ich auf diese Reise mitkommen kann, dann fürchte ich, dass er auch in diesem Fall ein »Ja« von mir hören wird.

Aber er wird mich doch nicht jetzt sofort fragen … oder? Wir sind unterwegs zu einer Hochzeit in der Toskana. Cortona heißt der Ort. Anthony, der Bräutigam, ist ein Freund seiner Familie. Aber er will doch hoffentlich nicht Braut und Bräutigam in den Schatten stellen, indem wir als frisch verlobtes Paar in der Hotelanlage auftauchen? Außerdem befinden wir uns gerade mit ungefähr dreihundert anderen Leuten in einem Flugzeug, sodass die ganze Sache einigermaßen öffentlich wäre, und Öffentlichkeit ist nun wirklich nicht Stephens Ding.

Meine Atmung verlangsamt sich ein wenig und ich lege die Spucktüte auf meinem Schoß ab. *Es ist okay. Alles wird gut.* Wahrscheinlich wartet er ab, bis die Hochzeit vorbei ist und wir über Weihnachten seine italienischen Verwandten besuchen. Vermutlich wird er mich schrecklich in Verlegenheit bringen – vor seinen *Großeltern* und wahrscheinlich während eines fabelhaften gemeinsamen Essens, das mir mit ziemlicher Sicherheit wieder hochkommen würde, sodass die italienische Küche für den Rest meines Lebens zum Albtraum wird. Was wirklich jammerschade ist, da ich das Kochen nicht nur zu meinem Beruf machen will, sondern obendrein aus einer italienischen Familie stamme. Wie dem auch sei, er wird mich sicher nicht *jetzt sofort* fragen.

Das heißt also, ich habe noch ein paar Tage Zeit, um mir zu überlegen, was ich tun soll. Zum Beispiel meinen eigenen Tod zu simulieren oder etwas in dieser Art.

»Alles okay mit dir?«, erkundigt er sich und mustert die Tüte auf meinem Schoß, während er sich an einem

Geschäftsmann auf dem Platz am Gang vorbeischiebt, der sich schon vor dem Start in sein *Wall Street Journal* vertieft hat.

Ich nicke, und Stephen setzt sich auf den mittleren Platz, wobei die Tüte laut raschelt. Mir ist *sehr* bewusst, dass zwischen mir und dem Gang jetzt zwei Leute sitzen.

»Dir wird doch sonst nie schlecht auf Reisen«, sagt er und streicht mir sanft die langen Haare aus dem Gesicht. Warum sieht er mich denn *gerade jetzt* so aufmerksam an? Ich zucke nur die Schultern, weil ich vor lauter Angst kein Wort herausbringe. Gut möglich, dass ich sonst meine ganzen Fragen auf einen Schlag herauswürge: Ist er wirklich glücklich mit unserer Beziehung? Sind wir nicht viel zu jung? Hat er vergessen, dass ich versuchen will, nächstes Jahr ein Semester an einer Gastronomieschule außerhalb von New York zu verbringen? Dass ich mir vorgenommen habe, aus Bensonhurst herauszukommen, wenigstens eine Zeit lang? Glaubt er, dass unsere Beziehung es aushalten wird, wenn er in unserer Heimatstadt zurückbleibt und weiter in der Autowerkstatt seiner Familie arbeitet? Oder vielmehr »die Werkstatt praktisch leitet«. (Dabei korrigiert er mich *jedes Mal.)*

Die nächsten Flugmeilen schwanke ich zwischen »alles bestens« und »O mein Gott, gleich muss ich kotzen«. Stephen versichert mir *dreimal,* dass ich mir wegen des Flugzeugs keine Gedanken machen muss, denn »es *will* ja fliegen« – was auch immer das bedeuten soll. Als der Getränkewagen vorbeikommt, bestellt er für uns beide Rotwein. Doch als er mir meinen Becher reichen will, bekomme ich einen Schreck und stoße gegen seinen Ellbogen, wodurch ein halbes Glas Pinot noir auf seinem Knie landet. Zum Glück trägt er schwarze Jeans.

»Huch«, ruft er erschrocken, während sich der Geschäftsmann am Gang mit seiner Zeitung gegen uns abschirmt. »Alles okay?« Da ich immer noch nicht sprechen kann, deute ich nur auf die Spucktüte. Er dreht sich nun vollständig zu mir um und sieht mich mit ganz großen, sehr braunen Augen an. »O Mann, dir geht's richtig schlecht, oder? Hattest du das auf dem Flug nach Chicago auch, als du dir diese Kochschule angeschaut hast?«

Wenn ich mich nicht so darauf konzentrieren müsste, dass der Burger vom Flughafen meinen Magen nicht verlässt, würde ich ihn jetzt streng auffordern, Gastronomie-Institute keinesfalls als »Kochschulen« zu bezeichnen – aber er ist so besorgt um mich, dass mir klar wird: Ich habe keine andere Wahl, als ihm die *Wahrheit* zu sagen.

Aber erst … nachdem ich noch ein paar Mal tief durchgeatmet habe.

Als ich mir sicher bin, dass keine akute Gefahr mehr droht, lasse ich die Spucktüte sinken. »Es liegt nicht am Fliegen«, erkläre ich.

»Aber woran denn sonst?«

Er sieht mich mit seinen braunen Augen an, und ich weiß plötzlich genau, dass ich es nicht noch mehrere Tausend Kilometer aushalte. Ich kann Stephen einfach nicht anlügen. Und da er nicht lockerlassen wird, kann ich ihm auch einfach gleich die Wahrheit sagen. »Also, es ist so …

Ich war auf der Suche nach ein paar Bonbons und dachte, dass du bestimmt welche in deiner Tasche hast. Deshalb hab ich *reingeschaut* …«

Sein Blick fällt auf den Rucksack zu seinen Füßen, den ich so hastig unter den Sitz geschoben hatte, dass Autozeitschriften und die Packung Beef Jerky leicht herausgerutscht sind. Mit erstarrter Miene – halb lächelnd und halb entgeistert – sieht er mich an und reibt sich den Nacken. Das macht er immer, wenn er unsicher oder verlegen ist.

»Dann hast du ihn also gefunden?«, fragt er mit seltsam schrill klingender Stimme.

»Es tut mir leid«, antworte ich und muss mich extrem konzentrieren, um einen akuten Brechreiz zu unterdrücken. Ich habe seinen Plan ruiniert, mir in aller Form einen Heiratsantrag zu machen, deshalb ist das Mindeste, was ich jetzt noch tun kann, ihm weitere Peinlichkeiten zu ersparen. Seine ganze sorgfältige Vorbereitung war umsonst, nur weil ich diesen blöden Druck auf den Ohren hatte. Aber vielleicht können wir ja jetzt in Ruhe drüber reden. Zwei Erwachsene, bei einem Glas Wein – oder was bei ihm noch davon übrig ist –, können sich doch einfach mal ganz entspannt über Ziele, Träume und die Zukunft unterhalten und dann gemeinsam zu dem Schluss kommen, dass wir *auf gar keinen Fall* heiraten sollten. Stephen ist zwar ein großer, treuherziger Junge vom Typ Golden Retriever, aber eigentlich sehr vernünftig. Das gehört zu den Seiten, die ich an ihm schon immer mochte: Mit ihm fühle ich mich sicher.

Doch *dann. Dann.* Er grinst plötzlich übers ganze Gesicht, trinkt seinen Wein in einem Zug aus, beugt sich nach vorn, greift in die Tasche und holt das Kästchen heraus. Es ist zwar klein, aber *verdächtig* rot. Dann dreht sich Stephen um und tippt gegen den Schutzschirm aus Zeitung. Dahinter kommt das wütende Gesicht des Geschäftsmanns zum Vorschein, dessen Laune ganz offensichtlich derart im Keller ist, dass auch ein Heiratsantrag an Bord sie nicht aufbessern kann. Denn, *o Gott, genau das wird gleich passieren.* Stephen hat den Wein auf ex geleert, um sich Mut anzutrinken ... Ich werde also *jetzt gleich* eine Antwort auf seinen Antrag brauchen! Ehrlich gesagt habe ich noch nie wirklich darüber nachgedacht, was ich machen oder sagen würde, wenn ich von Stephen einen Heiratsantrag bekäme – denn wie gesagt, wir sind *neunzehn.* Und ganz bestimmt habe ich mir noch keine Gedanken darüber gemacht, wie ich auf einen Antrag vor Publikum in zehntausend Meter Höhe reagieren soll.

Wieder muss ich an Fallschirme denken.

Der Geschäftsmann starrt Stephen finster an, der ihn freundlich anlächelt. »Entschuldigen Sie, Sir. Könnten Sie uns bitte kurz etwas Platz machen? Es geht auch ganz schnell, versprochen.«

Auch der Geschäftsmann scheint machtlos gegen diese großen braunen Augen zu sein. Er steht also auf und läuft ein paar Schritte in den Gang. Tja, *ich schätze, jetzt wird's passieren.* Stephen dreht sich etwas seitlich, weil er nur so einen *Kniefall* machen kann.

O Gott. O mein Gott.

Sämtliche Köpfe wenden sich uns zu. Manche Leute stehen sogar auf, um besser sehen zu können, was hier vor sich geht. Stephen lächelt leutselig. »Mist, jetzt habe ich meine Rede im Koffer vergessen.«

Einige lachen. Ehe ich eine höfliche Formulierung finde, dass er vielleicht doch lieber noch warten sollte – bis zur Landung, bis die Hochzeitsfeier vorbei ist, bis wir wieder zu Hause in New York ankommen, bis wir dreißig sind –, merkt er schulterzuckend an: »Aber die wichtigsten Punkte hab ich hoffentlich im Kopf.«

O nein.

Aus dem Publikum ertönt ein lang gezogenes *Ooooooh.*

»Anna Pompeo, ich kenne dich seit der dritten Klasse und war seit der vierten in dich verliebt ... nämlich seit du Nicky Boncore kräftig ans Schienbein getreten hast, weil er mich Arschkrampe genannt hat. Es wäre mir eine Ehre, wenn du ... wenn du ... O Mann, ich hatte so eine tolle Formulierung, wie stark wir *zusammen* sind und das Leben meistern, aber ... tut mir leid, Anna, sie fällt mir nicht mehr ein.«

Er sieht aus, als ob er jeden Moment in Tränen ausbrechen würde. Ich will meine Hand nach ihm ausstrecken, kann mich aber nicht bewegen. »Kein Problem, Stephen. Du musst doch nicht ...«

»Heirate mich. Diese Worte sagen alles. Das wünsche ich mir und dafür sind wir bestimmt. Machst du mich zum glücklichsten Menschen auf Erden und wirst meine Frau?«

Die anderen Fluggäste jubeln. *Mein Gott, diese Augen.* Sie sind definitiv viel zu groß für seinen Kopf – er sieht aus wie eine Animefigur! Ein paar Handys werden hochgehalten, da wir garantiert total instagramtauglich sind. Als mir klar wird, dass diese Videos aus einem grausamen Grund durchaus viral gehen könnten, merke ich, wie der Burger vom Flughafen erneut aus meinem Magen nach oben drängt …

Denn ohne es zu wollen, schüttele ich den Kopf. Und als ich den Mund öffne, kommt nichts weiter als ein ersticktes, heiseres Krächzen heraus, da ich kein einziges Wort zustande bringe.

»Anna?«

Ich versuche ihn anzusehen. Wirklich. Aber es geht nicht. Denn in seinem Gesicht werde ich ganz sicher lesen, dass ich ihn anlügen soll, während mir die Wahrheit so überdeutlich anzusehen ist. Und dann wird sich die Verzweiflung in *seinem* Gesicht breitmachen und nichts davon kann ich ertragen. Deshalb wende ich den Blick ab und schaue in den Gang, wo ich einen Flugbegleiter sehe, der mitten in der Bewegung erstarrt ist und krampfhaft eine Flasche Sekt umklammert, die er natürlich unseretwegen öffnen wollte, damit wir feiern können. Er sieht so entsetzt aus, als ob ich buchstäblich Stephen das Herz aus der Brust gerissen hätte. Das Geräusch der Turbinen – ansonsten herrscht um uns herum fassungsloses Schweigen – kommt mir plötzlich vor wie zwei gigantische Hände, die meinen Schädel zermalmen wollen.

Ich muss hier raus. An Stephen vorbei stolpere ich mühsam in den Gang und versuche, ihn dabei nicht umzustoßen – wenigstens das schulde ich ihm. Aber das ist gar nicht so einfach, wenn man eins achtzig groß ist und der Freund, an dem man sich in der Economy Class des Flugzeugs vorbeischieben muss, in Sachen Körpergröße noch mehr zu bieten hat.

Was den Geschäftsmann angeht, ist mir das allerdings egal. Auf meinem überstürzten Weg zur Toilette reiße ich ihn fast um und ignoriere alle gaffenden Blicke, die mir dabei folgen. Sobald ich die Toilette erreicht habe, knalle ich die Tür zu und will mir gerade eine Ladung kaltes Wasser ins Gesicht spritzen, als der vertraute tiefe Signalton erklingt und das Anschnallzeichen aufleuchtet. Kurz darauf gerät das Flugzeug in Turbulenzen, und ich lande direkt auf der Toilette, wobei ich mir schmerzhaft das Steißbein am Deckel stoße.

Na großartig.

10:07 Uhr

Als die Flugbegleiterin an die Tür klopft, hört sich das deutlich ungeduldiger und strenger an als noch vor etwa fünf Minuten. »Signorina?«

Ich antworte nicht. Die letzten vier Male hat das gut funktioniert.

»Signorina!« *Klopf-klopf, klopf-klopf.*

Ich rufe: »Besetzt«, aber sie klopft einfach weiter.

»Sie sind fast eine halbe Stunde in Toilette. Hier gibt

es noch *andere Leute* im Flugzeug – sie müssen auch Toilette benutzen.«

Ihrem Tonfall nach dürfte es wohl Ärger geben, wenn ich jetzt nicht sofort herauskomme. Und obwohl mir bei dem Gedanken, zurück zu meinem Platz zu gehen und noch sechs oder mehr Stunden mit Stephen auszuhalten (plus eine ganze Woche in Italien), sofort wieder übel wird, möchte ich lieber nicht am Flughafen festgenommen werden. Also stehe ich auf und öffne die Tür. Die Flugbegleiterin ist schätzungsweise fünf Jahre älter als ich und sieht genauso makellos aus, wie man es immer in TV-Werbespots für Fluggesellschaften sieht – nur dass sie dabei ein zutiefst verächtliches Gesicht macht. Allerdings nur, bis sie an mir bemerkt, was ich zuvor selbst im Spiegel gesehen hatte: total wirre Haare und Augen so rot wie ihre Uniform. Sie blinzelt und sieht mich einen Moment lang beinahe mitfühlend an, doch dieser Moment ist schnell vorbei. »Ich bringe Sie zurück zu Ihrem Platz«, erklärt sie. Sie ist sehr höflich und professionell, aber ich werde gefühlt trotzdem immer kleiner, weil es irgendwie noch viel peinlicher ist, wenn man in fremdem Akzent zurechtgewiesen wird.

Ich folge ihr durch die kleine Gruppe von Wartenden vor der Toilette hindurch, den Gang entlang. Sie schauen mir nach, und ich stelle mir vor, wenn dieses Flugzeug eine Demokratie wäre, würden sie wahrscheinlich einstimmig dafür votieren, mich aus dem Flugzeug zu werfen, weil ich einem süßen Golden Retriever in Menschengestalt derart das Herz gebrochen habe. Aber darüber kann ich jetzt nicht weiter nachdenken, weil ich nach ungefähr acht weiteren Schritten wieder neben Stephen sitzen werde. Die wütenden Blicke der anderen Passagiere kann ich aushalten – bei dem traurigen Hundegesicht sieht das allerdings ganz anders aus.

Doch Stephen ist nicht mehr da. Auch der Mann hinter dem *Wall Street Journal* ist verschwunden. Allerdings meine ich, ihn in der Warteschlange vor der Toilette gesehen zu haben.

Die Flugbegleiterin bemerkt meinen fragenden Blick. »Ihr … *Bekannter* … hat einen anderen Platz bekommen.«

Ich nicke nur, weil das vermutlich eine gute Idee ist, aber trotzdem schlägt mir das Herz bis zum Hals. Denn irgendwann werden wir uns ja doch wiedersehen, und wenn er sechs oder sieben Stunden Zeit hatte, um darüber nachzudenken, wie sehr er mich hasst, könnten die bevorstehenden sieben Tage die reinste Folter werden.

Als ich mich anschnalle, geht die Flugbegleiterin weiter. Anschließend kommt eine andere Dame in Uniform auf mich zu – sie ist genauso groß, unsagbar schön, aber etwa fünfzehn Jahre älter und sieht mich erheblich freundlicher an. Sie hat ein Tablett dabei, das sie mir herüberreicht.

»Sie haben Essen verpasst«, sagt sie. Genau wie ihre Kollegin spricht sie mit starkem italienischen Akzent.

Ich nicke dankend, obwohl ich immer noch nicht an Essen zu denken wage.

Die zweite Flugbegleiterin sieht nach links und rechts den Gang entlang, um sich zu vergewissern, dass die Luft rein ist. Dann setzt sie sich auf den Platz des missmutigen Mannes und hält mir eine Spucktüte hin.

»Ich glaube, das ist nicht mehr nötig«, sage ich so munter und nicht bedauernswert wie möglich und füge hinzu: »Aber vielen Dank.«

Sie lächelt – ein wenig traurig, aber nicht mitleidig – und legt dann sanft die Tüte auf meinem Tisch ab. Ich bemerke, dass sie nicht so flach gefaltet ist wie normalerweise. Irgendetwas steckt darin. Ich äuge hinein. Es ist ein Bananenmuffin und eine dieser typischen Miniflaschen Whisky.

Auf meinen verwunderten Blick hin antwortet sie: »Sie waren sehr mutig.« Dann streicht sie mit der *linken* Hand über meinen Arm. Daran trägt sie einen Ehering. Sie bemerkt, dass ich ihn betrachte, und lächelt mich dann so traurig an, dass mir ganz schwer ums Herz wird. »Als ich in Ihrem Alter war, hätte ich auch den Mut haben sollen, meine *eigenen* Wünsche zu vertreten.«

Da mir darauf partout keine Antwort einfällt, nicke ich ihr einfach nur dankbar zu.

Sie drückt meinen Arm, steht dann auf und läuft durch den Gang davon. Ich hole die kleine Whiskyflasche heraus. Im Moment ist mir zwar nicht danach, aber wenn dieser Flug so weitergeht, werde ich ihn früher oder später brauchen. Ich beuge mich nach vorn und verstaue die Flasche in meiner Handtasche zu meinen Füßen. Dann entferne ich die Folie vom Essen, das mir die Flugbegleiterin gebracht hat. Rigatoni al Ragù. Eigentlich habe ich gar keinen richtigen Hunger, aber es könnte ziemlich lange dauern, bevor ich wieder etwas bekomme. Deshalb zwinge ich mich, so viel wie möglich davon zu essen, auch wenn es ein völlig versalzenes Flugzeuggericht ist. Meine Güte, ich hatte mich so sehr auf die wunderbare Küche bei meinem ersten Italienbesuch gefreut – Professorin Barnes, meine Dozentin, hatte mir sogar eine Liste mit allen *trattorie* und *ristoranti* mitgegeben, die ihrer Ansicht nach in Rom eine »absolutes Muss« sind. Obwohl ich eine plausible Ausrede gebraucht hätte, um für meinen kleinen kulinarischen Ausflug aus Cortona (und von Stephen) wegzukommen, wäre ich fest entschlossen gewesen, eine Möglichkeit dafür zu finden, denn laut meiner Professorin war die italienische Küche dazu angetan, die Liebe zu gutem Essen ganz neu zu entdecken – immer wieder.

Ob das Flugzeugessen da mithalten kann, bezweifle ich.

Ich koste zunächst von den Rigatoni, und mein Mund verwandelt sich in eine Arena, in der das zugefügte Salz und die Süße der Tomatensoße miteinander ringen. Falls Basilikum im Spiel war, hat der schon längst kapituliert, während der darüber gestreute Mozzarella sich ängstlich vor dem muskelprotzenden Salz wegduckt.

Etwas Ähnliches hatte ich vor ungefähr einem Jahr schon einmal zu Stephen gesagt, als ich mich gerade schrecklich ärgerte, weil ich eine Lasagne nicht richtig hinbekam. Ich hatte zu viel Prosciutto für die Fleischsoße verwendet und ihn als Muskelprotz bezeichnet, der Muskat, Bechamelsoße und sogar das Hackfleisch einschüchtert. Doch er zuckte nur die Schultern und antwortete: »Vergiften wird sich ja wohl keiner dran, oder? Wo ist also das Problem?«

Darüber haben wir uns dann ein bisschen gestritten. Überhaupt gab es bei uns relativ oft Streit über das Essen. Stephen konnte noch nie verstehen, warum ich das Thema so ernst nehme, denn seiner Ansicht nach ist Essen »halt dazu da, um satt zu werden«. Das ist seine Weltanschauung. Für Stephen ist immer alles ganz einfach. Und wenn er so anfängt, gehe ich sofort in Verteidigungshaltung, weil er meine Ambitionen nicht ernst nimmt. Und außerdem werde ich dann unsicher, weil ich bislang nie den Mut hatte, ihm den *wahren* Grund zu nennen, warum mir das Kochen so am Herzen liegt.

Denn genau der wird es sein, weshalb ich Bensonhurst – und vielleicht sogar New York – hinter mir lassen werde. Ich möchte so viel wie möglich lernen und weiß schon lange, dass ich dazu wahrscheinlich von dort weggehen muss. Aber immer wenn mein Herz zum Aufbruch rief, hat mich mein Freund in unserer vertrauten Umgebung festgehalten. Deshalb der Streit – weil er immer befürchtet, dass ich auch weg von *ihm* will.

Vorigen Sommer, als ich von einem Auslandssemester an der *Scuola di arti culinarie,* einem Institut in Rom, hörte, war ich hin und weg. Ein *Praktikum?* An einer berühmten italienischen Gastronomieschule? In *Rom,* dem Foodie-Paradies schlechthin? Doch je mehr ich darüber nachdachte, desto größer erschienen mir die Hürden.

Als ich Stephen davon erzählte, fragte er nur: »Willst du wirklich ein halbes Jahr in *Italien* verbringen?« Dabei sah er mich mit seinen großen Augen an, als ob ich ihm sein Lieblingsspielzeug wegnehmen wollte. Deshalb schob ich meine Bewerbung immer weiter hinaus, bis die Frist schließlich verstrichen war. Ich sagte mir, dass das schon okay sei, weil es ja garantiert sowieso nicht klappen würde. Dort werden doch nur Wunderkinder angenommen … und ich koche doch einfach nur gern.

Trotzdem ging es mir nicht aus dem Kopf. Wie es wohl wäre, ein halbes Jahr in Rom zu verbringen. Was ich von diesen Spitzenköchen lernen könnte, selbst in dieser begrenzten Zeit. Und wie es sich anfühlen würde, ganz auf mich allein gestellt zu sein. Irgendwann wurde mir klar: Er hatte *recht.*

Ich war traurig, dass ich diese Chance verpasst hatte, aber das war nicht das Einzige. In Wirklichkeit suchte ich nach einem Vorwand, um Abstand zu allem zu gewinnen … einschließlich ihm.

Ich wollte über den Tellerrand schauen und nicht nur die kleine Welt kennen, die aus ihm, mir und einer Autowerkstatt bestand. *Ihm* mache ich deswegen keine Vorwürfe. Er ist kein schlechter Kerl. Und nun sitze ich hier in einem Flieger nach Europa, um *eine Woche* mit ihm zu verbringen, und habe ihm soeben das Herz gebrochen – unmittelbar bevor er bei der superteuren toskanischen Hochzeit seines Freunds die Rolle des Zeremonienmeisters zu übernehmen hat. Diese Woche, auf die er sich seit der Verlobung von Anthony und Charlotte letztes Jahr

Weihnachten gefreut hat, ist nun komplett ruiniert. Und meine Anwesenheit macht alles noch viel schlimmer, denn Stephen wird die ganze Zeit deprimiert den Kopf hängen lassen. Das hat er nicht verdient.

Ich packe den Muffin aus, breche ein Stück ab und schiebe es in den Mund. Er ist staubtrocken und schmeckt nach viel zu viel künstlichem Bananenaroma, aber die geballte Süße auf meiner Zunge bewirkt, dass ich mich der Außenwelt wieder einigermaßen gewachsen fühle.

Auch wenn ich Stephen nicht heiraten kann, will ich ihm doch wenigstens eine letzte Freude machen. Obwohl ich immer von Italien geträumt habe, kann ich ihm diese Reise nicht verderben.

Also werde ich direkt nach unserer Landung in Rom meinen Flug umbuchen und so schnell wie möglich nach New York zurückfliegen, damit Stephen sein neues Leben ohne mich anfangen kann.

2

Matteo

Mittwoch, 18. Dezember
19:22 Uhr

Linker Stutzen an … rechter Stutzen an … Linker Stutzen aus … rechter Stutzen aus … Linker Stutzen …

»Schon mal was von Zwangsneurosen gehört?«

Lorenzos Stimme unterbricht meine Konzentration und lässt schlagartig den ganzen Garderobenlärm auf mich einströmen, den ich ausgeblendet hatte. In etwa sieben Minuten laufen wir zum Spiel gegen Avellino ein und die Luft hier drinnen bebt schon von der Energie unseres Teams. Die Wände vibrieren von den gegenseitigen Motivationsrufen der Spieler, während ich aus dem Augenwinkel reichlich gelbe Farbtupfer wahrnehme – unsere Mannschaftsfarbe. Ich halte den Blick gesenkt und konzentriere mich auf den gelben Stutzen, den ich gerade zum sechsten und letzten Mal über meinen linken Fuß streifen wollte. Wegen Lorenzos Ablenkung muss ich wieder ganz von vorn anfangen.

»Das hat nichts mit Zwang zu tun«, widerspreche ich und lasse den Stutzen zu Boden fallen, »sondern mit Aberglauben.«

»Du machst das aber vor jedem Spiel«, sagt er. »Wenn es wirklich Glück bringen würde, müssten wir doch *jedes* Spiel gewinnen.«

Ich sah immer noch zu Boden. Dabei versuche ich mich zu konzentrieren, damit ich mein Ritual wiederholen kann und weil ich außerdem vor einem Spiel den Kontakt zu Lorenzo generell zu vermeiden versuche. Er ist wirklich eine Nervensäge, selbst wenn man ihn nur ansieht. Während mein Ritual darin besteht, meine Stutzen und Schuhe erst unmittelbar vor Spielbeginn anzuziehen, läuft Lorenzo immer so lange mit freiem Oberkörper herum, bis wir die Katakomben verlassen. Erst dann streift er sein Trikot über. Er *behauptet,* sein Trikot sei so etwas wie seine Rüstung, und das Warten bis zum letzten Moment sorge bei ihm angeblich dafür, dass er sich »kampfbereit« fühle. Dabei wissen alle, dass er eigentlich nur seinen durchtrainierten Oberkörper präsentieren will. Dieses ganze Lorenzo-Gehabe ist nun wirklich das Letzte, was ich heute Abend gebrauchen kann. Dazu ist dieses Spiel zu wichtig. Nicht für Frosinone an sich – wir liegen ganz solide auf dem vierten Platz der Serie B –, sondern für mich *persönlich.* Ich *muss* heute Abend ein gutes Spiel abliefern, weil *Alessandro Rossi* auf der Tribüne sitzen wird.

Der Co-Trainer von Internazionale ist hier, um sich ein Bild von meiner Verfassung zu machen und zu entscheiden, ob ich demnächst nicht mehr an Frosinone ausgeliehen werde, sondern zu meinem eigentlichen Verein in Serie A zurückkehren kann. Als ich wieder nach meinem linken Stutzen greife, zittert meine Hand leicht, und ich versuche nicht durchzudrehen bei dem Gedanken, nächste Saison wieder für Internazionale zu spielen. Ja, dazu muss ich nach Mailand umziehen, aber für »Inter« brenne ich schon seit meinem sechsten Lebensjahr, als ich angefangen habe Fußball zu spielen. Nach Mailand will ich ganz unbedingt.

Lorenzo geht zurück zu seinem Platz, direkt gegenüber von mir, setzt sich auf die Bank, um seine Schuhe anzuziehen, während ich wieder zu meinen Stutzen greife. Dieses Ritual pflege ich seit einem lokalen U16-Spiel, als ich mit meinen Stutzen nicht zurechtkam, weil meine Mutter ein neues Waschmittel benutzt hatte. Davon haben sie unangenehm gekratzt. Nachdem ich sie zum sechsten Mal angezogen hatte, wurde mir klar, dass ich das Spiel wohl oder übel mit juckenden Füßen und Waden überstehen musste.

An diesem Tag spielte ich besser als je zuvor. Durch Zufall war ein Scout von Internazionale unter den Zuschauern, dem ich so gut gefiel, dass er mich in das Jugendtrainingsprogramm des Vereins aufnahm. Plötzlich war ich nicht mehr nur ein Teenager aus einem Vorort von Rom, der davon träumte, irgendwann als Profi in den Internazionale-Farben Blau und Schwarz aufzulaufen, sondern *tatsächlich* auf dem Weg dorthin. Es war der schönste Tag meines Lebens, und ich fragte mich, ob die Probleme mit den Stutzen mir vielleicht irgendwie Glück gebracht hatten. Möglicherweise war die 6 ja so etwas wie meine Glückszahl. Immerhin trage ich das Trikot mit der

Nummer fünfzehn – und eins plus fünf ist gleich *sechs.* Nachdem ich meine Stutzen an diesem Tag sechsmal angezogen hatte, war etwas Fantastisches passiert.

Deshalb wiederhole ich diese Prozedur seit vier Jahren vor jedem Spiel. Okay, wir gewinnen nicht immer, da hat Lorenzo schon recht. Aber seit Internazionale mich im Sommer an Frosinone ausgeliehen hat, damit ich in Serie B Erfahrungen sammeln und mich weiterentwickeln kann, bin ich großartig in Form. Und das habe ich definitiv getan: In dieser Saison war ich in allen dreiundzwanzig Spielen von Frosinone eingesetzt, und derzeit stehen wir auf Rang vier in der Liga – mit guten Chancen für die Play-offs. Ich habe neun Tore vorbereitet, worauf ich sehr stolz bin. Natürlich wäre es toll, wenn ich auch ein, zwei Tore selbst geschossen hätte, das gebe ich zu, aber unser Trainer Raffaello hat mich als Verteidiger im Mittelfeld eingesetzt, sodass es schwierig ist, selbst Treffer zu erzielen, wenn man überwiegend in der eigenen Hälfte unterwegs ist.

Unweigerlich fällt mein Blick auf Lorenzo. Er hat in neunzehn Spielen vierzehn Tore erzielt und ist damit unangefochtener Spitzenreiter in Serie B, aber das liegt natürlich vor allem daran, dass er vorn spielt und das Trikot mit der Nummer neun trägt … falls er sich dazu entschließen kann, es anzuziehen. Tja, ich kann es ihm nicht einmal verdenken. Wenn mein Oberkörper aussähe wie eine Skulptur von Michelangelo, würde ich es wahrscheinlich genauso machen. Ich weiß nicht, ob Internazionale ihn auf dem Radar hat – Lorenzo spielt bei Frosinone, seit er hier vor drei Jahren als Jugendspieler unter Vertrag genommen wurde – aber wenn er heute so gut spielt wie in letzter Zeit, könnte Alessandro durchaus auf ihn aufmerksam werden. Und das wäre möglicherweise ungünstig für mich. Es ist nicht schwer aufzufallen, wenn man als letzter Spieler am Ball ist, bevor er ins Tor geht. Aber was, wenn man der *Erste* ist, der die Vorarbeit für die Mannschaftsleistung macht, die schließlich zum Tor führt? Dann wird man leicht übersehen.

Gianni, unser Co-Trainer, steckt den Kopf zur Garderobe herein. »Noch drei Minuten!«

Mist, die anderen laufen schon zum Tunnel, während ich meine verdammten Stutzen immer noch nicht angezogen habe. Kopfschüttelnd beginne ich mein Ritual von vorn. Dreimal, viermal, fünfmal ziehe ich meine Stutzen an und wieder aus …

… rechter Stutzen aus … linker Stutzen an … rechter Stutzen an …

Mein Handy klingelt leise, aber ich zucke trotzdem zusammen, weil ich eigentlich dachte, ich hätte es ausgeschaltet. Das ist auch so ein Ritual von mir: mein Telefon auszuschalten, sobald ich die Garderobe betrete – um die Außenwelt auszublenden und mich ganz auf den Fußball zu konzentrieren. Aus unerfindlichen Gründen habe ich das heute vergessen, und während ich in meiner Tasche wühle, versuche ich die in mir aufsteigende Panik zu ignorieren. Ich versuche mir einzureden, dass es kein schlechtes Omen ist.

Als ich mein Handy umdrehe, um den Anruf wegzudrücken, sehe ich auf dem Display Sofias Namen. Ich vermute, dass sie nach unserer Trennung meinen Spielplan nicht mehr im Kopf hat und deshalb nicht ahnt, dass ich gleich hinaus auf den Platz muss. Ich lasse es einfach klingeln, weil ich keine Zeit habe, ihr zu erklären, dass ich jetzt nicht telefonieren kann. Ich schalte das Handy stumm und stecke es zurück in meine Tasche.

»Noch eine Minute!«

Mist, das wird knapp bis zum Anstoß. Hektisch ziehe ich meine Schuhe an und bin froh, dass ich kein Ritual habe, was das Zuschnüren angeht. Dann laufe ich hinaus in den Tunnel, nehme meinen Platz ganz am Ende der Mannschaft ein, direkt hinter Lorenzo. Der hat immer noch sein Trikot in der Hand, damit die Spieler von Avellino ihn ausgiebig bewundern können und sich vielleicht von seinem minimalen Körperfettanteil einschüchtern lassen.

»Und? Fertig mit deinem Ritual?«, will er in gespieltem Ernst von mir wissen.

Ich ignoriere ihn, während wir ins Stadion einlaufen. Als wir das Spielfeld schon erreicht haben, unsere Fankurve uns johlend begrüßt und mir die kalte Dezemberluft schneidend ins Gesicht weht, überlege ich plötzlich, ob ich meine Stutzen vor Sofias Anruf wirklich sechsmal angezogen habe oder doch nur fünfmal?

20:40 Uhr
Frosinone 2 : 0 Avellino
(nach 51 Minuten)

»Lorenzo! … *Lorenzo!*«

Das passiert jedes Mal, wenn wir komfortabel in Führung liegen: Lorenzo fängt an, eine Show abzuziehen, indem er entweder beim Dribbeln komplizierte Schlenzer und Drehungen vollführt oder unmotivierte Distanzschüsse aufs Tor vorlegt, die meilenweit über die Latte segeln. Dabei nimmt er lieber im Alleingang Ballverluste in Kauf, als an andere Spieler abzugeben. Jetzt stürmt er durch den Mittelkreis, direkt auf die Viererkette von Avellino zu, obwohl ich direkt links von ihm laufe und komplett frei bin – wenn er nur endlich *abspielen* würde.

Wie erwartet decken ihn umgehend die Verteidiger von Avellino, und nachdem sie ihm den Ball abgenommen haben, bin *ich* derjenige, der einen Sprint einlegen muss, um die gegnerische Nummer achtzehn einzuholen, ihn ins Aus zu zwingen und einen Einwurf direkt bei der Spielerbank für uns zu erwirken. Ungehalten springt Raffaello auf und schimpft auf *mich* ein, weil ich meine Position verlassen habe. Dabei ist seine Miene so finster wie der zerknitterte, schlecht sitzende Anzug, den er bei jedem Spiel trägt.

»Lass deine Verteidiger nicht ungeschützt, du Idiot!«

In der Halbzeitpause hat er mich dann in der Garderobe ziemlich angeschrien, weil ich Angriffe von ganz hinten gestartet und dabei unsere Abwehr allein gelassen habe. Deshalb hatte ich schon ein schlechtes Gewissen, weil ich natürlich genau wusste, dass ich damit Alessandro beeindrucken wollte und das Ganze bei einem stärkeren Gegner für uns auch durchaus hätte schiefgehen können.

Doch dann, direkt nach dem Anstoß zur zweiten Halbzeit, verfehlte Lorenzo nur ganz knapp das Tor mit einem Kopfschuss nach einem gekonnt langen Zuspiel von *mir.* Als ich auf die Tribüne schaute, applaudierte Alessandro für dieses Beinahe-Tor … allerdings galt sein Beifall Lorenzo. Aus diesem Grund – obwohl ich Raffaello das Gegenteil versichert hatte – startete ich wieder meine Angriffe, um mich ins Spiel zu bringen und Alessandro zu zeigen, dass ich sowohl als Stürmer als auch für die Abwehr geeignet war, je nachdem, wonach er gerade suchte.

Aber Lorenzo gibt den Ball einfach nicht an mich ab.

Die nächsten fünf Minuten ziehen sich quälend in die Länge, während Lorenzo permanent Alleingänge abliefert, sobald er im Ballbesitz ist. Die Zuschauer bejubeln jede seiner Aktionen, obwohl rein *gar nichts* dabei herauskommt – vermutlich honorieren sie vor allem seinen Einsatz und Kampfgeist. Ich frage mich, weshalb sie vor lauter Begeisterung für sein Tempo und seine Energie gar nicht erkennen, dass er kein bisschen intelligent spielt?

Als wir vor einer Ecke Stellung beziehen, bin ich reichlich genervt. Bei Eckbällen habe ich den langweiligsten Job, den man sich denken kann. Aber wir liegen zwei zu null vorn und unser Gegner ist vollkommen ungefährlich. Deshalb beschließe ich, dass ich mich ohne Risiko zum Rand des Strafraums von Avellino begeben kann. Dadurch müssen sie einen weiteren Spieler decken, was ihre Spielformation komplett ruinieren dürfte.

Während ich darauf warte, dass unser linker Außenstürmer Luigi anläuft, spüre ich Raffaellos Blick im Rücken. Aber viel wichtiger ist im Moment, was Alessandro von mir denkt. Idealerweise so etwas: *Hmm … er ist proaktiv, geht nach vorn. Er nimmt das Spiel in die Hand.*

Luigi platziert das Leder am äußersten Ende des Strafraums. Lorenzo springt zusammen mit dem gegnerischen Innenverteidiger in die Höhe, wobei einer von beiden den Ball mit dem Kopf erwischt, sodass er mehr oder weniger gerade nach oben fliegt, in der Luft steht …

Und zwar direkt über mir. Intelligent wäre es jetzt, abzuwarten, bis er herunterkommt, und ihn dann zurück in den Strafraum zu köpfen. Oder ich könnte selbst einen Volleyschuss riskieren.

Doch ich tue weder das eine noch das andere. Stattdessen drehe ich mich mit dem Rücken zum Tor und mache einen Fallrückzieher auf das Tor von Avellino …

Während ich in der Luft bin, ertönt aus unserer Fankurve ein lautstarkes *Ooh.* Als ich den Ball dann komplett verfehle und rücklings auf dem Rasen lande, stöhnen die Fans auf. Und sobald ich aufstehe, meine ich Gelächter zu hören. Aus sehr vielen Kehlen. 14 000 Leute lachen mich aus – etwa 5000 mehr als normalerweise, denn um die Weihnachtszeit ist das Stadion immer besonders gut besucht. Als ich zurück zu meiner Stammposition laufe, sehe ich *massenweise* Leute ihr Handy hochhalten und ahne, dass mein Missgeschick noch vor Spielende viral gehen und sich bis morgen früh überall verbreitet haben könnte. Das Spiel geht weiter, und ich versuche den Gedanken daran beiseitezuschieben, doch als der Ball ins Aus geht, hält der vierte Offizielle plötzlich die Tafel hoch, um einen Wechsel anzuzeigen. Neben ihm steht Salvatore, einer unserer älteren Mittelfeldspieler, der schon seit etwa zehn Jahren für Frosinone spielt. Jener Spieler, dessen Platz ich eingenommen habe, seit Raffaello mich von Internazionale ausgeliehen hat.

Und wie lautet die rote Zahl auf der Tafel, welchen Spieler will Raffaello durch Salvatore ersetzen?

Nummer 15.

Das bin ich.

Normalerweise wird ein ausgewechselter Spieler von unseren Fans mit Applaus vom Spielfeld verabschiedet, vor allem, wenn wir in Führung liegen. Aber ich höre nur Spott und Hohn.

»Für wen hältst du dich eigentlich, Matteo? Für Cristiano Ronaldo?!«

»Du bist für die Abwehr zuständig!«

»Akrobatik gehört nicht zu deinen Aufgaben!«

Außerdem ist es üblich, dass der Trainer einem Spieler die Hand schüttelt, wenn er zurück auf die Bank kommt, aber Raffaello macht keinerlei Anstalten, sondern konzentriert sich voll und ganz auf das Spiel, das nun ohne mich weitergeht. Ich richte meinen Blick ebenfalls auf das Spielfeld, nehme aber kaum wahr, was dort die verbleibenden fünfundzwanzig Minuten passiert, weil ich die ganze Zeit grüble …

Habe ich meine Stutzen nun sechsmal angezogen oder nur fünfmal?

21:22 Uhr
Frosinone 2 : 0 Avellino
(Endstand)

Mein spektakulärer Fail ist mir so peinlich, dass ich mich kein bisschen über unseren Sieg freuen kann. Nach dem Schlusspfiff bekommen wir verhaltenen Beifall von unseren Fans, doch statt mit meiner Mannschaft auf dem Spielfeld zu feiern, verschwinde ich in Richtung Garderobe, um schleunigst zu duschen.

Als die anderen hereinkommen, bin ich gerade fertig. Ein oder zwei Leute erkundigen sich, ob alles okay ist und ich mich nicht verletzt habe bei meinem misslungenen Fallrückzieher. Obwohl ihre Fragen aufrichtig klingen, antworte ich nicht, sondern trockne mich nur ab und ziehe mich an.

»Matteo.«

Raffaello steht in der Tür und füllt den Rahmen mit seiner eindrucksvollen Statur fast vollständig aus. »In mein Büro.«

Ich nicke *demütig und schuldbewusst.* An der Tür bleibt er stehen, lässt mir den Vortritt und läuft dann mit etlichen Schritten Abstand hinter mir durch den schmalen Flur. Ich komme an einer Gruppe von Platzwarten vorbei, älteren Herren mit schütterem weißen Haar und ausladenden Augenbrauen. Als sie mich sehen, wenden sie sich sofort ab und vermeiden krampfhaft jeden Blickkontakt.

Ich *musste* diesen Fallrückzieher einfach probieren.

Als wir in Raffaellos Büro im oberen Stockwerk mit Blick über den Platz ankommen, schließt er die Tür und setzt sich hinter seinen Schreibtisch. Er deutet auf den Stuhl gegenüber, wo niemand gern sitzt, weil er so niedrig ist und man von diesem Platz aus den Trainer hinter den zu einer Wand aufgestapelten Unterlagen kaum sehen kann. Ich zwinge mich, ihn darüber hinweg anzusehen, weil ich genau weiß, dass sich diese Standpauke durch schuldbewusste Einsicht etwas abkürzen lässt.

Aber Raffaello wirkt gar nicht besonders aufgebracht. Er macht vielmehr ein derart langes Gesicht, dass seine Hängebacken jeden Moment auf den Tisch zu fallen drohen. »Wie geht's deinem Kopf? Willst du beim Physio vorbeischauen?«

»Nein, ist schon okay«, antworte ich. »War eher schmerzhaft für mein Ego als für den Kopf.«

Er lacht auf und sieht mich mitfühlend an. In diesem Moment begreife ich, was los ist.

»Ich habe mit Signor Rossi gesprochen und ihn gefragt, ob ich dich zum Gespräch aus der Garderobe holen soll …«

Ehrlich gesagt wäre ich mit dieser Hiobsbotschaft ganz gut klargekommen. Was mir wirklich den Rest gibt, ist der mitleidige Blick, mit dem Raffaello mich ansieht.

»Er musste schnell zurück nach Mailand und hat mir nur kurz mitgeteilt, dass wir darüber nachdenken sollten, dich in *unser* Budget aufzunehmen.«

Das *Wir* bezog sich auf Frosinone, die mich im Moment praktisch kostenlos bekommen, denn bisher zahlt Internazionale als mein Heimatverein das Gehalt für mich. Alessandro hat Raffaello also mitgeteilt, dass man künftig darauf verzichten will.

Obwohl das natürlich nicht unerwartet kam, habe ich einen Kloß im Hals, hart wie Beton. Sicherheitshalber sage ich nichts, weil mir im Moment meine Stimme garantiert nicht gehorchen würde. Möglicherweise kämen sogar Tränen hinzu. Deshalb nicke ich nur und versuche, einigermaßen gefasst zu wirken, während sich in Wirklichkeit meine Gedanken im Kreis drehen wie ein Fußball nach einem angeschnittenen Eckstoß. Lag es an meinem Fallrückzieher? Hat Lorenzos mangelnder Spielüberblick dazu geführt, dass *meine* Pässe ungenau und unüberlegt wirkten? Wenn ich weiter hier in Serie B spielen muss, werde ich dann jemals den Sprung in Serie A schaffen?

»Hat er das direkt ausgesprochen?«, bringe ich schließlich heraus. »Dass sie mich loswerden wollen?«

Er richtet sich auf und legt den Bericht, den er als Vorwand zur Hand genommen hatte, auf den nächstbesten Stapel. »Nein, nicht explizit. Aber er hat darauf verwiesen, dass wir ausreichend Geld für dich hätten, wenn wir ihr Gebot für Lorenzo annehmen würden.«

In meinen Ohren klingelt es – was nichts mit meiner ungünstigen Landung während des Spiels zu tun hat.

Von dem, was Raffaello danach noch sagt, bekomme ich nicht mehr viel mit. Wie auf Autopilot gelange ich irgendwie zurück in die Garderobe. Als ich dort ankomme, ist Lorenzo gerade dabei, die Mannschaft zu unserem üblichen Besuch in der nahe gelegenen Pizzeria seines Onkels zusammenzutrommeln, die bei Heimspielen unter der Woche immer extra länger für uns geöffnet ist. Ich klinke mich mit der Begründung aus, dass es mir nicht so gut geht.

Lorenzo verlässt als Letzter den Raum. An der Tür bleibt er noch einmal stehen. »Kopfschmerzen?«

Ich würde am liebsten dafür sorgen, dass ihm das Grinsen vergeht. »Nee, Rückenschmerzen«, kontere ich. »Ist nämlich ein ziemlicher Knochenjob, einen Mitspieler durch jedes Spiel zu schleppen.«

Sein Grinsen wird noch breiter. »Vierzehn.« Er ruft mir seine Torbilanz ins Gedächtnis, als ob sie das Einzige wäre, was zählt. Doch Internazionale gibt ihm offenbar recht. Dann setzt er trotz des kalten Dezemberabends seine Sonnenbrille auf und schließt sich den anderen an. Ich bleibe allein in der Garderobe zurück.

Er macht mich *echt* fertig.

Ich nehme meine Sporttasche und laufe vom Stadion aus zum Spielerparkplatz. Ich finde meinen roten Audi an seinem angestammten Platz, werfe die Tasche auf den Rücksitz und steige ein. Trübsinn legt sich wie eine bleischwere Hand auf meine Schulter, als ob ein gegnerischer Spieler mich nach unten drückt. Ich muss sehr, sehr dringend mit jemandem reden.

Sofia. Sofia hatte vorhin angerufen. Seit einiger Zeit ignoriere ich ihre Anrufe und Nachrichten, weil sie so verzweifelt war, als ich ihr vor Saisonbeginn eröffnet habe, dass mir neben Training und Spielen kaum noch Zeit für sie bleiben würde, weshalb wir uns lieber trennen sollten. Das erschien mir die beste und fairste Lösung. Ich wollte ihr keine falschen Hoffnungen machen und sie auch nicht unnötig im Unklaren lassen. Es war für mich nicht vorstellbar, Fußballer *und* ein guter Partner zu sein. Deshalb entschied ich mich für den Fußball, obwohl es mich furchtbar ärgerte, eine solche Wahl treffen zu müssen.

Ich greife hinter mich und hole mein Handy aus der Tasche. Dabei frage ich mich, ob mein Entschluss möglicherweise falsch war. Denn ich habe es gerade *wirklich* nötig, mit Sofia zu reden – und von ihr zu hören, dass ich kein Loser bin. Mein Selbstbewusstsein als Spieler hat empfindlich gelitten.

Ich höre die Nachricht ab, die sie vor dem Spiel auf meiner Mailbox hinterlassen hat. Anfangs herrscht Schweigen, und man hört im Hintergrund nur die typischen Geräusche aus einer *trattoria,* dann holt sie tief Luft.

»Hallo Matteo, ich bin's … Ich rufe an …« Sie kommt ins Stocken. Beinahe hätte ich das Abhören abgebrochen, weil ich es wahrscheinlich nicht ertragen könnte, wenn sie wieder in Tränen ausbricht. Dann würde ich mich *noch* elender fühlen als ohnehin schon, obwohl ich das zuvor nicht für möglich gehalten hätte.

»Ich rufe nur an, weil ich wollte, dass du es von mir erfährst – bevor du es auf Snapchat, Instagram oder sonst wo siehst. Ich … also, ich bin jetzt mit Gennaro zusammen. Erinnerst du dich an ihn? Groß und schmal, aus unserer Schule? Wahrscheinlich schon. Auf jeden Fall wollte ich nicht, dass du es von anderen Leuten hörst und dann, na ja, 'nen Schreck kriegst oder so. Ich wollte dir nicht wehtun. Am liebsten würde ich ja jetzt mit dir *reden,* aber wahrscheinlich hast du zu tun … Oh! Ihr spielt ja heute Abend gegen Avellino, das fällt mir jetzt erst ein. Mist, tut mir leid, dass ich gerade jetzt anrufe. Ha, aber wenigstens bist du nicht rangegangen. Ich lenke dich also nicht ab oder störe dich bei deinem üblichen Ritual vor dem Spiel. Puh, noch mal Glück gehabt! Ich hoffe, du machst ein gutes Spiel. Die Saison läuft ja super für euch in der Liga.«

Sie seufzt – oder atmet durch nach diesem etwas hastigen Monolog, das ist schwer zu sagen. Dann sagt sie noch, dass ihr Anruf hoffentlich okay war und es ihr trotz allem leidtut. Bevor sie auflegt, fügt sie noch hinzu: »Fröhliche Weihnachten.«

Ich überlege, sie zurückzurufen, befürchte aber, dass sie mir meine gedrückte Stimmung anmerken wird und unser Telefonat heillos verkrampft abläuft. Stattdessen schreibe ich ihr, dass ihre Nachricht angekommen ist und ich mich wirklich für sie freue. Dann lösche ich das Herzaugen-Emoji, was sie mir sicher nicht abnehmen würde. Ich ersetze es durch einen einfachen Smiley, obwohl ich gerade ernsthaft das Gefühl habe, nie wieder lächeln zu können. Als ich fertig bin, lege ich das Handy auf dem Armaturenbrett ab und drehe den Zündschlüssel um. Mein Audi stottert kurz und reagiert dann gar nicht mehr. Na klar.

Das war an diesem Abend ja auch nicht anders zu erwarten.

3

Anna

Mittwoch, 18. Dezember
20:33 Uhr

Die toskanischen Hügel rings um Cortona bilden ein abwechslungsreiches Panorama, das hier und da Lücken aufweist, durch die man einen wunderbaren Ausblick auf üppig grüne Täler genießen kann, die sich bis zum Horizont erstrecken, während die kurvenreichen Straßen hier und da von kastigen, individuell und sympathisch-marode aussehenden Gebäuden gesäumt sind.

So steht es in meinem Reiseführer. Aber inzwischen ist es draußen stockdunkel, sodass ich aus dem Taxi, das mich zur Hotelanlage bringt, nicht das Geringste sehen kann – genauso wenig wie vom Zug aus, in den ich am Bahnhof Roma Termini gestiegen bin.

Tja, »lustige« Geschichte: Ich bin nach der Landung nicht direkt zurück nach New York geflogen. Wie ich feststellen musste, ist ein gemeinsamer Pärchenkoffer, um auf einem Interkontinentalflug nach Europa Gepäckgebühren zu sparen, gar keine gute Idee – und noch viel *idiotischer* ist es, seinem Freund während des Flugs das Herz zu brechen, denn anschließend muss man wie eine

Irre im Zickzack durch die Gepäckausgabe rennen, um den Jungen einzuholen, dessen Heiratsantrag man kurz zuvor öffentlich abgelehnt hat. Und dann muss man ihn peinlicherweise noch fragen, ob man ihm die eigenen Sachen mal eben für eine Woche mitgeben kann, weil es wohl für beide das Beste wäre, wenn man selbst umgehend wieder nach Hause fliegt.

Daraufhin wirkte er beinahe erleichtert. Somit dürfte er vor Freude total *aus dem Häuschen* sein, wenn er erfährt, dass ich nun doch in Cortona auftauche, weil ich erst stundenlang nach dem Infoschalter suchen musste und mir dann die Dame dahinter erklärte, dass eine Umbuchung fünfhundert Euro kostet, also mehr als unser ursprüngliches Ticket. Nachdem ich mich dann ein paar Stunden auf dem Flughafen herumgedrückt und gegrübelt hatte, was ich jetzt machen soll, kam ich zu dem Schluss, dass ich lieber in einen Zug steigen und hierherkommen sollte, als obdachlos in Rom herumzusitzen. Das bedeutete also noch einmal drei Stunden im Zug (plus eine weitere halbe Stunde in diesem Taxi, auf das ich am Bahnhof von Cortona fast eine Stunde *warten* musste!), nur um einem Jungen zusätzlichen Stress zu machen, der mich ohnehin schon hasst. Aber in Cortona habe ich wenigstens ein Dach über dem Kopf.

Oder vielleicht auch nicht. Als ich das Foyer der Hotelanlage betrete, verzieht der Rezeptionist – ein junger Mann mit Lockenkopf, der aussieht wie ein Schulabsolvent – bedauernd das Gesicht, als ich nach dem Schlüssel für Stephens Zimmer frage.

»Tut mir leid, Madame«, antwortet er mit starkem Akzent, »aber Mr. Arbore sagt, er ist allein hier gekommen.«

»Aber wir *teilen* uns das Zimmer«, erkläre ich und denke dabei, wie absurd mein Versuch eigentlich ist, mir Zugang zum Hotelzimmer eines Jungen zu verschaffen, der mich hasst. Als der Rezeptionist mich total irritiert ansieht, erkläre ich ihm, dass wir das Zimmer natürlich nicht zerteilen wollen. »Wir bezahlen es gemeinsam. Können Sie ihn bitte anrufen und ihm sagen, dass ich da bin?«

Der Rezeptionist macht ein ablehnendes Gesicht. »Er sagt, will gleich schlafen. Er war sehr müde. Soll ich wecken ihn?«

Eigentlich will ich gern sagen: Ja, bitte wecken Sie ihn, aber irgendetwas hält mich davon ab. Stephens Freunde und Verwandte sind hier, und eigentlich ist er ein geselliger Typ. Es passt überhaupt nicht zu ihm, hier anzukommen und direkt in sein Zimmer zu verschwinden. Offenbar geht es ihm schlechter, als ich dachte. Will ich es wirklich noch schwerer machen, indem ich vor seiner Tür stehe und ihn zwinge, den Menschen, der gerade sein Leben ruiniert hat, bei sich aufzunehmen?

Das wäre nicht gerade fair. »Nein«, antworte ich deshalb dem Rezeptionisten seufzend. »Haben Sie, also … sonst noch Zimmer frei?« Es ist eine ziemlich noble Hotelanlage und schon das gemeinsame Zimmer mit Stephen hat ein beträchtliches Loch in meine Finanzen gerissen. Aber ich sage mir, dass es ja nur für eine Nacht ist … Wie ich es bezahle, kann ich mir später noch überlegen.

Der Rezeptionist lächelt und ist vermutlich froh, eine Frage gestellt zu bekommen, die er leicht beantworten kann. »Wir sind fast ausgebucht wegen Hochzeit, aber ein Zimmer ist noch frei, eine Penthouse-Suite. Für 750 Euro pro Nacht.«

Schluck. Ich brauche ein paar Sekunden, um den Betrag umzurechnen und – *tja, keine Chance.* »Äh, okay. Vielen Dank für Ihre Hilfe, aber … da muss ich … leider passen.«

Ohne seine Reaktion abzuwarten, wende ich mich ab und durchquere das Foyer in Richtung Hotelbar. Alles sieht sehr edel aus, mit viel Schwarz und Chrom, wodurch der gigantische künstliche Weihnachtsbaum in der Ecke noch geschmackloser wirkt. Es ist nicht viel los, abgesehen von ein paar älteren Herren an der Bar, die etwas angestrengt ein Fußballspiel auf den viel zu weit oben angebrachten Fernsehern verfolgen. Einige Paare sitzen sich denkbar unromantisch gegenüber und eine vierköpfige Familie starrt ununterbrochen auf diverse Handys oder Tablets und interessiert sich weder für ihr Essen noch füreinander. Als ich an einem Tisch direkt am Eingang Platz nehme, erscheint umgehend ein Kellner. Ich lasse ein Hähnchen-Caprese-Sandwich und eine Cola auf meine halbe Zimmerrechnung setzen.

Während ich auf mein Essen warte, suche ich in der Jackentasche nach meinem Handy, wobei ich auf die kleine Whiskyflasche stoße, die ich zuvor von der freundlichen Flugbegleiterin bekommen hatte. Vielleicht gieße ich mir ja einen Schluck davon in die Cola.

Obwohl, nachdem ich mehr als einen halben Tag lang nichts gegessen und mit Jetlag zu kämpfen habe, wäre Whisky wahrscheinlich eine noch viel schlechtere Idee als die Reise nach Italien.

Mit meinem Telefon, das nur noch 14% Akkuladung hat, melde ich mich im kostenlosen Hotel-WLAN an und tippe »Unterkunft Cortona« und dazu diverse Synonyme für »billig« ein.

Als ich mit dem – bis auf die zähen Tomaten ausgezeichneten – Sandwich fertig bin, habe ich kein einziges auch nur ansatzweise erschwingliches Quartier gefunden, mein Akku hat nur noch 2%, und Tränen schießen mir in die Augen, weil sich dieser Tag nun endgültig zum schlimmsten aller Zeiten entpuppt.

Gelächter und laute Ausrufe lenken meine Aufmerksamkeit – und die aller anderen im Raum – zu den älteren Fußballfans an der Bar. Fassungslos schlagen sie sich mit der Hand gegen die Stirn und schütteln sich vor Lachen über eine Begebenheit, die offenbar gerade passiert ist. In der Wiederholung sieht man einen Spieler in Gelb, der mit einer Art Rückwärtssalto versucht, den Ball zu erwischen. Es wäre ein spektakulärer Schuss geworden, wenn er nicht den Ball verfehlt hätte. Anschließend landete er so ungünstig, dass er von Glück reden kann, wenn sein Genick unversehrt geblieben ist.

Da hatte also noch jemand einen ähnlich frustrierenden Abend wie ich.

Allerdings finde ich, dass die älteren Herren ein bisschen zu lange darüber lachen.

Ich schalte mein Telefon aus, um die verbliebenen 2 % zu schonen, stecke es zurück in die Jackentasche und hole die kleine Whiskyflasche aus dem Flugzeug hervor. Als ich sicher bin, dass der Kellner nicht in meine Richtung sieht, trinke ich ihn auf ex und genieße dabei fast, wie er mir brennend die Kehle hinunterrinnt.

»Heftigen Tag gehabt?«

Ich gehe davon aus, dass die Frage an mich gerichtet ist, da der Akzent nicht italienisch klingt, sondern britisch. Ich hebe den Kopf und sehe ein lächelndes Mädchen – etwa in meinem Alter – in der Tür stehen. Sie zeigt auf den Whisky, den ich gerade geleert habe. Sie ist etwas kleiner als ich – was ich gewohnt bin – und trägt eine Kombination aus violettem Tanktop und dazu passenden Sportleggings. Über ihrer Schulter hängt ein Handtuch. Dem Chlorgeruch nach zu urteilen, kommt sie gerade vom Hotelpool, den ich eigentlich auch umgehend erkunden wollte, bevor ich meinen Gästestatus aberkannt bekam.

»Kann man so sagen«, antworte ich.

»Ich hab dich vorhin an der Rezeption gesehen«, sagt sie und kommt näher. »Es sah aus, als ob es ein Problem gibt. Konntest du alles klären mit deinem Zimmer?«

»Nicht direkt«, entgegne ich. »Ich bin eigentlich zusammen mit meinem Freund untergebracht, aber der will mich gerade *auf keinen Fall* sehen.«

»Wieso das denn?«

»Weil ich nicht so genau weiß, ob er überhaupt noch mein Freund ist.«

»Mist«, kommentiert sie und setzt sich auf den freien Stuhl an meinem Tisch. »Was ist denn passiert?«

Ich winke ab, um anzudeuten, dass das eine lange Geschichte ist. Dabei überlege ich, ob es sehr vermessen wäre, noch einen Whisky zu bestellen und ihn auf *Stephens* Rechnung setzen zu lassen. Dann fällt mir ein, wie deprimiert er vermutlich gerade ist, wie schrecklich es sein wird, wenn wir nach Hause kommen, und wie groß mein schlechtes Gewissen ist, weil ich ihm das Herz gebrochen habe. Gleichzeitig bin ich aber auch ein bisschen sauer auf ihn, wie er den Zustand unserer Beziehung derart falsch interpretieren konnte, dass eine *Hochzeit* für ihn infrage kam.

Erst als die Britin ihren Stuhl zu mir herumrückt, sodass sie neben mir sitzt und mir eine Hand auf die Schulter legen kann, wird mir bewusst, dass ich gerade 6000 Kilometer weit weg von zu Hause vor einer Fremden in Tränen ausbreche.

Ich rechne damit, dass sie irgendeinen platten Spruch von sich gibt, nach dem Motto: Alles wird wieder gut. Doch Fehlanzeige. Sie lächelt mich nur an und drückt meine Schulter. Ich bin so überrascht, dass jemand heute nett zu mir ist, dass ich gleich wieder losweinen muss.

»Tut mir leid«, entschuldige ich mich, als ich mich wieder ein bisschen unter Kontrolle habe. »Ich hab nur ein bisschen Panik, weil ich im Ausland praktisch obdachlos bin.«

»Du musst dich nicht entschuldigen«, antwortet sie. »Dein Freund scheint mir ja ein übler Bastard zu sein.«

Unweigerlich muss ich lachen. Fluchen klingt mit britischem Akzent einfach total witzig. »Nein, überhaupt nicht. Ein abgelehnter Heiratsantrag ist überall schlimm, aber im Flugzeug? Da tut es besonders weh …«

Sie reißt die Augen auf und holt tief Luft. Dann verzieht sie das Gesicht. »Oh, ein Antrag im Flieger? Das ist natürlich immer riskant. Wie schrecklich!«

Ich nicke nachdenklich.

»Aber trotzdem … Er hätte dich nicht so im Stich lassen dürfen.« Sie mustert mich kurz. »Ihr seid sicher wegen der Hochzeit hier, oder? Charlotte und Anthony?«

Gequält antworte ich: »Ja, das war der Plan. Aber ehrlich gesagt kenne ich sie kaum, und nach allem, was bei Stephen und mir passiert ist, sollte ich wohl besser darauf verzichten. Morgen versuche ich, eine andere Bleibe zu finden, vielleicht auch außerhalb von Cortona. Du hast nicht zufällig ein iPhone-Ladegerät, das ich mir ausborgen könnte?«

Sie steht auf und macht ein seltsam *entschlossenes* Gesicht. »Ich hab noch was viel Besseres.«

Zwei Minuten später stehe ich mit dem britischen Mädchen – Jess heißt sie und kommt aus London – im Aufzug. Ihr Zimmer liegt in der dritten Etage, wo laut Jess *»viiieeel* zu viel Platz« ist für ihre Mutter, ihre Schwester und sie. Sie könnten mir problemlos das Sofa überlassen, weil es ohnehin niemand benutzt. Das ist doch nicht nötig, habe ich ihr unterwegs immer wieder gesagt, und dass ich ihnen auf keinen Fall zur Last fallen will. Aber sie bestand darauf, dass sie mich bestimmt nicht hier allein lassen wird, denn »das passt ja nun wirklich nicht zur Weihnachtszeit«.

Nun öffnet sich die Fahrstuhltür mit einem leisen *Kling,* und ich frage mich, wie erbärmlich ich unten wohl gewirkt habe, dass eine völlig Fremde mir einen Schlafplatz anbietet. Ich komme aus New York und bin so etwas absolut nicht gewohnt. Natürlich kann ich nicht ausschließen, dass es nur ein fieser Trick von Jess ist, um mich zu kidnappen und dann eine meiner Nieren auf dem Schwarzmarkt zu verschachern. Doch dann überkommt mich ein so heftiger Anfall von Jetlag, dass ich mich kaum noch auf den Beinen halten kann. Deshalb folge ich Jess einfach aus dem Fahrstuhl und beschließe, dass vom Leben mit nur einer Niere nicht *direkt* die Welt untergehen würde.

Sie geht voraus zu einer Tür am äußersten Ende des Korridors, öffnet sie mit einer Schlüsselkarte und winkt mich in ihr Zimmer. Allerdings ist es gar kein Zimmer, sondern eine Suite – gut und gern doppelt so groß wie die ehemalige Wohnung meiner Eltern. Das Gefühl, mich aufzudrängen, lässt allmählich nach.

»Das ist alles, was wir anbieten können, aber du bist herzlich willkommen«, erklärt sie und zeigt auf ein Ledersofa in der Ecke, das wie alles andere im Raum angenehm in Türkis gehalten ist.

»Das ist fantastisch«, sage ich zu Jess und umarme sie. »Vielen, vielen Dank. Du bist meine Rettung.«

»Kein Problem«, antwortet sie und geht quer durch den Raum in eines der Schlafzimmer. »Ich hole dir das Ladegerät.«

Während Jess im Schlafzimmer verschwindet, gehe ich rüber zum Sofa, ziehe meinen Parka aus und lege ihn über die Armlehne. Das Sofa ist zwar nicht riesig, aber als ich es mir darauf bequem mache, bin ich so froh und erleichtert, dass ich eindöse, noch ehe Jess mit dem Ladegerät zurückkommt.

Dann höre ich, wie sich irgendwo in der Suite eine andere Tür öffnet. Ich öffne die Augen und sehe ein anderes, ebenfalls nicht allzu großes Mädchen aus einem der weiteren Schlafräume kommen. Sie trägt eine transparente Kleiderhülle bei sich … mit einem Hochzeitskleid darin! Als sie mich sieht, bleibt sie stehen und macht ein verwundertes Gesicht, weil hier eine völlig Fremde auf ihrem Sofa sitzt. Doch im nächsten Moment hat sie sich wieder im Griff, legt sich das Kleid über den Arm und streckt mir ihre Hand entgegen.

»Hallo«, begrüßt sie mich. »Ich bin Charlotte.«

Charlotte.

Charlotte. So wie »Anthony und Charlotte« – das Paar nämlich, das hier übermorgen heiratet. Und ich komme natürlich nicht auf die Idee, dass die nette Britin, die mich soeben gerettet hat, mit der britischen Braut *verwandt* sein könnte. Ich habe also nicht nur dem Trauzeugen des Bräutigams das Herz gebrochen, sondern belagere auch noch die Suite der Braut.

Gibt es eigentlich noch schrecklichere Hochzeitsgäste als mich?

Donnerstag, 19. Dezember
8:37 Uhr

Ich träume, dass ich als Ballerina auf der Bühne eines supernoblen Theaters stehe – allerdings trage ich nicht Tutu und Ballettschuhe, sondern Cargohosen und Doc Martens. Das findet jedoch verblüffenderweise weder auf der Bühne noch im Publikum jemand seltsam und auch das laute Stampfen bei jedem Schritt scheint niemanden zu stören. Im Traum strengt mich das allerdings wegen der schweren Kleidung ziemlich an, und ich bin genervt, dass man mich zum Tanzen zwingt, obwohl ich doch eindeutig *keine* Ballerina bin. In diesem Moment erschallt über die klassische Musik hinweg ein einzelnes Wort.

»... *struffoli* ...«

Alles, was mit Essen zu tun hat, interessiert mich – selbst wenn ich kaum bei Bewusstsein bin. Bühne und Publikum verschwinden schlagartig und ich liege wieder auf dem Sofa in Cortona. Aus dem Badezimmer dringen Stimmen: Charlotte klingt verzweifelt, und ich stelle mir vor, wie sie nervös auf und ab läuft und sich die üppigen braunen Locken rauft, um die ich sie sofort beneidet habe, als ich sie gestern Abend zum ersten Mal sah. Zum Glück hatte sie überhaupt kein Problem damit, dass ihre Schwester eine gestrandete Amerikanerin anschleppt, die sie in der Bar aufgelesen hat.

»... aber es sind die falschen *struffoli.* Sie sollten die Form eines Weihnachtsbaums haben, aber das hier ist nur eine Schachtel mit *Teigbällchen* ...«

»Beruhige dich, meine Liebe«, schaltet sich Melanie, Charlottes Mutter, ein. Auch sie habe ich gestern Abend kurz kennengelernt, als sie vorbeischaute, um ihren Töchtern Gute Nacht zu sagen. »Alles wird gut.«

»Nein, wird es nicht, Mum! Ich habe Anthony fest versprochen, dass wir genau diese Struffoli bei der Feier servieren, und jetzt hab ich's vermasselt.«

»Es ist doch nur ein Dessert …«

»Aber für Anthonys Familie ist das total wichtig!«

Normalerweise ist es nicht meine Art, mich in fremde *Privatgespräche* einzumischen, aber schon stehe ich in der Tür und frage, ob alles in Ordnung ist. Tja, wenn's ums Essen geht …

»Entschuldige Anna, haben wir dich geweckt?«, erkundigt sich Melanie, kommt auf mich zu und legt ihre Hand auf meinen Arm.

»Nein, ich bin schon eine Weile wach«, lüge ich. »Stimmt etwas nicht mit dem Catering?« Vielleicht könnte ich ja bei Bedarf aushelfen, dann hätte ich gleich einen guten Vorwand, um einen großen Teil des Wochenendes in der Küche zu verbringen, also weit weg von Stephen.

Charlotte lässt sich neben Jess aufs Bett fallen. Nebeneinander sehen sie sich verblüffend ähnlich – die gleichen lockigen braunen Haare und saphirblaue Augen. »Es ist eine *Katastrophe* mit dem Catering«, sagt sie. »Weißt du, Anthonys Eltern waren vor dreißig Jahren zu Weihnachten hier und sein Vater hat damals seiner Mutter einen Heiratsantrag gemacht, beim Dessert. Dabei gab es dieses Gebäck, *struffoli* … Anthonys Mutter lebt leider nicht mehr, deshalb dachte ich, dass wir bei der Hochzeitsfeier genau diese Struffoli servieren könnten, praktisch zum Gedenken an sie. Aber jetzt ist alles schiefgegangen …«

»Meinst du?«, entgegne ich. *»So* schwer kann es doch nicht sein, diese Struffoli herzustellen.« Ich muss mich ein bisschen bremsen, damit ich bei der Aussicht auf einen Einsatz in der Küche nicht gar zu euphorisch klinge. Struffoli habe ich zwar noch nie gemacht, aber es dürfte kein Hexenwerk sein: Teigbällchen frittieren und sie mit Honig und Zimt überziehen. Ich bin mir ziemlich sicher, dass ich das bei Bedarf komplett selbst hinbekomme, denn vor kulinarischen Herausforderungen bin ich noch nie zurückgeschreckt. Dabei lernt man schließlich am besten und entwickelt sich *weiter*. Stephen konnte nie verstehen, wenn ich ein neues Gericht ausprobieren wollte und nicht genau wusste, wie es geht. »Und wenn es nicht klappt?«, fragte er dann immer besorgt, »dann isst *keiner* was!«

Aber davon ließ ich mich nie abschrecken und hungrig ist bei mir noch nie jemand vom Tisch aufgestanden.

Charlotte stützt den Kopf in die Hände, woraufhin ihre Mutter den Faden aufnimmt. »Ein Konditor – Giovanni?« Fragend sieht sie zu ihren Töchtern, ob sie sich den Namen richtig gemerkt hat. Jess nickt. »… er war damals hier für die Küche verantwortlich und hat an diesem Abend die Struffoli vorbereitet. Deshalb muss das Dessert *unbedingt* von ihm sein. Er hat vor Jahren in Rom eine kleine Bäckerei eröffnet, aber wir mussten gerade erfahren, dass er nicht mehr da ist, obwohl sie immer noch ›Giovanni‹ heißt.« Empört schüttelt sie den Kopf. »Jedenfalls verkauft diese Bäckerei zwar immer noch Struffoli, aber nicht in Form eines Weihnachtsbaums, wie damals bei Anthonys Eltern.«

»Und das alles habe ich erst erfahren«, ergänzt Charlotte und hebt den Kopf, »als ich heute Morgen von der Rezeption aus in der Bäckerei angerufen habe, um nachzufragen, warum nur normale Struffoli geliefert wurden. Dabei musste ich das Telefon laut stellen, damit mir die Rezeptionistin übersetzen konnte, was die Frau am anderen Ende sagt. Offenbar hat sie vor allem geflucht, aber letztendlich lief es darauf hinaus, dass sie Weihnachtsbaum-Struffoli nicht mehr herstellen und Giovanni … nicht mehr dort arbeitet.« Wieder schlägt sie die Hände vors Gesicht, und ihre Schultern beben, als ob sie weinen würde – aber in Wirklichkeit lacht sie, allerdings mehr oder weniger hysterisch. »Und das alles nur, weil ich mich in einen Italiener verliebt habe!«

»Und die Frau hat nicht gesagt, wo dieser Giovanni-Typ jetzt zu finden ist?«, frage ich.

Charlotte sieht mich an und schüttelt den Kopf. »Sie hat ihn mit einem so schlimmen Schimpfwort betitelt, dass es die Rezeptionistin vor lauter Scham nicht übersetzen wollte.«

»Du hast wirklich alles versucht«, tröstet Jess ihre Schwester und streicht ihr über den Rücken. »Anthonys Familie wird dafür auf jeden Fall Verständnis haben.«

»Ja schon, aber darum geht es gar nicht.« Charlotte steht auf und tritt an das geöffnete Fenster. Dabei fällt mir zum ersten Mal der Flickenteppich aus grünen Feldern zwischen den Hügelketten auf, über die sich schwere Winterwolken spannen, die so tief hängen, dass man sie scheinbar berühren kann. Nachdem ich nun schon einen halben Tag hier bin, genieße ich zum ersten Mal den Ausblick auf die *Toskana.* »Es geht um Anthony. Er war so traurig, weil seine Mutter nicht dabei sein kann. Und als ich gesagt habe, dass ich gern Weihnachtsbaum-Struffoli servieren würde, meinte er, dass dadurch ein Teil von ihr bei uns wäre. Auch wenn sie natürlich immer noch fehlt, wäre die Hochzeit dann perfekt. Es tut mir so schrecklich leid, wenn ich ihn enttäuschen muss.«

»Sag ihm am besten noch nichts«, werfe ich ein. Mir kommt eine Idee, die mich so fasziniert, dass mein Jetlag schlagartig wie weggeblasen ist. »Die Hochzeit ist morgen, richtig? Also haben wir immer noch ein bisschen Zeit.«

Die drei Frauen mustern mich mit nahezu identisch verwirrtem Blick. Jess will wissen, wovon ich eigentlich rede.

»Ich könnte doch mit dem Zug nach Rom fahren und schauen, ob ich diesen Giovanni irgendwo finde«, erkläre ich, als ob das etwas völlig *Normales* wäre. »Oder zumindest ein Geschäft, das Struffoli in Form eines Weihnachtsbaums verkauft.«

Charlotte starrt mich einen Moment lang an, als ob sie meine Worte nicht ganz verstehen könnte. Dann zucken ihre Lippen und ihr Mund verzieht sich zu einem Lächeln. Doch kurz darauf blinzelt sie und schüttelt den Kopf. »Vielen Dank, Anna, aber das kann ich nicht annehmen. Du hattest so eine lange Reise und sollst die Zeit hier im Hotel und in der Toskana auch genießen. Du hast bestimmt anderes vor, als so weit zu fahren, nur um einen geheimnisvollen Konditor zu jagen.«

»Das ist kein Problem, wirklich. Ich studiere Kulinarik, da habe ich gleich einen triftigen Grund, die eine oder andere *pasticceria* zu testen!« (Und ein paar der Empfehlungen von Professor Barnes!)

Charlotte winkt ab. »Nein, nein, das kann ich auf gar keinen Fall von dir verlangen. Unsere Hochzeitsgäste sollen ganz bestimmt keinen Stress haben. Bleib einfach hier – ruh dich aus und genieß die Umgebung.«

»Aber damit würdet ihr *mir* einen Gefallen tun.«

Wieder machen alle drei das gleiche – diesmal verwunderte – Gesicht.

Ich bin kurz davor, mir den Mund zuzuhalten, weil ich schon viel zu viel gesagt habe. Aber diese drei Britinnen sind so hartnäckig freundlich, dass ich nun wahrscheinlich meinen privaten Ärger als unwillige Braut vor ihnen ausbreiten muss. Ganz toll gemacht, Anna!

»Na ja, seit ich mich ja nun mehr oder weniger von Stephen getrennt habe, wäre es wahrscheinlich ziemlich seltsam, ihm hier im Hotel zu begegnen. Da ich nicht genau weiß, wie er damit klarkommt, kann ich zumindest dafür sorgen, es nicht noch schlimmer zu machen, indem ich gleich wieder verschwinde. Denn ein deprimierter

Trauzeuge ist bestimmt nicht das, was bei einer Hochzeit gebraucht wird. Und um ehrlich zu sein, weiß ich selbst nicht so genau, wie es *mir* eigentlich mit der ganzen Situation geht …«

Charlotte kommt quer durch das Schlafzimmer auf mich zu und legt den Arm um mich. »Nach so einer unerwarteten Trennung kannst du bestimmt ein bisschen Entspannung am Pool oder eine Massage ganz gut gebrauchen.«

Ich nicke. »Aber noch viel besser wäre es, Rom zu sehen, tolles Essen zu probieren und eure Hochzeitsfeier zu retten.«

Charlotte sieht mir tief in die Augen. Allmählich kommt es mir vor, als ob wir uns schon jahrelang kennen und nicht erst seit einem halben Tag. »Bist du dir da ganz sicher?«

Wieder nicke ich und sie fällt mir um den Hals. »Vielen, vielen Dank!«

»Aber es ist nicht garantiert, dass sie ihn wirklich findet«, gibt Melanie leise und zögernd zu bedenken.

»Das weiß ich doch«, antwortet Charlotte. »Aber zumindest können wir drauf hoffen! Ich gebe dir die Adresse der Bäckerei, am besten fängst du dort an.«

Sie läuft aus dem Schlafzimmer und lässt mich mit ihrer Mutter und ihrer Schwester allein. Jess macht einen optimistischen Eindruck, während Melanie skeptisch wirkt. Ich bin ganz euphorisch angesichts meines bevorstehenden Abstechers nach Rom und verkünde zuversichtlich, dass ganz *bestimmt* alles gut wird.

Charlotte kommt mit ihrem Handy wieder herein. Ich speichere die Adresse der Bäckerei. »Super«, sage ich. »Nach dem Duschen und Umziehen – meine Klamotten hab ich schon zwei Tage an, igitt – mach ich mich gleich auf den Weg.«

Dann entfährt mir jedoch ein erstickter Seufzer, woraufhin mich alle drei Britinnen besorgt ansehen.

»Was ist denn?«, fragt Charlotte. »Alles okay mit dir?«

»Ja«, krächze ich. »Mit mir schon, aber … mir ist gerade eingefallen, dass meine ganzen Sachen in Stephens Zimmer sind.«

9:01 Uhr

Muss ich mich wirklich umziehen?, überlege ich, während ich vor Stephens Zimmertür stehe und kurz davor bin anzuklopfen. Es ist schon verlockend, darauf zu verzichten. In Italien kennt mich niemand, spielt es da eine Rolle, wenn ich ein bisschen streng rieche? Tja, irgendwie schon, muss ich zugeben. Heute ist Donnerstag, und ich habe diese Klamotten schon seit *Dienstag* am Leib – am Umziehen führt also *kein* Weg vorbei. (Und am Duschen auch nicht!)

Klopf-kopf. »Stephen?« Keine Antwort. Das war zu erwarten, es ist ja noch nicht einmal zehn und er hat sicher mit Jetlag zu kämpfen. Ich klopfe noch einmal kräftiger und rufe seinen Namen lauter.

Nun öffnet sich die Tür einen Spalt. Nachdem zuerst Stephens wirrer Haarschopf erscheint, taucht einen Moment später auch sein verschlafenes Gesicht auf. Er kneift die Augen zusammen und wirkt zunächst beinahe irritiert, mich zu sehen.

»Ich dachte … ich … Wolltest du nicht wieder heimfliegen?«

»Es gab ein paar Probleme am Flughafen«, erkläre ich ihm. »Ich muss mein Zeug aus dem Koffer holen. Also, meine Sachen und alles.«

Er tritt einen Schritt zurück und öffnet die Tür. »Ja, klar … komm rein.«

Als ich das Zimmer betrete, wappne ich mich innerlich für zwei Szenarien: Entweder wird er darauf *bestehen,* dass ich hier bei ihm übernachte, oder er fängt an, mit mir über den gestrigen Vorfall zu streiten.

Ich weiß nicht genau, welche Variante mir lieber ist.

Er folgt mir ins Zimmer und bleibt erst einmal neben dem Sofa in der äußersten Ecke stehen, während ich mich neben das Bett knie, wo unser gemeinsamer Koffer abgestellt ist. Ich bekomme ein schlechtes Gewissen, als ich die sorgfältig verpackten Weihnachtsgeschenke für seine Verwandten beiseiteschiebe und dabei auch eins für *mich* entdecke. Auf den Anhänger hat er meinen Namen in Großbuchstaben geschrieben und daneben einen Smiley mit Herzaugen gemalt. Ich versuche, meine Schuldgefühle, so gut es geht, zu ignorieren.

Mit Kleidung für eine Woche und meiner Waschtasche im Arm richte ich mich wieder auf. Dabei stöhne ich peinlicherweise vor Anstrengung mindestens wie ein Gewichtheber, muss mich aber sofort voll und ganz darauf konzentrieren, *nicht rückwärts umzufallen* und auf dem Hinterkopf zu landen wie dieser Fußballer gestern Abend.

Allerdings besteht dazu keinerlei Gefahr, denn Stephen springt sofort vom Sofa auf, um mich aufzufangen. Mein Herz klopft vor Erleichterung über diesen glimpflichen Ausgang, doch im nächsten Moment krampft es sich ein wenig zusammen angesichts dessen, was er vielleicht gleich dazu sagen wird. Vermutlich so etwas wie: *Siehst du? Wir geben uns gegenseitig Halt …*

»Alles in Ordnung?«, erkundigt er sich, und ich gebe mir Mühe, nicht *allzu* hastig auf Abstand zu gehen.

»Jaja.« Ich lege die Arme etwas fester um mein Bündel.

»Ich helfe dir«, sagt er, eilt hinüber zum Koffer und nimmt einen Plastikbeutel heraus. »Vielleicht stopfst du 'nen Teil davon hier rein, dann hast du weniger zu tragen.«

Er hält mir mit einer Hand die geöffnete Tüte hin und zieht mit der anderen am Kleiderbündel. Doch der schwarze Pullover, nach dem er greift, hielt offenbar alles zusammen, denn sobald er ihn zu fassen bekommt, fällt die Hälfte von dem, was ich im Arm habe, zu Boden, einschließlich der Beutel.

»Mist, tut mir leid …« Stephen lässt sich auf das Sofa fallen und lehnt den Kopf zurück. Als ich sehe, wie es um seine Nase und Lippen zuckt, erkenne ich, dass er mit den Tränen kämpft. »Ich krieg im Moment ja wohl gar nichts auf die Reihe, oder?«

Ich lasse die übrigen Sachen auch noch fallen, und alle Furcht, Stephen gegenüberzutreten, ist verschwunden. Auch wenn unsere Beziehung momentan in der Schwebe – und vermutlich zu Ende – ist, kann ich es nicht ertragen, ihn so zu sehen.

»Es tut mir so leid, Anna«, sagt er und hält die Augen immer noch geschlossen.

»Was tut dir denn leid?«, frage ich und unterdrücke den Impuls, nach seiner Hand zu greifen oder seine Schulter zu drücken. Wenn man sechs Jahre mit jemandem zusammen war, hat man so eine Art Muskelgedächtnis, das bei solchen Gelegenheiten durchaus für Verwirrung sorgen kann.

Stephen lacht verzweifelt auf und schüttelt den Kopf. »Alles.« Er öffnet die Augen, die nur ganz leicht glänzen, und sieht mich an. »Es tut mir leid, dass ich als Freund so ein Loser war.«

»Nein, warst du nicht.« Behutsam setze ich mich – in gehörigem Abstand – zu ihm aufs Sofa und beuge mich in seine Richtung. Ich versuche, ihn einerseits zu trösten und andererseits bei ihm keine falschen Hoffnungen zu wecken. Was mir vermutlich nicht wirklich gelingt.

»Na ja, ich war schon ein ziemlicher Idiot und hab auf dem Flughafen kein Wort mit dir geredet. Wer macht denn so was?«

»Du warst enttäuscht«, sage ich und streiche mit den Fingern über die Sofakissen, um mich davon abzuhalten, ihn zu berühren. »Das ist doch verständlich.«

»Vielleicht …« Wieder lehnt er den Kopf zurück,

wobei eine einzelne Träne in seinem Augenwinkel hängt. In diesem Moment hasse ich diesen ganzen Romantikkram – wenn er bewirken kann, dass ein so toller Typ wie er derart verunsichert ist. »Aber wie ein Verliebter hab ich mich nicht gerade benommen, oder?«

»Du warst überrumpelt. Ich ja, ehrlich gesagt, auch.«

Er wendet seinen Kopf zu mir, wobei seine Haare seltsam auf dem Lederbezug des Sofas rascheln. Dann kneift er seine großen braunen Augen wieder leicht zusammen. »Wie meinst du das?«

»Ich meine, darüber hatte ich noch nie nachgedacht. Es ist auf keinen Fall so, dass ich nur noch auf den richtigen Zeitpunkt für eine Trennung gewartet habe. Bevor ich den Ring gefunden habe, war das für mich noch nie ein Thema gewesen …«

Er beugt sich nach vorn. »Okay, wir müssen doch gar nicht heiraten. Das ist total in Ordnung für mich. Vollkommen. Wir können auch … was ist denn?«

Ich lasse den Kopf hängen, als ob ihn jemand – der sehr groß und schwer ist – nach unten drückt. Denn jetzt wird es schon wieder reichlich unangenehm. Ich sehe, wie er seine Finger zu mir herüberschiebt und nur wenige Zentimeter von meinen – immer noch zwischen den Sofakissen steckenden – Händen entfernt anhält.

»Was ist?«, fragt er wieder, obwohl ich am brüchigen Klang seiner Stimme erkenne, dass er die Antwort eigentlich schon kennt und sich davor fürchtet. Das alles reicht mir, um unter das Thema Beziehungen vorerst einen dicken Schlussstrich zu ziehen.

Mühsam hebe ich den Kopf und zwinge mich, in seine großen braunen Augen zu schauen. Ich versuche etwas zu sagen, doch ein paar Sekunden lang fühlen sich meine Zähne an wie zusammengeklebt. »Seit es nun aber ein Thema *ist,* habe ich überlegt … Mein Studium dauert ja noch ein paar Jahre. Und wie es danach weitergeht, ist völlig unklar. Vielleicht muss ich eine Zeit lang weg aus New York, um weiter zu lernen und Erfahrungen zu sammeln. Das würde nicht gehen, wenn ich verheiratet bin und zu Hause Verpflichtungen habe, weißt du? Vielleicht wäre ich ja später total verbittert und unzufrieden, weil ich in jungen Jahren meine Träume nicht verfolgt habe. Oder vielleicht wirst du unglücklich, weil deine Frau die ganze Zeit schlecht gelaunt ist. Und sag bitte nicht, dass du damit klarkommst. Ich kenne dich – du bringst gern alles in Ordnung und wärst todunglücklich, wenn du es nicht hinbekommst.«

Er sieht mich lange an und schüttelt den Kopf, als ob er anderer Meinung wäre. Doch es wirkt mittlerweile nur noch halbherzig. Ich konnte zu ihm durchdringen. Jetzt wage ich es, meine Hände vom Sofa zu lösen und seine zu berühren, auch wenn er sie fest umklammert und sagt: »Ich liebe dich.«

»Ich liebe dich *auch«,* antworte ich. »Aber ich weiß nicht, wie lange wir uns lieben würden, wenn einer von uns unglücklich wird. Das wäre unfair dem anderen gegenüber.«

Stephen nickt und drückt wieder meine Hand, während ich näher an ihn heranrücke, bis unsere Schultern und Arme sich berühren. So bleiben wir eine Weile sitzen, starren ins Leere und versuchen zu begreifen, dass wir nicht mehr zusammen sind.

Das tut viel mehr weh, als ich dachte. Aber zugleich weiß ich auch, dass es genau richtig so ist.

4

Matteo

Donnerstag, 19. Dezember
13:57 Uhr

Das Tolle an Rom ist, dass es Unmengen von »Schlupflöchern« gibt, wo man an Tagen abtauchen kann, an denen man morgens aufwacht und am liebsten umgehend irgendwo im Erdboden versinken will. Denn das war heute definitiv der Fall, als mein spektakulärer Fail – der überall schon den Spitznamen *Der Frosinone-Flop* trug – bei YouTube auf Rang 11 der meistgesehenen Videos lag. Wenn man feststellen muss, dass schon mehr als 800 000 Leute deinen halsbrecherischen Stunt gesehen und sich vermutlich darüber amüsiert haben, wirken die abgelegenen, schmalen und gelegentlich menschenleeren Gassen Roms ausgesprochen verlockend.

Leider stecke ich gerade an einer der belebtesten Stellen der Stadt fest – auf der Piazza vor dem Trevi-Brunnen.

Nachdem ich ausgiebig über meinen Audi geflucht hatte, rief ich meine Cousine Julia an. Da sie direkt im Stadtzentrum wohnt, fragte ich an, ob ich bei ihr übernachten kann. Ihre Gästematratze ist zwar selbst für einen Hobbit zu klein, aber immer noch besser, als raus zu meinen Eltern zu fahren, wo die meisten Leute Frosinone-Anhänger sind und mich natürlich sofort erkennen würden. Julia ist tatsächlich bereit, die einstündige Autofahrt auf sich zu nehmen und mich vom Stadion abzuholen. Ihrem Tonfall nach hat sie schon von meinem *Flop* gehört, wobei sie ihn – Gott sei Dank – auf der Fahrt zu ihrer Wohnung kein einziges Mal erwähnt. Auch beim Brunch heute Vormittag verlor sie kein Wort darüber, obwohl sie sicher mindestens ein Video davon zugeschickt bekommen hatte. Ich habe mir drei Versionen davon angetan – jeweils mit Comedy-Musik unterlegt – und dann zu Julia gesagt, dass ich spazieren gehe und noch nicht genau weiß, wohin.

Ohne festes Ziel ließ ich mich im Strom von Passanten durch die Stadt treiben … und nun sitze ich hier fest, auf der Piazza am Trevi-Brunnen.

Vielleicht fällt es mir ja deshalb so schwer, die *Piazza di Trevi* einfach zu überqueren, weil ich – genau wie der bescheuerte *Lorenzo* – mitten im Dezember eine Sonnenbrille trage und deshalb kaum etwas erkennen kann. Aber andererseits traue ich mich auch nicht, sie abzunehmen, weil ich mich viel zu sehr davor fürchte, erkannt zu werden. Am liebsten wäre es mir, wenn die ganzen glücklich lächelnden Menschen rund um den Brunnen verschwinden würden, weil ich mich durch sie noch viel mieser fühle. Vor allem beim Anblick der ganzen Händchen haltenden Paare, die romantisch ins Wasser glotzen oder Ewigkeiten brauchen, um ihre Selfies so hinzubekommen, dass man im Hintergrund Oceanus sieht. Besonders schrecklich finde ich die Pärchen, die Münzen hinter sich werfen, sich dann umdrehen und einander anstrahlen, wobei ihnen überdeutlich anzusehen ist, wie gigantisch ihre Hoffnung auf eine glückliche Zukunft ist – als ob sie lieber ein paar Cent investieren würden, um sie dann vom Schicksal geschenkt zu bekommen, statt selbst aktiv etwas für ihr Glück zu tun und es sich zu *verdienen.* Aber vielleicht stört mich das vor allem deshalb so, weil mich ihr Anblick daran erinnert, dass es *bis vor Kurzem* auch noch jemanden gab, der mich so angesehen hat. Einen liebevollen, fürsorglichen Menschen, der jetzt für mich da wäre, wenn ich diese Beziehung nicht beendet hätte, um einem Traum nachzujagen, der niemals Wirklichkeit werden würde. Diesen Menschen gibt es nun für mich nicht mehr. Ich bin ganz allein.

Na ja, das stimmt nicht ganz. Ich *könnte* zu meinen Eltern fahren. Allerdings würde ich es nur schwer aushalten, ihnen heute unter die Augen zu treten. Jahrelang haben sie unendlich viel für mich getan – mich als Kind zu sämtlichen Spielen gefahren, Geld für richtig gute Schuhe aufgetrieben oder mich in die besten Trainingslager geschickt. Und das alles nur, weil ich unbedingt meinen Traum wahr machen wollte, eines Tages erfolgreich in Serie A Fußball zu spielen. Als Versager in Serie B kann ich keinesfalls bei ihnen auftauchen.

Außerdem müsste ich auf dem Weg zu meinen Eltern an unserem Trainingsgelände vorbeifahren, was ein echtes Problem ist, weil ich *genau jetzt* eigentlich zu einer

Übungseinheit dort sein müsste. (Wir haben am Freitag ein Spiel gegen Cremonese.) Das Handy in meiner Jackentasche wiegt schwer mit all den Text- und Sprachnachrichten, die ich von Raffaello und meinen Teamkollegen bekommen habe, weil sich natürlich alle nervös fragen, wo zum Teufel ich eigentlich stecke. Irgendwann muss ich mich bei ihnen melden, aber im Moment kann ich einfach mit niemandem reden.

Ich vollführe eine Art Pirouette, um einem Paar mittleren Alters auszuweichen, das sich knutschend vom Brunnen entfernt – kreuzgefährlich für alle anderen. Ich werfe ihnen über die Schulter einen vorwurfsvollen Blick zu, aber sie sind so sehr mit sich beschäftigt, dass sie ihn gar nicht bemerken. Der Anblick des Liebespaars erinnert mich an Sofia. Ob sie gerade mit Gennaro zusammen ist, in einem Lokal oder beim Einkauf von Weihnachtsgeschenken? Vielleicht schleift sie ihn gerade in irgendeine Boutique, so wie mich voriges Jahr. (Ich frage mich, ob er sich darüber weniger beschwert als ich.) Oder vielleicht essen sie auch gerade irgendwo Gelato, und sie weigert sich hartnäckig, etwas von ihrer Portion abzugeben, denn Sofia kann es überhaupt nicht ausstehen, Essen zu teilen. Sie meinte immer, dass sie vor allem deshalb besonders gern mit einem Fußballer zusammen war, weil ich nie Interesse an ihren Desserts hatte. Meine Ernährungspläne waren immer so streng, dass Gebäck und Gelato für mich keinesfalls infrage kamen. Und Sofia hatte verständlicherweise null Interesse an meinen Proteinshakes, die ich seit meinem sechzehnten Lebensjahr fünfmal am

Tag, alle drei Stunden, zu mir nahm – den ersten schon morgens um sieben.

Heute habe ich allerdings drei Portionen ausgelassen und das Essen mit Julia ist schon etliche Stunden her. Ich sollte also dringend etwas nachschieben, wobei ich allerdings definitiv keine Lust auf Proteinshake oder sonstige Gesundheitsnahrung habe. Ich laufe also wahllos in die nächstbeste, von der Piazza abgehende Straße hinein – es ist die *Via delle Muratte,* eine gepflasterte Gasse, die so eng ist, dass die Markisen der kleinen Geschäfte zu beiden Seiten sie fast vollständig überdachen. Etwa in der Mitte entdecke ich die perfekte Bäckerei: *Giovanni.* Drinnen sieht es warm und gemütlich aus, und das Schaufenster ist dekoriert mit Fotos von so ziemlich allen Leckereien, die ich mir seit mindestens sechs Jahren versagt habe. Als ich darauf zugehe, streiken beinahe meine Füße, als ob sie mir zurufen wollten: *Matteo, das bist du nicht.*

Tja, jetzt schon.

14:10 Uhr

Während ich den Teller mit meiner süßen Beute zum Tisch direkt an der Tür trage, bemerke ich, wie mich der jugendliche Aushilfskellner, der gerade den Nachbartisch abwischt, anstarrt. Ob er den *Frosinone-Flop* gesehen hat oder einfach schockiert ist, dass ich drauf und dran bin, ein *bocconotto,* mehrere *zeppole,* ein *budino,* vier *cannoli,* zwei *sfogliatelle* und einen Teller *struffoli* zu vertilgen?

Verständlich. Selbst als unersättlicher Zwölfjähriger

wäre ich angesichts dieses Schlaraffenbergs blass geworden. Doch ich ignoriere ihn einfach, genauso, wie ich das Gesicht unseres Ernährungsberaters Paolo ignoriere, das gerade in meinem Kopf auftaucht. Der arme Kerl wundert sich wahrscheinlich gerade, wovon er plötzlich so heftiges Sodbrennen bekommt. Aber das ist mir im Moment vollkommen egal. Dieser Berg ist meine Belohnung für all den Verzicht und die enttäuschenden Geburtstagspartys als Teenager, wenn ich permanent streng Diät halten musste und nicht das essen durfte, worauf ich Lust hatte.

Als Erstes beiße ich in einen Zeppole und stopfe mir diesen den Krapfen dann fast komplett in den Mund. Meine gute Erziehung sorgt dafür, dass ich mich dezent abwende, als mir etwas widerspenstige Vanillecreme über die Unterlippe tropft und das Kinn hinunterrinnt. Ich fange sie mit dem Löffel auf und schiebe sie mir zurück in den Mund, doch dann geht immer mehr Vanillecreme daneben, sodass ich sie mit der freien Hand auffangen muss. Dabei muss ich die ganze Zeit aufpassen, dass ich an meinem Exzess nicht ersticke …

In diesem Moment bemerke ich ein Mädchen draußen vor der Bäckerei. Sie ist groß, trägt einen violetten Mantel und beobachtet mich durch die Fensterscheibe. Sie reißt die Augen fast so weit auf wie ihren Mund und starrt mich unverhohlen an. Wieder drehe ich mich weg und verdecke meinen Schlaraffenberg mit dem Oberkörper, so wie ich im Spiel den Ball vor dem Gegner abschirme.

Die Türglocke läutet und einen Moment später steht

das hochgewachsene Mädchen neben meinem Tisch. Ist sie wirklich hereingekommen, um mir zu zeigen, wie entsetzt sie ist? Als ob sie das irgendetwas anginge!

»Ist was?«, frage ich, nachdem ich es endlich geschafft habe, den Krapfen hinterzuschlucken. »Ich hab halt Hunger – dafür sind Bäckereien doch da, oder?«

Das Mädchen hebt einen Finger à la »Moment mal«, greift dann in die Jackentasche und holt ihr Handy heraus. Sie tippt etwas ein, liest vom Display ab und spricht mich dann auf Italienisch an, was sich allerdings nicht gebrochen, sondern regelrecht kaputt anhört. Sie klingt amerikanisch.

»Entschuldigt … ich sein … beeindruckend mit … Auswahl.«

Sie deutet auf meinen Schlaraffenberg und zeigt mir ihren hochgestreckten Daumen. *Meint sie das ernst?* Ich zucke die Schultern und blicke auf meinen Teller, bis sie kehrtmacht und zur Verkaufstheke geht.

Ich lade eine Portion Struffoli auf meine Gabel, schiebe dann jedoch ein paar von den Bällchen wieder herunter – den gleichen Fehler mache ich nicht noch mal. Beim Kauen versetzt mich der Geschmack von Zimt und Honig umgehend zurück in meine Kindheit, als meine Großmutter um diese Jahreszeit immer Struffoli für meine Cousins und mich gemacht hat. Einen Moment lang verschwindet die gesamte Bäckerei um mich herum, stattdessen läuft wie auf einer Leinwand ein Film über Weihnachten in früheren Zeiten ab. Geschenke und Leckereien mit der ganzen Familie, Lärm und Gelächter,

Mittagsschlaf, weil alles so aufregend ist, dass man nachts nicht richtig schlafen kann. Ich bin überwältigt von dieser Zeitreise und fühle mich wie der einzige Verteidiger in einer Mannschaft, deren Gegner zum Konter ansetzt – nur mit dem Unterschied, dass ich auf dem Spielfeld in Panik geraten würde, während mich an diesem Tisch nur Traurigkeit und Frustration überkommt, weil diese herrlichen Erinnerungen abrupt enden, als ich mit zwölf kein »normaler« Junge mehr sein wollte, sondern Fußballprofi. Ein Star in der italienischen Spitzenliga. Während ich mir eine neue Ladung Struffoli in den Mund schiebe, verfluche ich meinen damaligen Entschluss, auf sämtliche Freuden der Kindheit zu verzichten.

Es war alles umsonst.

»Oh, gosh, I'm so sorry. I …« Das englische Wortgewitter holt mich abrupt zurück in die Gegenwart. Die Amerikanerin steht an der Theke und redet auf den Verkäufer ein – einen gestylten Typen um die zwanzig mit einem rätselhaften Tattoo am Hals. Hektisch tippt sie auf ihrem Handy herum. Vermutlich ist sie mit ihrem Italienisch am Ende. Ich höre nur, wie sie immer wieder »Struffoli« sagt, was der tätowierte Typ mehrmals wiederholt, gefolgt von einem italienischen Redeschwall, von dem das Mädchen erkennbar *kein Wort* versteht.

»Puh, was heißt bloß ›Weihnachtsbaum‹ auf Italienisch?« Wieder tippt sie auf ihrem Display herum und versucht die Übersetzung zu finden.

Ohne zu wissen warum, rufe ich ihr zu: *»Albero di Natale«*.

Die Amerikanerin sieht mich dankbar an und der Typ hinter der Theke lässt den Blick zwischen uns beiden hin und her schweifen. Mit schriller Stimme entgegnet er dann: »Weihnachtsbaum? Nein, nein … Solche Struffoli machen wir hier nicht.«

»Was sagt er?«, will das Mädchen auf Englisch von mir wissen, woraufhin mein Gehirn heftig zu rattern beginnt. In der Schule war ich ganz gut in Englisch – jedenfalls besser als die meisten meiner Mitschüler –, aber eine zweisprachige *Konversation* ist schon eine andere Hausnummer. Außerdem wollte ich ja eigentlich in Ruhe meinen Schlaraffenberg genießen. Schnell teile ich ihr daher mit, dass Weihnachtsbaum-Struffoli hier nicht angeboten werden, und wende mich dann den Sfogliatelle auf meinem Teller zu, während sie sich wieder zur Theke umdreht.

»Und können Sie mir sagen, wo ich Giovanni finde?«, erkundigt sie sich. »Also, den Giovanni, der diesen Laden eröffnet hat?«

Die Schwingtür hinter der Theke öffnet sich abrupt und eine kleine, stämmige Frau um die sechzig in einer blutroten, mit Mehl und Schokolade verschmierten Schürze stürmt aus der Küche. Sie ist mit einem Nudelholz bewaffnet, das sie schwingt wie ein Schwert.

»Giovanni?« Die Frau kommt hinter der Theke hervor und schimpft, dass hier der völlig falsche Ort sei, um Giovanni zu finden, und wie sie es überhaupt wagen könne, *diesen* Namen zu erwähnen?

Die Amerikanerin weicht erschrocken zurück und stößt dabei gegen mehrere Tische. »Oh, ich wollte nicht …«

»Signora …« Nun lasse ich doch meinen Schlaraffenberg stehen und schalte mich ein. Unterstützung der Abwehr, meine übliche Aufgabe.

Die Frau fährt zu mir herum und streckt mir das Nudelholz entgegen.

Ich hebe die Hände und erkläre hastig, dass die Amerikanerin nichts Böses im Sinn hat. »Sie ist einfach nur auf der Suche nach einem bestimmten Dessert, das ist alles.«

»Ich habe ihr schon am Telefon gesagt, dass es hier keine Weihnachtsbaum-Struffoli gibt. Schon seit Jahren nicht mehr. Seit *Jahren!*«

Dann zählt sie auf, was sie alles lieber machen würde als Weihnachtsbaum-Struffoli – und was sie diesem Giovanni-Typen am liebsten antun würde. Dann stürmt sie zurück in die Küche und lässt mich, die Amerikanerin, den tätowierten Verkäufer, den Aushilfskellner und ein paar andere Kunden ratlos zurück.

Die Amerikanerin kommt auf mich zu. »Was hat sie gesagt?«

Ich bin dankbar, dass mir die englischen Wörter dafür fehlen, denn es ist schon recht ungewöhnlich, dass ältere Damen derart ausfällig werden. Aber ich könnte ihr ohnehin nicht antworten, da aus der Küche ohrenbetäubender Lärm dringt – Geschirr wird zerschlagen, und Besteck fällt klirrend zu Boden. Durch die kleinen Fenster in der Schwingtür erhasche ich gelegentlich einen Blick, wie sie in der Küche wütet, während sich der tätowierte Verkäufer nachdenklich den Nacken reibt.

Es sieht so aus, als ob diese Frau mit Giovanni schon einiges erlebt hat …

Wie betäubt folgt mir die Amerikanerin zu meinem Schlaraffenberg. Sie sieht verzweifelt aus, und ich ermahne mich krampfhaft, dass ihr Problem – worin auch immer es genau besteht – nicht *meins* ist.

Doch sie erzählt mir trotzdem davon. »Jetzt bin ich wirklich aufgeschmissen«, seufzt sie. »Ich muss diese Struffoli irgendwie auftreiben …«

Ich sage nichts, sondern brumme nur mitfühlend, während ich mich mit der Gabel an meinem Bocconotto zu schaffen mache, um ihr zu zeigen, dass ich anderweitig beschäftigt bin.

Sie versteht es jedoch als Aufforderung, sich an meinen Tisch zu setzen. »Tja, davon hängt sozusagen eine ganze Hochzeit ab.«

Ich nehme an, dass sie das ironisch meint oder bewusst übertreibt, aber offenbar deutet sie meinen konzentrierten Blick als Neugier, denn lachend fügt sie hinzu: »Ich bin hier in Italien, weil ein Freund von meinem Freund heiratet. Also, von meinem *Ex*-Freund – aber das ist eine *lange* Geschichte. Auf jeden Fall will die Braut bei der Feier gern Struffoli servieren, zur Erinnerung an die verstorbene Mutter des Bräutigams. Vor dreißig Jahren oder so haben sie und ihr Mann sich verliebt, als sie Struffoli in Form eines Weihnachtsbaums gegessen haben. Und sie dachten, der Konditor, der es damals gemacht hat, arbeitet hier.«

Ich zeige in Richtung Theke und Küche. »Aber hier

gibt es offenbar nur diesen Verkäufer und die wütende Frau.«

»Ja, sieht so aus.« Ihr Blick fällt auf meine Gebäckauswahl. Ich mache eine einladende Geste, die sie zunächst abwehrt. Kurz darauf greift sie aber doch zu einem von den Cannoli. Sie beißt hinein, hält ihn dann vor sich hoch und betrachtet ihn wie ein wissenschaftliches Studienobjekt.

»Ist was nicht in Ordnung damit?«, erkundige ich mich.

Sie wird ein wenig rot. »Nein, ich überlege nur, sie haben Cashews statt Pistazien verwendet. Das ist … interessant.« Wieder beißt sie hinein, kaut und schaut nachdenklich an mir vorbei. »Ich hätte allerdings ein bisschen weniger Ricotta genommen.«

»Du schmeckst bei einem Cannolo den Unterschied zwischen Pistazien und Cashews?«, frage ich erstaunt.

Sie nickt und schiebt sich den Rest in den Mund. »Na ja, ich studiere an einem Kulinarik-Institut.« Als ich nachfrage, was das bedeutet, sucht sie kurz nach einem englischen Wort, das ich leichter verstehe. Sie verzieht das Gesicht und sagt: »Eine Kochschule.«

»Und wieso zauberst du dann den Weihnachtsbaum nicht *selbst?«,* will ich wissen. Dabei sehe ich auf meinen Teller und überlege, worauf ich als Nächstes Lust habe. Meine Bauchmuskeln schwenken zwar schon die weiße Fahne, aber ich bin längst noch nicht fertig.

»Weil er wohl genau von diesem Konditor kommen muss, von dem wir dachten, dass ihm dieser Laden gehört …«

»Giovanni?«

Sie nickt und begutachtet den Berg auf meinem Teller. »Es geht halt um die Nostalgie, und die Braut ist schon total verzweifelt, weil ihre Schwiegerfamilie enttäuscht sein wird, wenn es das Dessert nicht gibt. Natürlich könnte ich *versuchen,* es selbst zu machen, aber wenn ich es vermassele, wird alles nur noch schlimmer. Ich meine, es ist ja schon schlimm genug, dass ich praktisch als ungebetener Gast dabei bin – da kann ich auf *keinen* Fall noch die Feier total verderben.«

»Hast du nicht vorhin gesagt, der Bräutigam ist der Freund von deinem *Ex*-Freund?«, frage ich. »Wieso bist du denn überhaupt gekommen?«

Wieder schüttelt sie lachend den Kopf. »Das mit dem ›Ex‹ ist ganz neu. Wie gesagt, *lange* Geschichte. Ich will dich damit nicht langweilen. Die Braut und ihre Familie waren total nett zu mir, als ich es echt *nötig* hatte. Deshalb würde ich ihnen gern helfen, wenn es irgendwie geht. Aber das hier ist offenbar eine Sackgasse.« Seufzend lehnt sie sich zurück und sieht frustriert und ratlos aus. »Ich habe vom Zug aus ein günstiges Zimmer gebucht, also habe ich noch bis morgen Vormittag Zeit. Aber jetzt weiß ich erst mal nicht mehr weiter …«

Ihre Verzweiflung kommt mir übertrieben vor. Ich mutmaße, dass noch mehr dahintersteckt als nur der Versuch, einer Braut am Tag ihrer Hochzeit zu helfen. Aber ich will lieber nicht zu viele Fragen stellen, schließlich kenne ich dieses Mädchen ja gerade einmal fünf Minuten. Da mir nichts einfällt, was ich sonst noch sagen könnte, signalisiere ich ihr einfach, dass sie sich weiter von meinem Schlaraffenberg bedienen kann. Sie nimmt sich ein paar Sfogliatelle, und wir essen eine Weile schweigend, bis sie mich unter dem Tisch sacht mit dem Fuß anstößt.

»Hey, ich glaube, der Typ da versucht dich zu fotografieren«, murmelt sie.

Ich hebe den Kopf und sehe, dass sie recht hat. Jetzt ist klar, dass dieser Aushilfskellner mich *tatsächlich* auf YouTube gesehen hat, denn er hat sich an den Nachbartisch gesetzt und hält sein Handy vor sich und versucht, über die Schulter ein Selfie zu schießen.

»Wenn du ein Foto willst, kannst du auch danach fragen«, rufe ich ihm zu. Die Amerikanerin wirkt etwas beunruhigt, weil das auf Italienisch ziemlich aggressiv klingt. Aber ich schüttele den Kopf, um anzuzeigen, dass alles okay ist.

Der Junge lässt vor Schreck beinahe sein Handy fallen, als er es hastig in seine Schürzentasche stecken will. »Tut mir leid, ich wollte nur …« Er steht auf und kommt zu uns herüber. »Ich habe nur überlegt, ob du Matteo Falco bist? Spielst du bei Frosinone, im Mittelfeld?«

»Richtig«, antworte ich und mache eine abwehrende Handbewegung. »Und ja, es *hat* wehgetan, als ich …«

»Das ist ja so was von cool!«, schwärmt er. »Ich bin Fan von Frosinone. Seit unsere Familie in die Stadt gezogen ist, kann ich zwar nicht mehr so oft ins Stadion gehen, aber ich schaue mir unsere Spiele immer im Fernsehen an. Ich heiße übrigens Luca.«

Ich schüttele ihm die Hand und bin erstaunt, wie angenehm es sich anfühlt, wenn die innere Anspannung nachlässt, weil ich weiß, dass er sich nicht über mich lustig machen will. Außerdem beeindruckt er mich auch ein wenig, denn für die meisten Jungs in seinem Alter wäre ein Umzug in die Stadt der perfekte Vorwand, um Anhänger von Roma oder Lazio zu werden, den hiesigen Clubs in der Serie A. Seinen leuchtenden Augen ist deutlich anzusehen, dass er gern über Fußball fachsimpeln würde, obwohl mir im Moment nichts ferner liegt. Aber wenn ich ein bisschen Fanbetreuung mit ihm mache, könnte ich vielleicht die eine oder andere Frage stellen, um dieser Amerikanerin bei ihrer Struffoli-Suche zu helfen. Obwohl ich mich auch frage, was mich das eigentlich angeht. Vielleicht habe ich das Thema Teamgeist so sehr verinnerlicht, dass ich gar nicht anders kann, als selbst wildfremde Leute zu unterstützen? Oder es liegt daran, dass sie ziemlich süß ist …

»Was meinst du?«, fragt Luca, »steigen wir dieses Jahr auf?«

»Es ist auf jeden Fall möglich.« Diese Antwort gebe ich immer, wenn mich Fans im Stadion darauf ansprechen oder im Gespräch mit Journalisten, die so tun, als ob es sie nicht grenzenlos langweilen würde, über unterklassige Spiele zu berichten. »Wir müssen einfach nur gewinnen.«

Luca ballt die Faust und fängt an zu singen: *»Dai Frosinone … «*

Er sieht mich an und wartet darauf, dass ich in den Fangesang einstimme. Aber das möchte ich nun wirklich nicht – zum einen, weil ich nicht singen kann, und zum anderen, weil in dieser Bäckerei noch andere Leute sind. Und außerdem weiß ich ja gar nicht so genau, ob ich überhaupt noch bei Frosinone spiele. Aber mit Luca an der Seite habe ich die besten Chancen, der Amerikanerin bei ihrer Suche zu helfen. Also räuspere ich mich und lege los: *»... vinci con la forza del leone ...* «

Auf, Frosinone ...
Siege mit der Kraft des Löwen.

Ehe Luca das Lied beenden kann, hebe ich die Hand. Es wäre eine echte Blamage, wenn er merken würde, dass ein regelmäßig eingesetzter Mittelfeldspieler seiner Mannschaft nicht den *gesamten* Text auswendig kann. Abgesehen davon macht die Amerikanerin ein ausgesprochen verwirrtes Gesicht. »Sag mal, mein Freund – warum war die Frau denn gerade so wütend?«

Erschrocken schaut er in Richtung Theke. Der tätowierte Verkäufer bedient gerade einige neue Kunden, die eben hereingekommen sind. Die Küchentür ist unheilvoll geschlossen. »Wer, Chiara? Sie ist da sehr empfindlich.« Er beugt sich über den Tisch und raunt mir zu: »Tommaso hat mir erzählt, dass Chiara diese Bäckerei früher zusammen mit ihrem besten Freund Giovanni betrieben hat – das war noch vor meiner Geburt. Diese Struffoli, nach denen die Amerikanerin gefragt hat, waren Giovannis Spezialität. Ein Weihnachtsgebäck, dass er sich ausgedacht hat. Chiara weigert sich, es wieder zu machen.«

»Wieso das denn?«, frage ich. »Ist Giovanni tot, oder was?«

Luca kichert. »Das droht ihm wahrscheinlich, wenn er Chiara noch mal über den Weg läuft. Ich weiß nicht genau, was wirklich passiert ist, aber es wird viel geredet. Chiara hatte sich angeblich in Giovanni verliebt, aber Giovanni war wohl ein ziemlicher Aufreißer. Er hat ihr das Herz gebrochen und wurde dafür von ihr vor die Tür gesetzt. Sie bekam dann von ihm die ganze Bäckerei überschrieben, obwohl sie nach ihm benannt ist und Chiara gar nicht so viel vom Backen hält. Sie hat das alles nur gemacht, um seinen Traum vom eigenen Geschäft zu unterstützen. Ihr ganzes Geld steckt hier drin, deshalb ist sie daran gefesselt und muss eine Arbeit machen, die ihr gar nicht liegt. Aber sie hat keine andere Wahl.«

Ich senke den Blick, damit weder Luca noch die Amerikanerin meine Reaktion sehen können. Es tut mir unsagbar leid für die wütende Bäckerin, denn ich kann mich gut in ihre Situation hineinversetzen. Als ich wieder aufblicke, will ich von Luca wissen: »Dann ist dieser Giovanni also verschwunden?«

Der Junge schüttelt den Kopf. »Er ist wohl noch in der Stadt. Tommaso meinte, dass er bei *Deliziose prelibatezze* arbeitet, am Teatro Marcello, in der Nähe des Forums …« Er sieht einen Moment lang zur Decke und schüttelt dann den Kopf. »Den Straßennamen weiß ich leider nicht, tut mir leid.«

»Kein Problem«, antworte ich. »Du warst eine große Hilfe.«

Als Luca wieder an die Arbeit geht, berichte ich der Amerikanerin kurz, was er mir erzählt hat. Als sie hört, dass das Forum ungefähr fünf Kilometer von hier entfernt ist, verzieht sie das Gesicht und merkt an, dass sie dorthin wohl ein Taxi nehmen muss. »Aber wahrscheinlich kann ich mir diesen Luxus gerade gar nicht leisten«, seufzt sie. »Denn die Zugfahrt und mein Zimmer waren nicht ganz billig. Wahrscheinlich muss ich mit der U-Bahn fahren, in der Hoffnung, dass ich mich nicht heillos verirre.«

Ich nicke und denke an die vielen Gelegenheiten, wenn ich mit dem öffentlichen Nahverkehr in Rom unterwegs war und mich nur mit Mühe zurechtfand. Und ich bin immerhin fast ein Einheimischer. Somit hat diese Amerikanerin keine Chance, und was, wenn dieser Giovanni-Kerl gar nicht mehr bei *Deliziose prelibatezze* arbeitet – wer weiß, wie lange sie dann braucht, um ihn zu finden? Vielleicht den *ganzen Tag* … eigentlich eine gute Alternative, statt zu meinen Eltern nach Hause zu fahren und ihre mitfühlenden Fragen über mich ergehen zu lassen.

Deshalb biete ich spontan an, ihr erstens den Weg zum Teatro Marcello zu zeigen und sie zweitens als Dolmetscher zu unterstützen, was sie ganz bestimmt brauchen wird.

Die Amerikanerin mustert mich verwundert. »O nein, das kann ich doch nicht von dir verlangen«, wehrt sie ab. »So kurz vor Weihnachten. Bestimmt hast du noch viel zu erledigen, mit deiner Familie und so weiter.«

Die Lüge kommt mir leicht über die Lippen. »Nein …

ich hab heute gar nichts weiter vor, alles gut. Also, wenn du ein bisschen Unterstützung brauchst?«

Sie schließt kurz die Augen und nickt. »Das wäre schon *toll«,* erwidert sie. »Vielen, vielen Dank.« Dann streckt sie mir über den Tisch hinweg die Hand entgegen. »Ich heiße übrigens Anna.«

»Matteo.«

Und so fangen wir an, gemeinsam Pläne zu schmieden, um diesen Giovanni zu finden … allerdings erst, nachdem wir den Schlaraffenberg fertig erkundet haben. Während sie sich mit der Gabel ein Stück vom Bocconoto abtrennt, will sie von mir wissen, warum zur Hölle ich solche Unmengen von Süßkram bestelle, dass ich davon wahrscheinlich Diabetes bekomme.

Ich zucke die Schultern und antworte das Gleiche wie vorher: »Das ist eine lange Geschichte.«

5

Anna

15:16 Uhr

Als Matteo sich bei Jenoah, dem Inhaber von *Deliziose prelibatezze,* nach Giovanni erkundigt, macht er ein Gesicht, als ob wir ihm gerade angedroht hätten, seine Bäckerei zu verwüsten. Verärgert stößt er einen italienischen Wortschwall aus, bei dem ich nicht die leiseste Chance habe, etwas zu verstehen. Selbst Matteos Dolmetsch-Schnellfeuer kann ich kaum folgen:

»›Eines Abends kam ich nach Hause‹ … Ähm … ›Früher als erwartet … auf dem Fußboden im Wohnzimmer lag ein Paar Socken … Es waren nicht *meine.*‹«

Oh-oh, nach Chiaras Wutausbruch in der vorigen Bäckerei ahne ich schon, wie diese Geschichte weitergeht. Offensichtlich ist dieser Giovanni ein Aufreißer der unangenehmen Sorte.

Jenoah schlägt mit der flachen Hand auf den Glastresen und schimpft immer weiter. Das einzige Wort, das ich verstehe, ist »Giovanni«. Laut Matteos Übersetzung hat er die Schlafzimmertür geöffnet und gesehen, wie seine Frau und … An dieser Stelle bricht Matteo plötzlich ab und wird knallrot.

»Was denn?«, frage ich. »Was hat er gesehen?«

Doch Matteo schüttelt den Kopf und murmelt, dass ihm die englischen Worte fehlen, um wiederzugeben, was er gerade erfahren hat. Selbst Jenoah macht unter dem Eindruck seiner Erinnerungen ein fassungsloses Gesicht. Allerdings gibt es einen klatschsüchtigen Teil in mir, der *nur allzu gern wüsste, was er da gesehen hat.*

Inzwischen redet Jenoah direkt auf mich ein. Wieder fällt mehrmals der Name »Giovanni«, und so, wie er dabei auf sein Nudelholz zeigt, ahne ich, wie es ausgehen würde, wenn sie sich je wieder begegnen sollten. Matteo schaltet sich ein, zeigt auf mich mit dem Hinweis »Americano« und fügt dann auf Italienisch vermutlich noch hinzu, dass ich ihn leider nicht verstehe.

Jenoah starrt mit versteinertem Blick zuerst Matteo an und sieht dann ganz langsam zu mir. Vor lauter Sorge, dass gleich Flammen aus seinen Augen schlagen könnten, habe ich den Drang, in Deckung zu gehen. Obwohl das natürlich Unsinn ist. Er stützt sich mit flachen Händen auf die Theke, beugt sich nach vorn und ruft: »Giovanni! Bööser! Mann! Sehr! BÖSE!«

Er macht auf dem Absatz kehrt und verschwindet in der Küche. Einen Augenblick später höre ich, wie eine Teigschüssel aus Edelstahl über eine Arbeitsfläche geschleudert wird und dann zu Boden scheppert.

Ich schaue zu Matteo. »Was hat er denn nun im Schlafzimmer *gesehen?«*

Matteo bläst die Wangen auf und schüttelt den Kopf. Er macht ein entsetztes Gesicht. »Das willst du nicht wissen.«

Er nickt in Richtung Tür, dass wir lieber gehen sollten. Als wir hinaus auf die Straße treten, wird mir wieder bewusst, dass ich mich in Rom befinde. Bisher bin ich hier nur atemlos herumgehetzt und habe kaum etwas von dieser Stadt gesehen – mit ihrem Kontrast aus Moderne und Geschichte und den engen Straßen, in denen die Menschenmassen kaum Platz haben, die durch diese Stadt strömen. Ich beobachte ein junges Paar um die zwanzig, das an uns vorbeitaumelt, alle Hände voll Weihnachtseinkäufe und die Füße heillos überfordert vom Kopfsteinpflaster. Ich bin dankbar für meine Laufschuhe, da ich mir ohne sie wahrscheinlich längst den Knöchel verstaucht hätte, denn als New Yorker ist man überhaupt nicht vorbereitet auf die schmalen und unebenen Pflasterstraßen von Rom. Plötzlich überkommt mich ein Anflug von Traurigkeit, der die Enttäuschung über die erfolglose Suche nach Giovanni ablöst. Ich befinde mich hier in einer Stadt, die ein kulinarisches Paradies ist, und bekomme *überhaupt nichts* davon mit. So gern ich Giovanni und sein sagenumwobenes Dessert finden würde, wäre es doch wirklich frustrierend, wenn ich nicht wenigstens einen klitzekleinen Eindruck von Rom bekäme.

»Es tut mir leid«, sagt Matteo nun zu mir. »Das ist wohl eine Sackgasse.«

»Jenoah würde uns wahrscheinlich nicht verraten, wo Giovanni ist, selbst wenn er es wüsste, oder?«, merke ich an, während wir loslaufen, vorbei an einer Vielzahl von Cafés und kleinen Trattorien, deren Eingänge mit Stoffmarkisen überdacht sind, die im kalten Dezemberwind lautstark flattern. Natürlich weiß ich, dass es kurz vor Weihnachten ist und so weiter, aber ich hätte niemals gedacht, dass es in *Rom* derart kalt ist.

»Na ja, er meinte, dass er die ungefähre Gegend kennt«, erklärt Matteo, als wir stehen bleiben, um nicht mit zwei kleinen Jungen in Fußballtrikots zu kollidieren, die von einer gestresst wirkenden Mutter mit Taschen voller Geschenke verfolgt werden. »Allerdings nicht die genaue Adresse. Wenn er die wüste, würde er ›Giovanni mal einen Besuch abstatten‹.« Ich vermute, dass Jenoah gerade davon sprach, als er auf sein Nudelholz zeigte.

Wir laufen weiter, vorbei an einer Steinkirche, die gut ein paar Hundert Jahre älter sein dürfte, als die Gewerbegebäude links und rechts davon. Sie wirkt abweisend und *wenig angetan* von der unmittelbaren Nähe zu einer Apotheke auf der einen und einer chemischen Reinigung auf der anderen Seite. Als ob sie sagen wollte: »Ich war zuerst hier!«

Matteo bleibt stehen, als wir eine Piazza erreichen, wo nicht allzu viel los ist und die kaum mehr zu bieten hat als eine Trattoria an der Ecke. Die Fußwege zwischen zwei Reihen alter Steingebäude sind von parkenden Autos und Vespas gesäumt. Eine Gruppe von Jugendlichen mit Fahrrädern kommt auf uns zu. Um Haaresbreite rauschen sie direkt gegen die Vespas, weil sie aus unerfindlichen Gründen Matteo fasziniert anstarren, der die Hand auf meinen Arm legt, seinen Schritt beschleunigt und dann mit der anderen Hand in die Jackentasche greift, um seine Sonnenbrille herauszuholen, die um diese Jahreszeit jedoch vollkommen unnötig ist.

»Das war ja seltsam«, murmle ich und muss daran denken, dass Luca in der Bäckerei *Giovanni* auch auffallend großes Interesse an Matteo hatte … und ihm obendrein etwas *vorgesungen* hat. Darauf hatte ich Matteo noch gar nicht angesprochen, und auch jetzt habe ich keine Gelegenheit dazu, weil er vorschlägt, mir das Forum Romanum zu zeigen, das ganz in der Nähe liegt.

»Ich würde es so gern sehen, aber ich muss Giovanni finden«, zwinge ich mich zu antworten.

Matteo nickt. »Ich weiß, aber im Moment fehlen uns die Anhaltspunkte. Vielleicht kommt uns ja eine neue Idee, wenn wir ein bisschen durchs Forum laufen? Wenn du das erste Mal in Rom bist, solltest du es schon gesehen haben.«

Vielleicht liegt es daran, dass ich eben erst darüber nachgedacht hatte, wie sehr es mich ärgert, so wenig von der Stadt mitzubekommen, oder am Hinweisschild zum *Foro Romano* an einer Ecke der Piazza – jedenfalls willige ich ein. »Einen kurzen Blick können wir schon riskieren …«

15:58 Uhr

Das Forum hat natürlich wesentlich mehr verdient als einen »kurzen Blick«. Es ist total beeindruckend! Eigentlich sollte man annehmen, dass eine so verfallene Ruine einigermaßen *unansehnlich* ist, aber das stimmt nicht.

Matteo und ich durchstreifen sie zusammen mit ein paar vereinzelten Touristen – wobei wir alle ergriffen schweigen, als hätten wir Angst davor, Geister oder Ähnliches aufzuwecken. Ich versuche mir vorzustellen, wie es in früheren Zeiten hier zugegangen sein mag. Geschäftig, bedeutungsvoll. Eine Art Dreh- und Angelpunkt der Welt. Das, was New York für viele Leute heutzutage ist. Diese Gedanken bringen mich in gefährliche Stephen-Nähe, weshalb ich sie sofort beiseiteschiebe und mich stattdessen auf meine momentane Umgebung konzentriere.

Seltsam, sich vorzustellen, wie viele Menschen hier einst lebten und es zu einem so wichtigen Zentrum machten – und doch hat sich die Welt weiterentwickelt. Andererseits vielleicht gar nicht so sehr, denn wir wandeln ja hier auf den Spuren der Vorfahren und machen uns Gedanken über sie.

»Beeindruckend, oder?«, stelle ich fest, als wir uns auf einen Steinblock setzen, der sich unterhalb eines Tempels befindet, der laut meinem Reiseführer einst Saturn geweiht war. Er besteht allerdings nur noch aus einem gigantischen steinernen Portal, hinter dem sich rein gar nichts befindet, denn von dem eigentlichen Gebäude ist nichts mehr erhalten. Irgendwie ist mir diese Sturheit sympathisch. »Wenn man sich vorstellt, wie sehr sich die Welt weiterentwickelt hat, und trotzdem haben wir, na ja, so viel Respekt vor den Leistungen der Römer, dass es uns … ich weiß auch nicht, ein *Bedürfnis* ist, so was hier zu erhalten. Damit wir nie vergessen, dass es sie gegeben hat.«

»Unsere Sprachen, unser Kalender, unsere Zeitmessung«, erklärt er, »das geht alles auf die Römer zurück. Wir können sie praktisch gar nicht vergessen.«

Ich nicke, und schweigend sitzen wir ein paar Minuten da und betrachten den Tempel. Die Überreste eines Portals zu einem Gebäude, das schon vor langer Zeit verschwand. »Wie eine Erinnerung, die langsam in Vergessenheit gerät«, stelle ich fest und schäme mich kein bisschen für mein Staunen. »Als ob wir aufhören würden über die Römer zu reden, sobald von diesen Ruinen hier nichts mehr übrig ist. Denn nur solange wir was Greifbares als Beweis dafür haben, dass sie mal existiert haben, werden wir uns an sie erinnern.«

Ich schaue zu Matteo und erschrecke beinahe, als ich feststelle, dass er mich ebenfalls ansieht. Er hat seine überflüssige Sonnenbrille abgenommen und blickt mich so aufmerksam an, als ob er genau zuhört, was ich sage. Das ist mir fast ein bisschen zu viel.

»Ich glaube, die wussten das«, sagt er mit Blick auf den Tempel und einer ausladenden Geste ins gesamte Forum. »So was hier zu bauen, das ist ja enorm aufwendig und kostet eine Menge Zeit und Kraft …« Nun ist er derjenige mit dem bewundernden Tonfall, in den sich allerdings recht schnell etwas Wehmut und sogar Traurigkeit mischt. »Aber das ist es ja bestimmt wert, wenn man weiß, dass die eigene Leistung lange im Bewusstsein bleibt, auch über den Tod hinaus. Man muss schon echt ehrgeizig sein, um das alles zu bauen und damit in der Welt seine Spuren zu hinterlassen.«

»Hört sich an, als ob du auch von so was träumst«, sage ich. Nun wird er plötzlich verlegen und fängt an mit der Sonnenbrille in seiner Hand zu spielen. Er muss lachen.

»Ist schon nett, wenn man für eine Sache brennt, schätz ich mal«, antwortet er und starrt auf den steinernen Weg zu unseren Füßen.

Ich möchte ihm so gern ein paar Fragen stellen, um zu erfahren, was es mit diesem Blick und diesem Ton auf sich hat. Niemand landet ohne *triftigen* Grund in einer Konditorei und lädt sich solche Mengen von Süßkram auf den Teller. Allerdings habe ich auch ganz stark das Gefühl, dass ich abwarten sollte, bis er es von sich aus anspricht.

»Auf jeden Fall«, antworte ich. Ein Touristenpaar in identischen pinkfarbenen Windjacken – und ähnlich staunendem Gesicht wie ich vorhin – schlendert an uns vorbei. »Meine Ambitionen sind halt nur ein bisschen bodenständiger. Mit Ehrgeiz lässt sich die Welt ganz bestimmt verändern – aber man kann auch das auch schaffen, wenn man anderen Leuten Gutes tut, damit immer mehr glückliche und motivierte Leute herumlaufen. Verstehst du?«

Er sieht mich lange an, und ich habe genug Zeit zu bemerken, dass seine Wangenknochen so markant sind wie einige der Hügel rings um das Forum. Einen Moment lang überlege ich, was Stephen davon halten würde, wenn er wüsste, dass ich mir mit einem gut aussehenden Italiener die Zeit vertreibe.

Ein gut aussehender Italiener, der mir zuhört, wenn

ich über Ehrgeiz und Glück rede, und obendrein auf die Idee kommt, mir solche Fragen zu stellen wie: »So wichtig sind dir also Lebensmittel und Kochen?«

Das ist für mich derart ungewohnt, dass ich ganz rot werde – wahrscheinlich ungefähr so wie er im *Deliziose prelibatezze,* als er sich weigerte wiederzugeben, was Giovanni in diesem Schlafzimmer angestellt hat. Warum ist es mir eigentlich unangenehm, über etwas zu reden, das mir am Herzen liegt?

»Wahrscheinlich«, sage ich und blicke dabei auf den Tempel, von dem keinerlei Blicke zu befürchten sind, die mich verunsichern könnten, »bin ich immer dann am glücklichsten, wenn ich Essen zubereite. Es ist ein tolles Gefühl, Menschen damit glücklich zu machen …«

Ich spüre, wie er mich ansieht, und kann der Versuchung nicht widerstehen, die Ernsthaftigkeit mit einem Witz aufzulockern. »Ja, ja, ich weiß … es ist schon ein bisschen seltsam, wenn man so viel vom Essen redet.«

Doch er lacht nicht, sondern sieht mich immer noch so ernst an wie zuvor, als ob er mir damit sagen wollte, dass er mich versteht. Dann steht er von der Steinplatte auf.

»Apropos Essen«, stellt er fest. »Ich hab irgendwie Hunger.«

6

Matteo

16:56 Uhr

Nach meiner Bemerkung, dass ich Hunger habe, bekam ich einen Anflug von Panik. Da ich von uns beiden ja derjenige bin, der von hier stammt, müsste ich nun auch einen Vorschlag machen, wo wir etwas essen gehen könnten. Aber da ich in einem Vorort aufgewachsen bin, kenne ich das Stadtzentrum nicht allzu gut, sodass ich auf die Frage »Wo wollen wir denn hingehen?« nur ratlos mit den Schultern zucken könnte. Aber zum Glück hat Anna die passende Liste dabei: »Lokale in Rom« (sie ist in Sachen Kochkunst wirklich engagiert), aus der wir ein leicht zu erreichendes Lokal auswählen.

Auf diese Weise landen wir im *Maddalena's,* einer minimalistisch und geschmackvoll eingerichteten Pizzeria, wohin das von der Decke herunterhängende Lametta und die Stechpalmenzweige an den Wänden nicht so recht passen wollen – als ob der darüber thronende Palatin über solchen Kitsch streng den Kopf schütteln würde.

Wir setzen uns nebeneinander an einen Tisch in Fensternähe, von wo aus wir beide den Ausblick auf den Tiber genießen können, der – wie alles in Rom – sein ganz eigenes Ding macht und sich träge dahinschlängelt, als ob er eine schärfere Biegung durch die Stadt in *Erwägung* ziehen, sich dann aber doch nicht dazu entschließen könnte. Genau wie die baufällige Palatin-Brücke, die man in der hereinbrechenden Dunkelheit gerade noch erkennen kann. Es hat den Anschein, als ob sie sich eisern dagegen wehrt, vollständig zusammenzubrechen, um nicht durch einen Neubau ersetzt zu werden. Als ob sie damit sagen wollte: *Ich war zuerst hier …*

Wir sind beinahe fertig mit unserer Pizza (Quattro stagioni für sie, Frutti di mare für mich – mein Körper ist mittlerweile wahrscheinlich total verwirrt), und ich habe währenddessen von Anna die ganze Geschichte vom Heiratsantrag ihres Ex erfahren. »Du hältst mich jetzt bestimmt für einen Unmenschen, oder?«, fragt sie und wendet den Blick ab, als sie mein entsetztes Gesicht sieht. »Weil ich einem Jungen das Herz gebrochen habe, vor sämtlichen Passagieren des Flugzeugs …«

»Das ist es gar nicht«, entgegne ich. »Ich habe mir nur gerade vorgestellt, wie unangenehm so eine Situation sein muss. Für euch beide. Natürlich war das eine Enttäuschung für ihn – aber für *dich* … Das war doch bestimmt heftig, so unter Zugzwang zu stehen und zu erkennen, dass dein Freund nicht die leiseste Ahnung hat, wie es dir geht.« *Oder sich nicht dafür interessiert,* will ich noch hinzufügen, behalte es aber für mich, weil ich diesen Stephen ja gar nicht kenne und ihm nicht unrecht tun will. Außerdem finde ich es ziemlich anstrengend, so viel Englisch zu reden. Wenn ich jetzt auch noch anfange, nach Beleidigungen zu überlegen, explodiert mein Gehirn wahrscheinlich.

Ich beobachte Anna, die zum Fluss hinüberschaut, wobei ihrem Gesicht die innere Anspannung deutlich anzusehen ist. Schließlich stößt sie einen bebenden Seufzer aus, der dann in ein Lachen übergeht. Ihre Stimme klingt erleichtert. »Danke«, sagt sie. »Es ist mir ziemlich schwergefallen, mich dafür nicht selbst zu hassen.«

»Du hast doch nichts falsch gemacht«, beruhige ich sie. »Allerdings hättet ihr vielleicht lieber vor eurer Reise miteinander reden sollen, oder?«

Sie senkt den Blick und schiebt mit der Gabel ein Stück Pizzarand auf ihrem Teller herum. »Genauso sieht's aus. Das hätte uns eine Menge Stress erspart …«

»Aber wenn ihr das gemacht hättet«, werfe ich zwischen zwei Bissen ein, »wär dir die Chance entgangen, Rom zu sehen. Zumindest vorläufig.«

Sie nickt und verzieht den Mund zu einem Lächeln. Offensichtlich geht ihr etwas durch den Kopf.

Auf meinen fragenden Blick hin erklärt sie: »Ich überlege nur gerade, dass es dafür eine andere Gelegenheit gegeben hätte, wenn ich nicht so ein Feigling wäre. Vorigen Sommer habe ich nämlich erfahren, dass es die Möglichkeit für ein Auslandssemester an der *Scuola di arti culinarie* gibt. Ja ja, ich weiß, meine Aussprache ist eine Katastrophe!« Sie lacht. »Eigentlich wollte ich mich dafür bewerben, aber … irgendwie hab ich mich nicht so ganz getraut.«

»Warum denn das?«

Sie will etwas sagen, besinnt sich dann jedoch. Nach ein paar Sekunden sieht sie an die Decke. Die Art, wie sie kleinlaut und traurig zugleich aufseufzt, kommt mir seltsam bekannt vor.

Ich ahne, was Anna gleich sagen wird.

»Das hatte mehrere Gründe. Aber ehrlich gesagt läuft es wohl darauf hinaus, dass ich Angst davor hatte, nicht gut genug zu sein«, gesteht sie, wendet ihren Kopf wieder in meine Richtung, hält dabei aber Gesicht und Blick weiter gesenkt. »Amerika zu verlassen, so weit weg von zu Hause leben … wenn ich für meinen Traum alles aufgeben und dann scheitern würde, wie würde ich dann dastehen? Ich wollte schon immer Köchin werden, seit meiner Kindheit. Ich weiß nicht, was ich machen würde, wenn mir ein Profi sagt, dass ich nicht gut genug bin … dass ich meine Zeit verschwendet habe und meine ganze Kraft umsonst ins Lernen investiert habe.« Nervös windet sie sich, als ob sie Krabbeltiere im Nacken hätte. »Aber das ist jetzt auch egal, weil ich die Bewerbungsfrist für dieses Jahr sowieso verpasst habe.«

»Kannst du es nicht nächstes Jahr versuchen?«, schlage ich vor. Sie nickt, als ob sie einverstanden wäre, sieht aber dabei aus dem Fenster und hört scheinbar gar nicht zu. Deshalb wiederhole ich meinen Vorschlag und füge dann – weil ich ein elender Heuchler bin – hinzu: »Du solltest nicht solche Angst vor dem Scheitern haben. Nur weil eine Schule dich vielleicht ablehnt, heißt das noch lange nicht, dass du nicht gut bist. Es gibt so viele Schulen und so viele Möglichkeiten.«

Sie sieht mich an und kneift die Augen leicht zusammen. »Hast du für alle Leute so gute Ratschläge?« Als ich sie fragend ansehe, ergänzt sie: »Na ja, ist das dein Ding? Leute zu überzeugen, nach dem Motto ›Du schaffst das!‹?«

Unsicher schüttele ich den Kopf, obwohl gleichzeitig bei mir eine Art Film aus lauter Situationen abläuft, in denen ich meine Frosinone-Teamkollegen aufgemuntert habe, wenn wir ein Tor im Rückstand lagen oder der Gegner deutlich besser war als wir. Einmal habe ich Lorenzo sogar »Den machst du« zugeraunt, als er einen Strafstoß ausführen wollte, nachdem er in den vorherigen Spielen zwei verschossen hatte. Er traf tatsächlich und nickte mir anschließend anerkennend zu. Insofern stimmt es wahrscheinlich … »Ja, wahrscheinlich *ist* das wirklich mein Ding«, bestätige ich, während Anna auf ihrem Stuhl herumrückt, um mich besser ansehen zu können.

»Also, das ist aber ausbaufähig, oder?«, fragt sie. »Ich hab dir gerade meine Ängste und so was anvertraut, da könnte die Antwort schon ein bisschen persönlicher ausfallen.«

Sie sieht mich so erwartungsvoll an, dass ich unweigerlich ihrem Blick ausweiche und wieder in Richtung Tiber schaue. Auf dem Fluss gleitet träge ein Partyschiff dahin, von dem die italienische Coverversion eines amerikanischen Popsongs schallt und wo offensichtlich eine Firmenweihnachtsfeier im Gange ist. Dieser Kontrast fasziniert mich: Die Palatin-Brücke mit finsterem Blick angesichts dieses Lärms, den sie jedoch wie nachsichtige Eltern toleriert.

Ich will gerade vom Thema ablenken, doch in diesem Moment streckt Anna ihr Bein aus, tippt mit der Fußspitze gegen mein Schienbein und witzelt: »Los, sag schon, was hast *du* für utopische Träume?« Ich weiß nicht, ob es daran liegt, dass sie die richtige Frage gestellt hat, oder ob mich ihr *äußerst* amerikanischer Akzent daran erinnert, dass sie ganz bestimmt kein Fan von unterklassigem italienischen Fußball ist – auf jeden Fall habe ich das Gefühl, dass ich es riskieren kann, etwas von mir preiszugeben.

»Da gibt's nicht *allzu* viel zu erzählen«, antworte ich und lasse den Blick hastig durch die Pizzeria schweifen, ob uns niemand belauscht. Aber das Lokal ist nach wie vor nur zur Hälfte gefüllt, überwiegend mit Eltern, die ihre Kinder in der schulfreien Zeit bei Laune halten wollen. »Ich bin Fußballer, also Profi.«

Sie nickt. »Ich hab mir schon gedacht, dass du Sportler bist. So von der Statur her und …« Sie unterbricht sich, wird ein wenig rot und wendet den Blick ab. Dann greift sie nach einem Pizzastück auf ihrem Teller, der allerdings schon leer ist.

Doch ich rette erneut die Lage. »Solche Sachen darf ich deshalb essen, weil ich momentan nicht im Training bin.« Ich bin mir nicht ganz sicher, ob das als Lüge zu werten ist oder nicht.

»Tja, wenn dein Training wieder losgeht, wird der erste Tag bestimmt hart, oder? Mit den ganzen Weihnachtspfunden von Pizza und Süßkram?«

Ich zucke zusammen und spüre es wieder bleischwer in meiner Hosentasche – mein stumm geschaltetes Handy mit den zahllosen Text- und Sprachnachrichten. Um diese Zeit klingen sie vermutlich längst nicht mehr nur »besorgt«, sondern eher »wütend und genervt«. Mindestens drei davon stammen sicher von Raffaello, der mir mitteilt, dass er als Entschuldigung nur Tod oder Koma akzeptiert, da wir morgen gegen Cremonese spielen. In der Weihnachtszeit ist der Spielturnus vor der Winterpause der Liga immer kürzer als üblich, sodass man als Profi definitiv kein Training schwänzen darf. Andererseits vermute ich, dass ich gar kein Profi mehr bin – oder zumindest nicht mehr sein werde, wenn Internazionale meinen Vertrag zum Saisonende aufhebt und damit mein Scheitern offiziell wird. In gewisser Weise bin ich beinahe erleichtert, dass ich mich schon vor einiger Zeit von Sofia getrennt habe, denn das erspart mir zumindest die Erfahrung, dass *sie* mich abserviert, weil ich den Sprung in Serie A nicht geschafft habe. Trotzdem muss ich meinen Eltern erklären, dass ihr Sohn in Serie B zwar zunächst in Topform war, dann aber trotzdem als »mittelmäßig« ausgeschieden ist. Aber wenigstens kann ich sicher sein, dass sie mich trotzdem lieben – ihr Mitleid macht die ganze Sache allerdings noch ein bisschen schlimmer. Das Gespräch mit ihnen wird also beschämend und schmachvoll ohne Ende sein, aber wenigstens werden sie sich nicht von mir abwenden, so wie es Sofia *ganz bestimmt* getan hätte.

Anna verändert ihre Sitzhaltung, um mich wahrscheinlich besser im Blick zu haben. Sie hat die Lippen geschürzt und sieht mich mit sanfter, freundlicher Miene an. »Wow, in deinem Gesicht hat sich gerade eine ganze Seifenoper abgespielt.« Sie hebt die Hand, als ob sie mich unterbrechen wollte, obwohl ich im Moment gefühlt kein einziges Wort herausbringen könnte. »Aber vermutlich willst du nicht drüber reden. Das ist völlig okay. Soll ich lieber das Thema wechseln? Das kann ich ziemlich gut.« Sie zeigt auf die beiden Pizzastücke, die noch auf meinem Teller liegen. Ich mache eine einladende Geste, dass sie sich gern bedienen kann.

Als wir fertig gegessen haben, sprudelt es aus Anna heraus: »Meine Professorin hat wirklich Ahnung. Das ist definitiv die beste Pizza, die ich in meinem ganzen Leben gegessen habe. Ich weiß gar nicht, ob ich *je* wieder New Yorker Pizza zu mir nehmen will. Das kommt mir irgendwie respektlos vor.«

»Schmeckt Pizza in Amerika denn anders?«, frage ich.

Sie nickt. »Bei uns wird vor allem viel mehr Soße verwendet. Und außerdem viel mehr Belag. Es ist ein ziemliches Durcheinander und alles konkurriert um Aufmerksamkeit. Erst hier in Italien verstehe ich, dass die einzelnen Aromen eher so was wie … *Tanzpartner* sein sollen und keine *Konkurrenten*. Mir geht gerade so *total* viel durch den Kopf, das kannst du dir nicht vorstellen. Wenn ich wieder zu Hause bin, werde ich ausprobieren, wie …« Ihr Blick huscht über unseren Tisch mit den beiden Tellern. »… wie Aubergine und Scampi als

Tanzpartner harmonieren. Auf den ersten Blick klingt die Kombi reichlich absurd, aber vielleicht *funktioniert* es ja?«

Während sie redet, fällt mir plötzlich auf, wie ich sie anstarre. Aber dagegen kann ich jetzt nichts mehr tun und es auch nicht leugnen. An ihrer Gestik erkenne ich, wie sehr sie das Thema begeistert. Sie ist gerade voll in ihrem Element und dabei kein bisschen verlegen. So wie sie davon schwärmt, dass sie lernen will, Pizza anders zuzubereiten und die Philosophie »Weniger ist mehr« auch auf andere Gerichte anzuwenden, erinnert mich daran, dass genau so echter Enthusiasmus aussieht. Absurderweise erinnert sie mich an Lorenzo – so schnell, wie sie von den verschiedenen Pizza-Belägen zum nächsten Gedanken springt, nämlich inwiefern sie durch diese Art der Pizzazubereitung ihr Können verbessern kann. Genauso analysiert mein Teamkollege jedes neue Fußballschuh-Modell und jede angesagte Trainingsmethode – und was ihn sonst noch zu einem besseren Spieler machen könnte.

Der Unterschied ist nur, dass Anna sich Gedanken darüber macht, wie viele Leute sie mit dem, was sie zubereitet, erfreuen kann, während Lorenzo sich einzig und allein für sich selbst interessiert.

»Was ist denn?«, fragt sie, als sie den letzten Bissen in den Mund schiebt. Lächelnd registriert sie meinen starrenden Blick.

»Nichts«, antworte ich und signalisiere unserer Kellnerin, dass wir gern noch etwas Wasser hätten. »Ich freue mich nur über deine Begeisterung. Du liebst das alles wirklich, oder?«

Sie will die Schultern zucken, schlägt dann jedoch lachend die Hände vors Gesicht. »Tut mir leid, ich mutiere dabei immer schnell zum Nerd. Dagegen bin ich echt machtlos. Versprichst du mir, dass du nicht lachst?«

Ich nicke.

»Was ich da vorhin am Tempel gesagt habe – wie gern ich Essen zubereite und Leute damit glücklich mache?«

»Ja, ich erinnere mich.«

»Also, ich …« Sie wird rot und sichtlich verlegen. Unsere Kellnerin, die gerade mit einem Wasserkrug zu uns unterwegs ist, geht diskret auf Abstand – ihre Arbeitskleidung ganz in Schwarz bildet einen ebenso starken Kontrast zum Weihnachtsschmuck in der Pizzeria wie zu ihrem freundlich-strahlenden Lächeln. »Ich denke immer, wenn ich einen Menschen glücklich mache, dann kann dieser Mensch wieder einen *anderen* glücklich machen. Als ob Glück ansteckend wäre, weißt du, was ich meine? Schon klar, dass wir essen müssen, um zu überleben und so weiter, aber für mich hing da schon immer wesentlich mehr dran … Es ist ein kleiner Beitrag, um die Welt ein bisschen besser zu machen. Na ja, vielleicht ist das auch Unsinn.«

»Nein, ist es nicht.« Wir drehen uns beide zur Kellnerin um, die nun an unseren Tisch getreten ist und uns Wasser einschenkt. Das Lächeln hellt ihr blasses, sommersprossiges Gesicht auf. »Du redest genau wie Maddalena – das ist unsere Küchenchefin. Niemand liebt Essen und das Kochen mehr als *sie.*« Sie spricht viel besser Englisch als ich, aber das ist wahrscheinlich auch nötig, wenn man so viel mit Touristen zu tun hat wie sie vermutlich jeden Tag.

Anna lächelt und wirkt erleichtert. Dabei sieht sie irgendwie bezaubernd aus. »Wissen Sie, ich würde ihr gern ein Kompliment machen. Ist es hier üblich? Sind Gäste in der Küche erlaubt?«

Die Kellnerin setzt den Krug ab. »Bei Ihnen hat sie bestimmt nichts dagegen«, antwortet sie. »Ich habe vorhin durch Zufall gehört, was Sie über Pizza gesagt haben. Ich glaube, Maddalena würde *sehr gern* mit jemandem plaudern, der sich so viele Gedanken über Kochkunst macht.«

Anna lässt mich wissen, dass sie gleich wieder da ist, und folgt dann der Kellnerin durch das Lokal in die Küche. Ich blicke wieder auf den Tiber. Ein Streifen Mondlicht spiegelt sich im Fluss und sieht aus wie eine Wunde auf der Wasseroberfläche, die so flau wirkt wie meine Fußballkarriere. Oder vielmehr meine *ehemalige* Karriere, denn ganz bestimmt telefoniert Raffaello schon mit den Anwälten des Vereins und bespricht mit ihnen, wie sie meinen Leihvertrag beenden und mich zu dem Club zurückschicken können, der mich nicht mehr haben will. Wieder läuft in meinem Kopf der Film des *Frosinone-Flops* ab, und ich frage mich, ob sie mich dafür verklagen können. Aber ich werde bei meinen Grübeleien unterbrochen, weil plötzlich die Tür zur Pizzeria aufgeht und ungefähr vierzig Leute in identischen Polohemden mit der Aufschrift »Gesangsverein Padua« hereindrängen. Ein kleiner stämmiger älterer Herr mit einem gläsernen Pokal in einer Hand und einer Gitarre über der anderen Schulter löst sich aus der Gruppe und geht auf unsere Kellnerin zu.

»Reservierung für Inzaghi?«, singt er mit Baritonstimme und fordert den Rest der Gruppe auf einzustimmen, sodass es durch die gesamte Pizzeria schallt. Daraufhin wird die Kellnerin leicht panisch. Sie weist den Touristen den Weg nach unten und eilt dann im Laufschritt die Küche.

Eine Minute später wird die Küchentür von innen aufgerissen, und diesmal ist es Anna, die ebenfalls sehr eilig auf mich zugestürmt kommt. Sie macht ein so entschlossenes Gesicht, dass ich unweigerlich aufstehe. Als sie bei mir ankommt, umfasst sie mit beiden Händen meinen Arm.

»Notfall«, keucht sie. »Wir werden in der Küche gebraucht!«

18:22 Uhr

Die soeben eingetroffene Gruppe ist ein Chor aus Padua auf Konzertreise, dessen Reservierung für dreiundzwanzig Personen durch einen Fehler im System der Pizzeria versehentlich gelöscht wurde. Daraufhin stand Küchenchefin Maddalena – laut unserer Kellnerin Rachele normalerweise eine fröhliche und optimistische Frau – kurz vor einem Nervenzusammenbruch angesichts der Aufgabe, aus dem Stand dreiundzwanzig Portionen zuzubereiten. Wie ein Boxer vor dem entscheidenden Kampf lief sie ruhelos in ihrer Küche auf und ab.

»Ich habe kaum noch Oregano, der Teig ist noch nicht fertig, und wenn jetzt noch jemand glutenfrei essen will, zünde ich meinen Laden an!«

Ich versuchte, so wenig wie möglich im Weg zu stehen, und widmete mich ausgiebig meiner Aufgabe: Tomaten zu hacken, ohne mir dabei in den Finger zu schneiden. Anna hingegen stand ganz hinten am Herd und redete beruhigend auf die Küchenchefin ein – obwohl sie garantiert total begeistert war, in einer Küche gebraucht zu werden.

»Jetzt heißt es improvisieren«, verkündete sie mit großer Geste. »Ich bin mir sicher, dass noch genügend Zutaten da sind, um eine kleine Verkostung zu arrangieren, oder? Wir könnten doch zum Beispiel von allen Gerichten halbe Portionen machen. Dann ist die Auswahl auf dem Tisch so groß, dass es wie ein Festmahl aussieht.«

Maddalena starrte ins Leere, als ob sie versuchen würde, sich Annas Vorschlag bildlich vorzustellen. In ihrem Blick keimte für einen winzigen Augenblick Hoffnung, ehe sie wieder die Stirn runzelte und den Kopf schüttelte. »Aber sie erwarten etwas anderes.«

Doch Anna entgegnete lächelnd: »Aber es wird ihnen trotzdem gefallen. Wir verkaufen es als Besonderheit. Als etwas, das viel *besser* ist als das Übliche.«

Innerhalb von fünf Minuten gelang es ihr, Maddalena davon zu überzeugen, dass es machbar ist. Rachele notierte hastig das neue Menü und eilte dann hinaus, um den Chor über das heutige Angebot zu informieren. Erleichtert und amüsiert kam sie zurück. Die Gäste seien vollkommen zufrieden über die heutige Auswahl – allerdings dauere alles etwas länger als sonst, weil die Gruppe ununterbrochen singt.

»Vorsicht!«, rief mir Anna quer durch die Küche zu und zeigte auf meine Hände. »Du schneidest dir gleich den Daumen ab!«

Ich erstarrte, blickte auf meine Hände und sah, dass die Messerklinge nur einen Millimeter von meinem Daumen entfernt war. Vor Schreck und Verlegenheit bekam ich Herzrasen und wurde rot, lächelte sie jedoch an, um anzuzeigen, dass ich alles im Griff hatte.

Nachdem ich sämtliche Tomaten gehackt und den Mozzarella fertig gerieben hatte – beides Tätigkeiten, bei denen ich nicht viel falsch machen konnte –, hielt ich mich im Hintergrund und sah den beiden Kochprofis bei der Arbeit zu. Es war beeindruckend, wie geschäftig Anna hin und her lief, Teig knetete, in Ninja-Manier den Pizzaschneider schwang und ganz nebenbei Maddalena Mut machte. Sie agierte wie der entschlossene Kapitän einer Fußballmannschaft, der an die anderen zehn Spieler der Mannschaft appelliert, nicht den Kopf in den Sand zu stecken und lieber kleine konstruktive Schritte zu ergreifen, als die ganze Zeit nur den Sieg im Blick zu haben – sprich: sich Zeit lassen, kurze Pässe spielen, wieder Selbstvertrauen finden …

Und es funktionierte tatsächlich. Innerhalb einer Stunde stellten die beiden Annas improvisiertes Menü auf die Beine, während Rachele den Gästen immer wieder Wein und Snacks servierte. Jedes Mal, wenn sie durch die Schwingtür kam, drang Gesang in die Küche. Wenn ich zu Anna schaute, sah ich, wie sie zufrieden nickte, und musste unwillkürlich lächeln, weil es schön war, sie so glücklich zu erleben.

Als sie unerwartet den Kopf hob und unsere Blicke sich trafen, bekam ich einen Riesenschreck. Wie sollte ich ihr am besten erklären, dass ich sie angestarrt hatte, weil ich total beeindruckt und sogar ein bisschen inspiriert davon war, wie sie sich hier reinhängte und die Mannschaft durch raue See lotste? Selbst auf Italienisch würde das wahrscheinlich albern klingen. Deshalb lächelte ich nur, als ob ich mich prächtig amüsieren würde (was auch stimmte), und stibitzte überzählige Salamischeiben. Dabei stellte ich mir Paolos Reaktion vor, wenn er wüsste, was ich am Vorabend eines – zumindest theoretisch – anstehenden Spiels so alles konsumiere.

Nun kommt Rachele in die Küche getaumelt, nachdem sie soeben das letzte Gericht serviert hat. Theatralisch lehnt sie sich mit dem Rücken an die Wand und rutscht daran hinunter.

»Geschafft«, seufzt sie. »Wir haben's überlebt!«

Die ganze Küche applaudiert, während Maddalena auf Anna zugeht und sie ganz fest umarmt. Dabei ruft sie auf Italienisch aus, was für ein Engel sie doch ist. Dann fügt sie auf Englisch hinzu: »Euer Essen, gratis.« Sie sieht kurz zu mir hinüber. »Für euch beide. Und wenn ihr noch etwas wollt – Dessert, Bier, Wein –, sagt Bescheid.«

Ein Bier aufs Haus klingt nach meiner Schicht als Küchenhilfe ausgesprochen verlockend, doch Anna sieht aus, als ob sie etwas anderes im Sinn hätte.

»Ehrlich gesagt hatte ich gehofft, dass du uns vielleicht helfen kannst«, sagt sie.

Maddalena nickt kurz. »Jederzeit. Wenn ich etwas für euch tun kann, sehr gern.«

»Also, ich bin sozusagen auf der Suche nach jemandem ...« Sie fasst den bisherigen Stand kurz zusammen. Dass sie sich vorgenommen hat, Weihnachtsbaum-Struffoli aufzutreiben, und dabei feststellen musste, dass der berühmte Schöpfer irgendwie ... schwer zu fassen ist.

»Du meinst wahrscheinlich Giovanni Lombardo.« Maddalenas Lippen werden schmal, woraufhin Anna aus naheliegenden Gründen nervös wird.

»Oh! Tut mir leid. Warst du mit Giovanni ...«

Aber Maddalena fängt nur an zu lachen – und Rachele am anderen Ende der Küche ebenfalls. »Nein, ich kenne ihn gar nicht persönlich«, antwortet die Küchenchefin. »Nur allerlei Geschichten über ihn, so wie du wahrscheinlich. Hier in Rom hat wahrscheinlich jeder in unserer Branche schon von Giovanni gehört. Was hast *du* denn erzählt bekommen? Legendärer Konditor mit spezieller Leidenschaft? Der Mann, der durch die Gegend zieht und überall Herzen bricht?«

Anna nickt.

Maddalena lacht auf und geht ans Waschbecken, um sich die Hände zu waschen. »Ja, wir wissen alle, was über ihn erzählt wird: Der beste Konditor der Stadt, vielleicht sogar des ganzen Landes. Ich habe die Stuffoli, die du meinst, irgendwann einmal probiert und muss zugeben, dass es keine besseren gibt. Mir ist nicht ganz klar, wie er sie gemacht hat, es war ein bisschen wie … Zauberei.« Sie dreht den Wasserhahn zu und greift nach dem Handtuch.

»Genau deshalb sind wir auf der Suche nach Giovanni«, erklärt Anna. »Damit er die Struffoli für die Hochzeit meiner Freunde zubereitet.«

Maddalena schüttelt traurig den Kopf. »Tut mir leid, ich weiß wirklich nicht, wo er ist. Irgendwann habe ich gehört, dass Struffoli nach seinem Rezept in einer Bäckerei drüben beim Vatikan serviert wurden. Aber das ist schon Jahre her. Wenn Giovanni so ist, wie alle sagen, arbeitet er vermutlich nicht mehr dort.«

Anna nickt. »Da hast du vermutlich recht … aber eine alte Spur ist immer noch besser als gar keine. Vielen Dank.«

Ich will mich gerade bei Maddalena erkundigen, ob das Angebot mit dem Bier noch steht – sorry für das Sodbrennen, Paolo –, als eine Kellnerin in die Küche kommt und der Chefin mitteilt, dass sich der Chor unbedingt mit einem Lied bei ihr bedanken will.

»Na hoffentlich lassen sie auch ein hübsches Trinkgeld da«, merkt sie an, als wir gemeinsam die Küche verlassen und zu dem langen Tisch hinübergehen, an dem der Chor sitzt. Überall stehen die Reste des improvisierten Menüs und halb leere Weingläser – alles sieht ganz nach einem vergnüglichen Abend aus. Tolle Aktion, Anna.

Signor Inzaghi steht auf und rückt seine Gitarre zurecht. Seine geröteten Wangen lassen erahnen, dass er schon reichlich Wein genossen hat – vielleicht sogar schon vor dem Besuch hier. Mit strahlendem Lächeln bedankt er sich bei Maddalena für das köstliche Weihnachtsfestessen, das dem ganzen Chor wunderbar geschmeckt habe. Deshalb wollten sie sich mit einem Lied revanchieren.

Er nickt dem Chor zu, bei dem daraufhin konzentrierte Stille einkehrt, die sich im gesamten Lokal ausbreitet. Er stimmt an, und dann singen sie *Have Yourself a Merry Little Christmas,* auf Englisch. Es klingt großartig. Der alte Herr hat eine wunderbare Stimme mit einem so warmen Timbre, dass sie problemlos die draußen wehende kalte Winterluft abwehren kann. Kein Wunder, dass sie einen Preis gewonnen haben.

Wir bilden einen kleinen Halbkreis, nicken im Takt und lächeln beseelt. Maddalena und Rachele treten nach vorn, reichen sich die Hände und fangen an zu tanzen. Das sieht zwar nicht allzu gekonnt aus, aber als sie lachend ihre Wangen aneinanderpressen, überkommt mich ein gewisser Neid. Ich wäre froh, wenn ich mich auf so wenig darum scheren würde, was andere Leute von mir denken.

Das strahlendste Lächeln von allen hat allerdings Anna im Gesicht – sie hatte die Gelegenheit, in einer echten italienischen Küche zu arbeiten, und konnte damit obendrein den Abend retten. An ihrer Stelle würde ich genauso beglückt lächeln. Offensichtlich spürt sie meinen Blick, denn sie dreht sich zu mir um. Als sie mich so direkt anstrahlt, wende ich verlegen den Blick ab. Für den Bruchteil einer Sekunde überlege ich, sie ebenfalls zum Tanzen aufzufordern. Aber ich weiß nicht so recht, ob das zu offensiv wäre, denn ich will auf gar keinen Fall, dass dieses Lächeln aufhört.

Deshalb lasse ich es lieber bleiben.

7

Anna

19:52 Uhr

Ich hab dir doch gesagt, dass es sich lohnt«, sagt Matteo und stößt mich breit grinsend an. Ich bewundere den gigantischen Weihnachtsbaum in der Mitte des Petersplatzes im Vatikan, dessen filigrane weiße Beleuchtung aussieht wie heruntergerieselter Staub von dem Stern ganz oben an der Spitze, der durch die dunkle Nacht strahlt und sein sanftes Licht auf die ringsherum versammelte Menschenmenge wirft: Touristen in Steppjacken, die Arm in Arm die Umgebung bestaunen; Einheimische, die Taschen voller Geschenke jonglieren und vermutlich auf dem Heimweg noch einen Abstecher hierher gemacht haben, um etwas von der Atmosphäre zu tanken – denn immerhin sind wir hier im Vatikan, zur *Weihnachtszeit.* Hinter dem Baum steht ein steinerner Obelisk, der wie ein leicht genervter Elternteil wirkt und sich insgeheim dafür schämt, welche Mühe der Baum sich gibt, den Touristen eine Freude zu machen!

Auch wenn ich keine ernsthaft praktizierende Katholikin mehr bin, wird mir ganz warm ums Herz bei dem

Gedanken, dass ich mich gerade dort befinde, wo *der Papst* wohnt.

»Ja, das hat sich *wirklich* gelohnt«, schwärme ich, während wir uns einen Weg durch die Menge bahnen, um die unter dem Baum aufgestellte Weihnachtskrippe besser sehen zu können: Engel schweben über einer lebensgroßen Jungfrau Maria mit dem Jesuskind, vor dem zwei von den Heiligen Drei Königen knien. Der dritte hat die Hände gefaltet und schaut hinauf zum Stern an der Spitze des Weihnachtsbaums, als ob genau der sie zur Krippe geleitet hätte – was für eine nette Idee.

Wir stehen nebeneinander und betrachten die Figuren. Um uns herum hört man nur den Wind, der schneidend kalt über unsere Köpfe hinwegweht und gelegentliches Gemurmel der Touristen, die ansonsten respektvoll schweigen. In der Ferne erklingt leise ein Akkordeon, auf dem jemand »Stille Nacht« spielt. Ich bin einerseits froh, dass ich mich zu diesem kleinen Abstecher habe überreden lassen, und muss andererseits immer wieder daran denken, dass wir uns auf den Weg zum Vatikan gemacht haben, weil wir vielleicht immer noch eine winzige Chance sehen, Charlottes Hochzeit zu retten.

Doch als ich Matteo darauf ansprechen will, fällt mir wieder einmal seine markante Kinnpartie ins Auge. Als Profisportler ist bei ihm nicht das kleinste Gramm Fett vorhanden, was man auf den ersten Blick sieht, wie ich – peinlicherweise – vorhin zugegeben habe. Ich habe ihn heute schon ziemlich ausführlich angesehen, aber das ist ja wohl kein Wunder, denn er sieht verdammt gut aus – so gut sogar, dass es bei mir Kribbeln im Bauch und Herzklopfen auslöst. Eigentlich dachte ich ja, dass ich aus dem Alter heraus bin, in dem attraktive Jungs eine solche Wirkung auf mich haben, und so etwas generell aufhört, sobald man ungefähr sechzehn ist. Aber jetzt weiß ich, dass es nur deshalb aufgehört hatte, weil ich in festen Händen war, seit ich vierzehn bin, und fünf Jahre eine ziemlich lange Zeit sind, um das Gefühlsleben nachhaltig lahmzulegen.

Und während ich so darüber nachdenke, wie anziehend mein neuer Bekannter ist, fangen meine Wangen an zu glühen, und es erscheint mir plötzlich eine ausgesprochen gute Idee zu sein, dass wir uns bei der Suche nach der von Maddalena erwähnten Bäckerei aufteilen. Er nickt und läuft los, während ich die andere Richtung einschlage und erleichtert registriere, dass meine Wangen allmählich wieder abkühlen.

Der einzige – und leider schwerwiegende – Fehler an diesem Plan besteht darin, dass ich mich nun allein durch eine Menge kämpfen muss, die überwiegend aus Leuten besteht, die genauso fremd hier sind wie ich und keine Ahnung haben, wo sich irgendwelche Bäckereien befinden. Ein schnippischer Franzose macht sich sogar über mich lustig und fragt, warum ich nicht einfach danach google (»Hast du kein Handy? O Mann, typisch Amerikanerin!«).

Schon bald fühle ich mich reichlich hilflos und verloren und bin offenbar ans äußerste Ende des Platzes geraten, denn unvermittelt stehe ich vor einem Soldaten der

Schweizergarde, der in seiner rot-blau-gelben Uniform einen Eingang bewacht. Er steht so still wie eine Statue und hält mit einer Hand eine Hellebarde umfasst. Als ich einen winzigen Schritt auf ihn zutrete, fällt sein Blick auf mich, und ich überlege krampfhaft, ob es gestattet ist, ihn anzusprechen. Aber in diesem Moment kneift er, kaum erkennbar, die Augen zusammen, und mir wird klar, dass ich kurz davor war, einen schrecklichen Fauxpas zu begehen. Also nehme ich davon Abstand.

Ich mache kehrt und laufe wieder durch die Menge, zurück zum Weihnachtsbaum, wo Matteo und ich uns wieder treffen wollten. Ich kann ihm keine Nachricht schicken und ihn einfach bitten, hierherzukommen, weil ich seine Nummer gar nicht habe – wie mir jetzt erst bewusst wird. Also schiebe und schlängele ich mich entschuldigend erneut in Richtung Platzmitte und lasse mich dabei genau wie die Heiligen Drei Könige vom Stern auf dem Weihnachtsbaum leiten.

»Und, hast du was rausgefunden?«, frage ich Matteo, als wir wieder aufeinandertreffen.

Er nickt, wirkt allerdings nicht besonders zuversichtlich. »Es scheint eine Bäckerei namens *Dolcetti celesti* zu geben, drüben auf der Via Germanico. Zu Fuß sind es fünf Minuten bis dorthin.«

Matteo läuft los in Richtung des Eingangs, vor dem ich *soeben* schon gestanden hatte, und bahnt sich dabei deutlich entschlossener seinen Weg als ich. Ich kann mit seinem Tempo kaum mithalten, sodass ich zweimal nach seiner Hand greifen will, es mir dann aber doch anders überlege, um ihn nicht noch mehr in Verlegenheit zu bringen. Die Akkordeonklänge werden immer lauter und die langsame, unwiderstehliche Melodie von *Stille Nacht* erweist sich als perfekte Untermalung für diesen frostigen Adventsabend. Inzwischen habe ich Matteo eingeholt, weil er seine Schritte verlangsamt, um der Musik zu lauschen.

Der Akkordeonspieler ist ein älterer Mann mit wirrem weißen Lockenkopf, dessen knorrige Finger elegant über die Tasten gleiten. Um ihn herum hat die Menge etwas Platz gelassen, wobei er – abgesehen von Matteo und mir – nur eine einzige Zuhörerin hat. Es ist eine Frau, etwa im gleichen Alter wie er, die einen schäbigen Wintermantel trägt und ihre langen grauen Haare zu einem festen Pferdeschwanz gebunden hat. Sie stützt sich auf einen Gehstock, macht jedoch mit der freien Hand schwingende Bewegungen, als ob sie ihn dirigieren wollte. Ihr Kopf ist zur Seite geneigt, die Augen geschlossen, und ihren Mund umspielt ein verhaltenes Lächeln, das exakt die Miene des Akkordeonisten widerspiegelt. Es scheint ihn nicht zu interessieren, dass er nur für eine Person spielt und ob sein Hut am Ende des Abends gefüllt ist oder nicht. Er ist einfach nur glücklich und erfreut einen anderen Menschen, ganz im Kleinen.

Gänzlich unbefangen blicke ich nun zu Matteo und sehe, dass er ebenfalls lächelt. Wahrscheinlich stimmt es tatsächlich, was ich bei Maddalena gesagt habe. Es steckt an.

Wir werfen dem Akkordeonspieler ein paar Euro in

den Hut und gehen weiter in Richtung Bäckerei. Erstaunt stelle ich fest, dass ich durchaus noch ein kleines Dessert vertragen könnte.

20:08 Uhr

So unangenehm es gewesen wäre, wenn Matteo und ich uns in der Menge auf dem Platz verloren hätten, noch viel gruseliger ist die Vorstellung, ihn in einer von den finsteren Straßen zu verlieren, die wir auf dem Weg zum *Dolcetti celesti* entlanglaufen. Auf den Fußwegen sind genauso viele Leute unterwegs wie auf dem Platz: Grüppchen von angeheiterten Freunden auf der Suche nach der nächsten Kneipe und Eltern mit schlafenden Kleinkindern, die vom langen Tag erschöpft sind. Es ist so voll, dass man kaum weiß, wo man sich genau befindet. Wenn man im Zentrum von Manhattan steht, kann man auf die Straße treten und kann zu beiden Seiten ein gutes Stück der City erkennen. New York ist eine Stadt, die ihre Passanten gern umarmt, um ihnen vorzuschwärmen, wie toll sie doch ist. Rom dagegen stellt Besuchern bei der Umarmung eher die Frage, ob sie vielleicht noch länger bleiben wollen. So geschafft ich auch vom vielen Laufen bin, folge ich Matteo mit durchaus beschwingtem Schritt in das rustikal und gemütlich wirkende *Dolcetti celesti,* denn ich spüre ganz deutlich: Ja, hier *könnte* ich längere Zeit verbringen.

Deshalb ist es umso enttäuschender, als uns der Mann hinter der Theke – ein kleiner, leicht übergewichtiger

Typ um die dreißig – mitteilt, dass Giovanni schon seit drei Jahren nicht mehr dort arbeitet. Matteo wechselt noch ein paar Worte auf Italienisch mit ihm, ehe der Verkäufer eine Geste in Richtung der anderen Kunden in der Bäckerei macht und sich von uns abwendet. Ich bin viel zu müde und frustriert und nehme es deshalb einfach hin, doch Matteo fasst mich am Arm und zieht mich ein Stück beiseite: »Er sagt, dass wir uns hinsetzen sollen, dann erzählt er uns alles.«

Wir nehmen an einem kleinen Tisch bei der Tür Platz, von wo aus wir hinaus auf die Gasse sehen können. Wenige Minuten später kommt Vincenzo, der Bäcker, an unseren Tisch. Er hat ein Tablett mit Kaffee und etwas Gepäck dabei.

Vincenzo sieht mich fragend an. »Warum suchst du denn nach Giovanni?«

So kurz und knapp wie möglich berichte ich ihm von der Hochzeit, den Struffoli und wie wichtig und bedeutsam dieses Dessert für die Familie ist. Das betone ich vor allem deshalb, weil ich annehme, dass Vincenzo diesen Giovanni genauso hasst wie offensichtlich alle anderen, mit denen wir bisher gesprochen haben. Doch er nickt nur, beugt sich nach vorn und legt seinen kräftigen tätowierten Unterarm auf die hölzerne Tischplatte.

»Giovanni, der Mann schwer zu finden«, sagt er.

»Ich weiß«, antworte ich und wärme meine Hände an der Espressotasse. »Wir verfolgen schon länger die Spur der gebrochenen Herzen, die er überall hinterlässt.«

Verhalten schüttelt Vincenzo den Kopf. »Die Leute

sagen, Giovanni ist …« Er schnippt ein paarmal mit den Fingern und sucht nach dem englischen Ausdruck. »… ein herzloser Mann, aber das stimmt nicht.« Dann fügt er etwas auf Italienisch hinzu, das Matteo anschließend auf Englisch wiedergibt:

»Er sagt: ›Giovanni will eigentlich niemanden verletzen, aber das ist schwer, wenn man selbst so viel Schmerz in sich trägt.‹«

Vincenzo erzählt weiter und macht dabei immer wieder Pausen, damit Matteo es für mich auf Englisch zusammenfassen kann. »›Vor langer Zeit hat Giovanni sich in eine Frau namens Aurora verliebt … Eine Frau mit feuerroten Haaren … Sie war seine große Liebe, aber Aurora war mit einem anderen Mann verlobt, den sie später geheiratet hat. Der Tag ihrer Hochzeit hat ihm das Herz gebrochen. Und ihn verändert. Für immer. Er fing an, beinahe jede Frau zu verführen, die er traf. So hatte er viele Geliebte, jahrelang. Er dachte, das ist die einzige Möglichkeit, um sein Herz zu heilen, hat er irgendwann zu mir gesagt. Sein ganzes Leben mit oberflächlichen Affären zu verbringen, sollte ihn von seinem Schmerz ablenken.‹«

Vincenzo kommt ins Stocken, senkt den Blick und trommelt mit den Fingern auf den Tisch. Als er wieder aufschaut, glänzen seine Augen feucht und reflektieren das Kerzenlicht. ›»Aber das funktionierte alles nicht … keiner konnte ihm helfen – nicht einmal die, die ihn *aufrichtig* geliebt haben. Giovanni war schon zu weit auf dem falschen Weg gegangen und verlor bald alles: seine

Freunde und seinen Beruf. Jetzt ist er in ganz Rom ein Außenseiter, den niemand einstellen will …‹«

Vincenzo schlägt auf den Tisch.

»›Obwohl er immer noch der beste Konditor der Stadt ist …‹«

Wenn diese Struffoli nicht halten, was sie versprechen, werde ich wahrscheinlich am Boden zerstört sein.

»Vermutlich wissen sie nicht, wo er jetzt ist, oder?«, erkundige ich mich.

Vincenzo seufzt erschöpft. »Er ist vor drei Jahren von hier weggegangen. Seitdem habe ich ihn nicht gesehen … Unser Chef hier hat eine Schwester … Wenn Giovanni je wieder auftauchen würde, könnte es für ihn gefährlich werden.«

Aus dem Augenwinkel sehe ich, wie Matteo den Kopf schüttelt. »Dieser Typ ist wohl ein echtes Arschloch.« Er sieht mich an, ob er es auf Englisch richtig ausgedrückt hat.

»Eigentlich ist er ein guter Kerl.« Vincenzo sieht uns fest in die Augen. »Und er war ein toller Lehrer für mich.«

»Das klingt, als ob er Ihnen wirklich wichtig ist«, merke ich an und wähle meine Worte behutsam, weil vielleicht noch mehr dahintersteckt.

Weitere Kunden kommen herein, sodass Vincenzo zurück hinter die Theke muss. Doch zuvor bittet er uns noch, Giovanni von ihm zu grüßen, falls wir ihn tatsächlich ausfindig machen. Lächelnd verspreche ich es ihm, doch sobald er sich umgedreht hat, vergeht mir das Lächeln.

Ich kann mir kaum vorstellen, dass wir Giovanni noch finden werden. Das ist die letzte Sackgasse. Es wird mir *nicht* gelingen, Charlottes Problem zu lösen, wie ich es gehofft hatte – morgen werde ich die Hochzeitsgäste nicht durch Essen glücklich machen können. Gut, *ruinieren* wird das die Hochzeit nicht gleich. Charlotte wird zwar enttäuscht sein, weil es ihr nicht gelungen ist, das richtige Dessert für Anthonys Familie zu beschaffen – und Anthonys Familie wird traurig sein, weil sie seiner Mutter nicht die angemessene Ehre erweisen können. Aber das wird den Tag keinesfalls verderben.

Trotzdem fühle ich mich wie eine Versagerin, als ob ich bei Charlotte falsche Hoffnungen geweckt hätte, dass ich mit meiner kleinen Erkundungstour die Feier retten kann. Wäre ich nicht so darauf fixiert gewesen, hätte Charlotte noch genügend Zeit gehabt, nach einer Alternative für die Feier zu überlegen (wobei ich ihr hätte helfen können) – aber das hat sie meinetwegen vermutlich nicht getan, und die Feier wird vielleicht genau deshalb nicht perfekt ausfallen. Wäre ich in Cortona geblieben, sähe das möglicherweise ganz anders aus.

Aber andererseits … Wenn ich in Cortona geblieben wäre, hätte ich niemals diesen ziemlich großartigen Fußballer getroffen, der gerade die größte Diätpause aller Zeiten einlegt.

Das alles ist offenbar in meinem Gesicht zu lesen, denn als ich Matteo ansehe, nickt er nur mitfühlend und legt seine Hand auf meinen Arm.

»Es tut mir so leid.«

Ich weiß nicht, was ich sagen soll, und bin wie gelähmt von einer seltsamen Furcht, dass er sofort seine Hand wegnimmt, wenn ich signalisiere, dass alles in Ordnung ist, denn das wäre total schade. Auch wenn das vielleicht unangebracht ist, löst jede Berührung von ihm ein äußerst angenehmes Kribbeln bei mir aus, von dem ich überhaupt nicht will, dass es aufhört. Da in letzter Zeit so viel schiefgegangen ist, möchte ich mir wenigstens die kleine Freude gönnen, dass ein äußerst attraktiver Italiener mir seine ungeteilte Aufmerksamkeit schenkt.

Ich lächle ihn dankbar an und greife mit der freien Hand nach meinem Espresso – vermutlich der beste, den ich je getrunken habe.

Ich frage Matteo, was er als Nächstes vorhat, doch er sieht an mir vorbei und macht ein beinahe … argwöhnisches Gesicht. Ich folge seinem Blick und sehe einen Kunden, der soeben die Bäckerei betreten hat. Es ist ein älterer Herr im dunklen Anzug und mit tief ins Gesicht gezogenem Filzhut. Ich mustere ihn einen Moment und fühle mich von ihm seltsam magisch angezogen. Kommt er mir bekannt vor, oder liegt es nur daran, dass er an diesem Adventsabend drinnen eine Sonnenbrille trägt?

Vincenzo steht mit offenem Mund da und streckt zitternd seine Hand über die Theke. Der alte Mann umfasst sie mit beiden Händen, während der Bäcker sich immer wieder verneigt. Dann klappt er eine große Kuchenschachtel auf und legt von nahezu allem, was er im Angebot hat, ein Stück hinein. Schließlich schiebt er die

Schachtel über die Theke und verbeugt sich noch einmal.

»Grazie.« Der alte Herr neigt bedächtig den Kopf zur Seite und greift nach der Schachtel. Dabei macht er keinerlei Anstalten zu bezahlen, deshalb frage ich mich, ob der Mann vielleicht so etwas wie der Kopf einer kriminellen Bande ist, der sich überall kostenlos bedienen lässt. Das würde auf jeden Fall erklären, warum Vincenzo so unterwürfig ist und die Backwaren geradezu … *begeistert* an ihn verschenkt.

Der alte Herr greift in die Schachtel und beißt ein kleines Stück von einem Cannolo ab. Vincenzo sieht ihm dabei aufmerksam zu und faltet vor ihm die Hände – als ob es möglicherweise ein Riesentheater geben würde, falls das Gebäck seine Erwartungen nicht erfüllt. Doch dann sagt der Kunde noch etwas auf Italienisch – und plötzlich kommt mir seine Stimme irgendwie *bekannt* vor. Aber ich habe keine Ahnung, woher. Daraufhin breitet sich auf Vincenzos Gesicht ein strahlendes Lächeln aus, das den ganzen Laden erhellt. Der ältere Herr wendet sich zum Gehen und macht auf dem Weg zum Ausgang noch einmal an unserem Tisch halt.

Wir müssen diesem mutmaßlichen Bandenchef doch nicht etwa auch noch unser Gebäck übergeben, oder?

Matteo wird auf seinem Stuhl immer kleiner, bis der Mann ihn auf Italienisch anspricht. Er redet sogar eine ganze Weile auf ihn ein und zeigt ihm anschließend seinen hochgestreckten Daumen. Matteo sagt gar nichts, doch ich erkenne deutlich, dass die Worte des alten Mannes im nahegehen, denn er senkt schlagartig den Blick. Ich sehe, wie er sich auf die Unterlippe beißt, und höre, wie sein Atem bebt.

Nun blickt der ältere Herr zu mir und seine beeindruckende Präsenz zieht meinen Blick förmlich an sich. Obwohl ich seine Augen hinter der Sonnenbrille nicht erkennen kann, spüre ich, wie er mich intensiv mustert. Dann spricht er mich mit starkem Akzent auf Englisch an.

»Du wirst finden, was du suchst, mein Kind.«

Dann ist er auch schon zur Tür hinaus und wird umgehend von einer kleinen Gruppe aus jungen, durchtrainierten Männern in eleganten Anzügen und mit Knopf im Ohr umringt. Einer von ihnen kommt noch einmal in die Bäckerei und überreicht Vincenzo ein Bündel Euroscheine. Als Vincenzo sie nicht annehmen will, legt er sie einfach auf der Theke ab und verlässt dann eilig den Laden, um sich wieder seinen Kollegen anzuschließen, die allesamt aussehen wie ein Sicherheitskommando. Aber wer würde so etwas brauchen, hier im Vati…?

Omeingott.

Ich beuge mich über den Tisch und sehe Matteo fassungslos an. »Ist. Nicht. Wahr.«

»Es gab schon immer …« Matteo unterbricht sich, weil sein Atem immer noch leicht bebt. Die Aufregung über die Worte des Mannes ist ihm überdeutlich anzusehen. »Es gab schon immer Gerüchte, dass Seine Heiligkeit gern ab und zu inkognito irgendwo auftaucht, um näher an den Menschen zu sein. Und es ist auch bekannt, dass er gern Süßes isst.«

Ich starre hinaus auf die Straße, obwohl der alte Mann und seine Begleiter längst verschwunden sind. *Könnte es wirklich sein …?*

»Was hat er denn zu dir gesagt?«, will ich wissen.

»Er hat mich wegen meinem Fail von gestern Abend getröstet.«

»Was meinst du denn?«

Er winkt ab und greift nach seinem Espresso, nur um festzustellen, dass er ihn schon ausgetrunken hat. Resigniert schüttelt er den Kopf. »Ich hab dir doch erzählt, dass ich Sportler bin, oder?«

Ich nicke.

Er verzieht das Gesicht, als ob es ihm schwerfällt, darüber zu sprechen. »Tja … Ich spiele Fußball. Also nicht Football.«

»So richtig, als Profi?«

»Jep …«

Unweigerlich reiße ich die Augen auf und sehe ihn mit offenem Mund staunend an – was mir kein bisschen peinlich ist. »Wow, das ist ja cool. Ich hatte noch nie mit einem Profisportler zu tun.«

Ungerührt starrt er auf seine Kaffeetasse, mit der er nervös spielt.

»Dann bist du wahrscheinlich richtig gut, oder?«, merke ich an, »also, wenn du das professionell machst.«

Er lacht auf, als ob ich ihm eine lächerliche Frage gestellt hätte. »Nicht unbedingt. Wenn du bei YouTube nachschaust, kannst du sehen, wie gut ich bin. Such einfach nach dem ›Frosinone-Flop‹. Der wurde gestern massenweise geklickt.«

Ich mustere ihn einen Moment lang und plötzlich kommt mir sein Gesicht bekannt vor. »Hey, aber du bist nicht der Spieler, der mit einer Art Rückwärtssalto den Ball erwischen wollte?« Er nickt und ich hole tief Luft. »O mein Gott – dann habe ich dich gestern Abend im Hotel live im Fernsehen gesehen! Wie cool ist das denn?«

Matteo findet das allerdings überhaupt nicht cool. Stattdessen sehe ich ihm an, dass er *definitiv* nicht über Sport reden will. Deshalb hebe ich beschwichtigend die Hand, um anzuzeigen, dass wir gern das Thema wechseln können. Aber gegen das Grinsen in meinem Gesicht kann ich nicht das Geringste ausrichten, denn der Papst – also, *eventuell* der Papst – hat zu mir gesagt, dass ich finden werde, wonach ich suche. Somit ist für die Hochzeit vielleicht doch noch nicht alles zu spät. Ich habe zwar noch keinen blassen Schimmer, wie das alles funktionieren soll, aber hey …

Der Vielleicht-Papst hat gesagt, dass alles gut wird.

Möglicherweise lächle ich auch deshalb, weil ich die ganze Zeit mit jemandem durch Rom hetze, der gestern einen noch viel schlimmeren Tag hatte als ich. Oder mein Lächeln hat einfach mit der Gesellschaft zu tun, in der ich mich gerade befinde.

Als sich unsere Blicke wieder treffen, entspannt sich Matteos Miene ein wenig, und er erwidert mein Lächeln. Ich merke, wie in mir wieder dieses Kribbeln aufsteigt, immer weiter hinauf, bis in meinen Kopf, der sich plötzlich federleicht anfühlt. Denn mit seinem verhaltenen Lächeln hat Matteo mir gesagt, dass er unser Zusammensein genauso genießt wie ich.

Doch dann machen sich wieder finstere Gedanken in mir breit und drücken meine Stimmung. Da ich nun offensichtlich mit meiner Struffoli-Jagd nicht weiterkomme, bedeutet das wohl, dass dieser Abend zu Ende ist.

Matteo trommelt sacht mit den Fingern auf den Tisch, um meine Aufmerksamkeit zu gewinnen. Er fragt: »Und was willst du als Nächstes machen?« Das Kribbeln in meinem Bauch wird wieder stärker, denn es ist unverkennbar, dass dieser Abend auch für ihn noch nicht enden soll.

Und ich bin mir nicht sicher, ob einer von uns den Mut haben wird, das auszusprechen.

8

Matteo

21:02 Uhr

Ich weiß nicht, ob es an der Wärme des Espresso liegt, dass es mir draußen viel kälter vorkommt, als Anna und ich aus dem *Dolcetti celesti* hinaus auf die Straße treten. Synchron ziehen wir beide den Reißverschluss unserer Jacke bis zum Kinn hinauf, sehen uns dabei an und müssen lachen. Mir rutscht *beinahe* ein Witz heraus, dass wir beide ja wohl perfekt harmonieren, doch falls Anna nicht das Gleiche denkt, könnte das *äußerst* peinlich wirken. Deshalb merke ich einfach an, wie leid es mir tut, dass wir bei unserer Suche nach dem Herzensbrecher mit dem gebrochenen Herzen in eine Sackgasse geraten sind.

Anna nickt und stößt einen Seufzer aus, der in der kalten Nachtluft eine kleine Nebelwolke hinterlässt. »Ja, das ist wirklich blöd. Aber hey, der Vielleicht-Papst hat gesagt, dass ich finden werde, wonach ich suche, von daher …« Sie versucht zu lächeln, wobei ihr jedoch anzusehen ist, dass sie mit etwas Abstand zu unserer ungewöhnlichen Begegnung mit dem mysteriösen älteren Herrn nicht mehr wirklich daran glaubt, dass sich seine Prophezeiung erfüllen wird. »Es tut mir halt so leid für Charlotte«, sagt sie, als wir uns auf den Rückweg zum Petersplatz machen. Wir kommen an einigen *trattorie* und *osterie* vorbei, die allesamt gut besucht sind. Aus einem Lokal weht ein verlockender Duft von gebratenem Fleisch, der meinen Blick auf die Teller mit *cotechino* lenkt, eine Wurstspezialität, die einige Gäste vor sich stehen haben. Ich frage Anna, ob sie Appetit auf Abendessen hat.

»Bist du von Kaffee und Gebäck nicht satt geworden?« Grinsend stößt sie mich an. Seltsamerweise spüre ich ihre Berührung noch längere Zeit danach, ähnlich wie ein Echo. Ihr Lächeln verschwindet jedoch abrupt wieder, als hätte sie es abgestellt. »Ich weiß gar nicht, ob ich gerade so großen Hunger habe.«

Wir erreichen das Ende der Gasse und kommen auf eine kleine, menschenleere Piazza. »Morgen fährst du dann mit dem Zug zurück in die Toskana, oder?«, erkundige ich mich.

Sie nickt.

»Dann ist jetzt also die letzte Gelegenheit, um noch ein paar Vorschläge von deiner Liste auszuprobieren.«

»Ja, da hast du wahrscheinlich recht.« Sie öffnet ihre Tasche und kramt darin nach der ausgedruckten Liste. Wir stehen eng beieinander, um im Schein der Straßenlaterne etwas darauf zu erkennen. Sie will wissen, was man von hier aus am besten erreichen kann.

Ich tippe auf einen der letzten Einträge, fast ganz unten auf dem zerknitterten Blatt. »Hier. Das ist ein ziemlich cooler Streetfood-Markt – dort kannst du Zutaten kaufen, um original italienisches Essen zuzubereiten, wenn du wieder in New York bist.«

»Okay.« Ihre Augen leuchten, als sie den Zettel wieder zusammenfaltet und wegsteckt. Dann greift sie in die Jackentasche und holt ihr Handy heraus. »Das klingt gut. Ich denke … kannst du mir aufschreiben, wie ich dort hinkomme?«

»Wie meinst du das?«

»Na ja, ich …« Sie starrt mich mit hochgezogenen Schultern an. »Ich dachte, also, es ist ja schon ziemlich spät, wahrscheinlich willst du langsam nach Hause, oder?«

»Schon okay«, beschwichtigte ich sie und schüttle den Kopf dabei möglicherweise ein wenig *zu* eifrig. »Vielleicht finde ich dort ja noch ein paar Weihnachtsgeschenke für meine Familie …«

Das ist nicht einmal komplett gelogen, denn durch das Training und die vielen Auswärtsspiele in ganz Italien habe ich selten Zeit zum Shoppen. Anna sieht mich erstaunt an, dass ich immer noch nicht alle Geschenke beisammenhabe, obwohl in sechs Tagen Weihnachten ist. Beim Stichwort »nach Hause« musste ich wieder an das stumm geschaltete Handy in meiner Tasche denken, mit all den Nachrichten, auf die ich nicht reagiere. Doch als sie schließlich nickt und sagt »Das klingt doch wunderbar«, beschließe ich, die Konfrontation für ein paar weitere Stunden hinauszuschieben.

Wir laufen hinüber zur Piazza del Popolo, wo rings um den hohen Obelisken in der Mitte des Platzes ein weihnachtlicher Streetfood-Markt aufgebaut ist. Der Kontrast zwischen den knallbunten Ständen und dem grauen Steinmonument wirkt beinahe kurios – ebenso wie Anna, die von einem Stand zum anderen läuft und unter Einsatz sämtlicher Italienischkenntnisse, wild gestikulierend und schließlich mit ganz einfachen englischen Sätzen bei einem Händler erfragt, wie genau er die *caldarroste* zubereitet und welche Zutaten und Garmethoden er verwendet. Zuerst mache ich mir Sorgen, dass die Standbetreiber von dieser energischen und enthusiastischen Amerikanerin (von deren Jetlag keine Spur mehr ist) irritiert sind, doch Annas Begeisterung wirkt so ansteckend, dass alle hocherfreut sind über diese Kundin, die ihre Leidenschaft für gutes Essen teilt und der sie deshalb bereitwillig ihre Geheimrezepte verraten und uns allerlei Kostproben anbieten. Wir kaufen zwei Portionen *cotechino* und gehen zu einer von den improvisierten Bänken am Obelisken. Dort setzen wir uns neben ein älteres Paar, das entspannt und Händchen haltend beieinandersitzt, sich vom Einkaufsbummel ausruht und die Menschenmenge aus Einheimischen und Touristen beobachtet, die zwischen den Marktständen umherschlendern. Es sieht anrührend aus, wie sich die beiden aneinanderlehnen, als ob sie sich dadurch gegenseitig Kraft und Halt geben.

»Freust du dich, dass wir hergekommen sind?«, frage ich Anna, die gerade die Nase über ihr Essen hält und den Duft genießt. Als sie mich ansieht, leuchten ihre Augen so sehr, als ob sie die gesamte Piazza erhellen könnten.

»Ja, auf jeden Fall. Vielen Dank.«

Einen Moment lang essen wir beide schweigend, denn mittlerweile kenne ich Anna lange genug, um zu wissen, dass man sie nicht dabei stören sollte, wenn sie eine neue Speise zum ersten Mal probiert.

Sie zeigt auf ihr Cotechino. »Das ist *so* lecker.« Sie will noch etwas hinzufügen, stockt dann jedoch.

»Was ist denn?«, erkundige ich mich.

»Versprichst du mir, dass du nicht lachst?«

Ich nicke.

»Mir wird gerade klar …« Obwohl sich ihre Lippen weiter bewegen, kommt kein Ton heraus. Offenbar fällt es ihr schwer, ihren Gedankengang zu Ende zu bringen. Sie starrt ins Leere und nickt dann langsam, als ob sie sich zwingen müsste, es auszusprechen. »Ich glaube, mir wird wahrscheinlich zum ersten Mal klar, was mich am Kochen eigentlich so sehr reizt. Es ist die Möglichkeit, jeden Tag etwas Einzigartiges herzustellen, Zutaten neu zu kombinieren und am Ende vielleicht etwas auf den Tisch zu bringen, was für die Gäste unvergesslich bleibt. Ist es nicht toll, dass ich die Chance habe, anderen Leuten damit ganz besondere Momente zu bescheren? Wie es Giovanni mit seinen Struffoli geschafft hat. Was ist denn?«

Sie bemerkt, wie ich sie lächelnd ansehe. »Nichts«, antworte ich. »Ich freue mich nur darüber, wie glücklich dich das alles macht.«

»Tja, so einen Tag wie heute hatte ich echt nötig«, sagt sie und genießt dann schweigend ihr Essen. Nach ein paar Bissen merkt sie, dass ich auf eine Erklärung warte. »Um mich daran zu erinnern, was mir Spaß macht, was ich liebe und worin ich vielleicht ganz gut bin … nach dem ganzen Drama mit Stephen.«

»Er scheint ja ziemlich …« Weil mir das englische Wort nicht einfällt, verziehe ich nur das Gesicht und nehme an, dass wir uns in der Abneigung gegen ihren Ex einig sind.

Doch sie schüttelt verhalten den Kopf. »Er ist kein schlechter Kerl. Ich bin ihm wirklich wichtig und *er* mir auch, aber ich habe erkannt, dass mich vergangenes Jahr vor allem mein Studium ausgefüllt hat, nicht unsere Beziehung. In meiner Schule werde ich – durch meine Dozenten und die Mitstudenten – ermutigt, besser zu werden, besser zu *sein,* und genau das brauche ich. Ich brauche diese Herausforderung, das Streben nach mehr. Bei Stephen ist das anders. Er weiß genau, was er gut kann, und kennt seine Komfortzone. Er ist zufrieden mit seinem Leben. Das ist wunderbar für ihn, aber wenn wir zusammengeblieben wären, hätte mich das unglücklich gemacht.« Sie verdreht die Augen. »O Mann, das klingt jetzt wahrscheinlich, als ob wir die ganze Zeit total gelitten hätten. Aber so war das nicht, es hat nur … einfach für uns beide nicht richtig gepasst.«

»Dann hat er nicht diese Begeisterung wie du?«

Sie wendet den Blick ab und sieht in Richtung Markt, obwohl sie gar nicht richtig hinsieht. Langsam nickt sie, hält dann jedoch inne. »Oder vielleicht hatte er sie doch, aber für etwas anderes, zum Beispiel wünscht er sich eine Familie. Er will genauso leben wie seine Eltern. Das ist sein ganz großer Wunsch, der über allem steht.«

Gedankenverloren schiebt sie ihr Cotechino herum, während einen Moment lang Schweigen herrscht. Schließlich sage ich: »Aber du willst mehr.«

Sie starrt immer noch auf ihr Essen und nickt.

Ich lege meine Hand auf ihren Ellbogen. »Das ist doch total in Ordnung.«

Sie atmet tief durch. »Ja, das weiß ich schon. Es ist nur … ich habe ein total schlechtes Gewissen, dass ich ihm so wehtun musste, um meinen eigenen Weg einzuschlagen. Er ist so ein netter Typ, und es ist ja auch überhaupt nichts *Schlimmes,* wenn man sich Stabilität und Sicherheit wünscht. Stephen tut viel dafür, genauso wie ich mich anstrenge, um meine Interessen zu verfolgen.«

»Du musst kein schlechtes Gewissen haben«, beschwichtigte ich sie und muss mich zwingen, nicht so nah an sie heranzurücken, dass sich unsere Schultern berühren. »Du tust das, was dich begeistert. Das könnte – und *sollte* – dich glücklich machen, selbst als Single und ohne Partner, der dir den Rücken stärkt. Es ist genau richtig, wenn du alles dafür gibst.«

»So wie du in Sachen Fußball?«

»Ja … na klar … genau.«

Augenzwinkernd sieht sie mich an. Auch wenn ich als Fußballer in Serie B einigermaßen passabel bin, tauge ich definitiv nicht als Schauspieler. Ich esse einen Bissen von meinem Cotechino. »Wow, das schmeckt wirklich super, oder?«

»Matteo.« Ihr Gesicht hellt sich auf. Aus ihrem Blick spricht Neugier, doch sie drängt mich nicht zu einer Antwort, obwohl sie mir heute schon mehr als einmal sehr persönliche Sachen anvertraut hat. Auch ihre Schultern hat sie jetzt am Abend nicht mehr so verkrampft hochgezogen wie bei unserer ersten Begegnung heute Nachmittag – als ob es ihr gutgetan hätte, Dinge auszusprechen, die sie belastet haben. Vielleicht sollte ich es doch einmal wagen.

»Dieses Video von gestern Abend«, fange ich an. »In dem ich versucht habe, ein spektakuläres Tor zu schießen?« Sie nickt. Ich mustere sie aufmerksam und halte in ihrem Gesicht Ausschau nach zuckenden Lippen oder funkelnden Augen. Doch davon ist natürlich keine Spur, denn darüber sind wir längst hinaus. »Tja, direkt danach wurde mir mitgeteilt, dass mein Vertrag mit Internazionale zum Ende der Saison aufgehoben wird.« Ich erkläre ihr kurz die Lage: dass ich eigentlich bei Internazionale spiele, aber an Frosinone »ausgeliehen« wurde – ein Team, das zwar in der unteren Liga spielt, aber wo ich Spielerfahrung sammeln kann. »Das bedeutet, ich werde …« Ich krame in meinem Hirn nach dem englischen Wort. »… arbeitslos, wenn der Sommer anfängt. Im Moment grüble ich, was ich machen soll. In Italien hat die Saison eine Winterpause, und die werde ich nutzen, um zu entscheiden, was ich mache – ich könnte entweder fest bei Frosinone bleiben oder versuchen, ob ein anderer Verein aus der Serie A mich übernehmen will, wenn im Januar wieder die Transferperiode beginnt.«

Als ich fertig bin mit meinem Bericht, sieht mich Anna mitfühlend, aber nicht mitleidig an. »Und was wirst du jetzt machen?«, fragt sie.

Ich will sie ansehen, kann aber den Blick nicht vom Markt mit der improvisierten Weihnachtsbeleuchtung wenden. Ich bin kurz davor auszusprechen, worüber ich jetzt seit fast vierundzwanzig Stunden nachgedacht habe, aber als ich es endlich riskieren will, versagt mir plötzlich die Stimme. Unbemerkt haben sich meine Hände zu Fäusten geballt, und ich brauche einen Moment, um sie wieder zu lösen. Dann atme ich tief durch und kämpfe gegen die Tränen an, die mir in die Augen steigen wollen.

»Ich weiß nicht, ob ich meine ganze Laufbahn in Serie B spielen kann«, erkläre ich. »Das war nicht mein Ziel. Ich wollte zu den *Besten* gehören.«

Mit dem Fingerknöchel wische ich mir eine Träne ab. Als ich Anna ansehe, möchte ich sie am liebsten umarmen, weil in ihrem Gesicht keinerlei Enttäuschung über mein Versagen oder Ablehnung für mein Kneifen zu sehen ist. Stattdessen legt sie nur die Hand auf meinen Arm, und ich unterdrücke den Drang, vorsorglich schon einmal die Augen zu verdrehen, weil sie wahrscheinlich gleich irgendeinen banal-aufmunternden Spruch parat haben wird. Nach dem Motto, dass ich ganz bestimmt ein *supertoller* Spieler bin, dessen Zeit schon bald kommen wird. Doch nichts dergleichen passiert.

»Also … damit hast du zu kämpfen? Dass du nicht mehr spielen kannst, wenn die Saison vorbei ist?«

Mühsam zucke ich die Schultern, die bleischwer an mir herabhängen. Aus unerfindlichen Gründen klingt es noch viel dramatischer, wenn es jemand anders ausspricht. »Sieht so aus«, antworte ich.

»Aber ist Fußball nicht *deine* große Leidenschaft?«, will sie wissen. »Meinst du, du könntest das einfach so hinter dir lassen, ohne dass du wirklich alles gegeben hast?«

Wieder schießen mir Tränen in die Augen, und mich durchflutet eine schreckliche Angst vor dem, was ich jetzt eingestehen muss. »Ich glaube, ich *habe* alles gegeben«, bringe ich schließlich heraus. »... aber es hat nicht gereicht.«

Sie drückt meinen Unterarm und streicht mit ihrer Hand sacht darüber. Ich muss nicht lügen, das ist ein angenehmes Gefühl. »Aber es ist doch nur eine einzige Mannschaft«, wirft sie ein, »die dich nicht abkommandieren wollte oder wie das heißt.«

Ich nicke und verkneife mir eine zynische Antwort. Ich will nicht, dass Anna mich für einen sturen, in Selbstmitleid zerfließenden Jammerlappen hält. Ja, sie hat recht, es ist nur ein Verein, für den ich nicht gut genug war, aber leider einer aus der Serie A und zudem der einzige, der mich ernsthaft im Blick hatte. Ansonsten bin ich bei niemandem in dieser Liga auf dem Schirm, sodass auch bei künftigen Frosinone-Spielen keine Scouts auf der Tribüne sein werden, um sich meine Leistung anzusehen. Vermutlich werde ich also sehr lange in Serie B spielen, was so nicht geplant war.

»Das habe ich mir einfach anders vorgestellt«, sage ich und esse wieder einen Bissen Cotechino. Auf keinen Fall kann ich Anna gegenüber zugeben, dass ich morgen ein Spiel habe, denn sie ist so zielstrebig und ehrgeizig, dass sie wahrscheinlich ziemlich ungehalten wäre, wenn sie wüsste, dass ich meinen Ernährungsplan derart boykottiere. Und seltsamerweise möchte ich sie auf gar keinen Fall enttäuschen.

Anna sagt nichts, sondern steckt nur ihre Gabel ins Essen, damit sie die Hand frei hat, um meinen Arm zu umfassen. Das erinnert mich an Sofia, die das auch *viel zu oft* getan hat, wenn ich von einem Spiel oder vom Training nach Hause kam und niedergeschlagen war, weil ich schlecht gespielt hatte.

Schweigend essen wir weiter, während unsere Kommunikation nur mimisch abläuft – Freude, Neugier, Überraschung –, bis sie nach einer Weile sagt, dass sie sich auf die Suche nach einer Toilette macht. Als sie in der Menschenmenge auf dem Markt verschwunden ist, wiegt das Handy in meiner Tasche wieder schwer wie ein Stein. Kein Wunder, schließlich befinden sich darauf tonnenweise Text- und Sprachnachrichten von Teamkollegen, Freunden, meinen Eltern … Und voraussichtlich wird es im Laufe des Abends immer schwerer werden, vor allem wenn ich nicht wenigstens meinen Eltern mitteile, dass alles in Ordnung ist. Insofern könnte ich vielleicht einen Blick darauf riskieren, solange Anna unterwegs ist.

Ganz großer Fehler. Umgehend sehe ich auf meinem Display massenweise Nachrichten von den Frosinone-Jungs, die zumeist in Großbuchstaben »WO STECKST DU??« in allerlei Variationen schreiben. Doch mein Auge fällt zuerst auf das rote Banner auf dem Instagram-Icon. Ich habe sieben Benachrichtigungen.

Also öffne ich die App und spiele Sofias Storys ab, ohne den Ton einzuschalten. Es ist noch schlimmer als erwartet. Ohne Ende kurze Clips von Gennaro und ihr, wie sie in ihrem Zimmer Weihnachtsgeschenke verpacken, sich in der Küche gegenseitig Weihnachtspralinen in den Mund stecken. Vor sechs Stunden, vor fünf Stunden, vor vier Stunden … Ein kurzer Einblick in ihre Zweisamkeit, während sie den Tag so ziemlich genauso verbringen wie Sofia und ich voriges Jahr um diese Zeit.

In diesem Moment denke ich, dass ich die App wohl lieber schließen und mein Handy ausschalten sollte, falls diese Story jetzt noch damit endet, dass die beiden gemütlich im Bett *L'amore per le nocciole a Natale* anschauen – diesen uralten englischen Kitschfilm, den Sofia und ich als Kinder total liebten und *jedes* Jahr zu Weihnachten ansahen. Das gehörte bei uns einfach dazu. Es würde mir wirklich wehtun, wenn Gennaro jetzt einfach meinen Platz an Sofias Seite einnahm, als ob man mich im Handumdrehen ersetzen könnte.

Trotzdem zwinge ich mich, die Story bis zu Ende anzusehen. Ein romantischer Filmabend kommt zum Glück nicht darin vor.

Eine neue Textnachricht wird eingeblendet – diesmal von Julia, die nachfragt, ob ich heute wieder bei ihr übernachten will. Ich antworte nicht, weil ich es noch nicht so recht weiß – genauso wie ich noch nicht entschieden habe, was aus meinem Vertrag mit Internazionale werden soll oder wie ich auf Raffaellos Angebot reagiere, festes Mitglied bei Frosinone zu werden. Falls das Angebot nach meinem heutigen Nichtantritt immer noch gelten sollte, wäre ich nach meinem exzessiven Konsum von Zucker, Kohlenhydraten und massenweise Kalorien vermutlich gar nicht fit, um neunzig Minuten durchzuhalten, sollte Raffaello mich für die Startelf nominieren. Allerdings könnte ich es wahrscheinlich kaum ertragen, wieder das gelbe Trikot anzuziehen oder neben meinen Teamkollegen, vor allem Lorenzo, Aufstellung zu nehmen – denn der hätte bestimmt einen Kommentar über meine Abwesenheit heute parat, wahrscheinlich wie üblich mit freiem Oberkörper, sodass ich möglicherweise zu jenem Schlag ausholen würde, den ich ihm insgeheim schon immer verpassen wollte.

Ich schüttle den Kopf, als ob sich damit einstweilen alle Gedanken verbannen ließen. Dann widme ich mich wieder meinem Essen. Die Cotechino-Wurst ist so lecker, dass ich überhaupt nicht mehr nachvollziehen kann, wie ich dieses ganze »Superfood« ertragen konnte, von dem ich mich so lange praktisch zwangsernährt habe. Ich frage mich, ob Geschmack erst wieder eine Rolle spielt, seit ich mich mental vom Fußball verabschiedet habe oder … ob es an meiner neuen Freundschaft mit dieser Amerikanerin liegt, die gerade zurückkommt und sich wieder neben mich setzt. Offensichtlich hat sie mich mit ihrer Begeisterung für gute Küche angesteckt, und ich stelle zum ersten Mal seit Jahren fest, dass es noch eine andere Rolle spielt, als nur den Körper mit Energie zu versorgen, sodass ich plötzlich ganz neue Freude daran habe. Ich kann mich nicht erinnern, wann Fußball zuletzt für mich so wichtig war wie das Zusammensein mit Anna in den vergangenen Stunden.

Als sie mich ansieht und wissen will, wie es mir jetzt geht, kann ich, ohne zu lügen, antworten, dass es mir gut geht, und sie anschließend fragen, ob wir vielleicht noch einen Punkt von ihrer Liste abarbeiten wollen.

9

Anna

22:09 Uhr

Nach der Cotechino-Mahlzeit sollte ich *eigentlich* satt sein, doch ich habe mir nun einmal vorgenommen, so viele Lokale wie möglich von meiner Liste auszuprobieren, da dies vielleicht der *einzige* Rom-Besuch in meinem ganzen Leben sein wird. Auch wenn das schade wäre, denn während ich mit Matteo durch die Altstadt laufe, blutet mir geradezu das Herz vor Neid, wenn wir an diversen Trattorien und Osterien vorbeikommen, wo ich Kellner und maître d's im angeregten Gespräch mit den Gästen sehe, deren interessierte Fragen mit viel Hingabe beantwortet werden. Sehnsüchtig denke ich an die *Scuola di arti culinarie* und ärgere mich, dass ich mich nicht mehr dahintergeklemmt und keinen Versuch gemacht habe, mich zu bewerben. Eine Stadt, deren Bewohner so viel Wert auf das Thema Essen legen, ist auf jeden Fall der richtige Ort für mich, um mehr zu lernen, mich weiterzuentwickeln und mich auf meinem Herzensgebiet zu verbessern.

Rom ist auf jeden Fall eine Stadt, in der ich länger bleiben möchte – das spüre ich ganz deutlich.

Von meiner Liste wähle ich die *Trattoria Marco* aus, die Matteo auch problemlos findet. Von außen sieht das kleine Lokal gemütlich aus, mit imitierten Felswänden, sodass es aussieht wie in eine Höhle gebaut. Ich bin ein wenig verunsichert, als ich sehe, dass es als einziges auf unserem Weg fast vollkommen leer ist. Drinnen befindet sich nur ein uniformierter Polizist, der sich am Tresen mit einem Mann mittleren Alters mit dunkelroter Schürze unterhält – das ist vermutlich Marco, der Küchenchef. Aber der Eintrag auf meiner Liste ist mit mehreren Ausrufezeichen versehen, und außerdem steht eine Weinempfehlung dabei, was also bedeutet, dass Professor Barnes dieses Lokal sehr gut kennt. Ein Besuch muss sich also lohnen.

Hinter Matteo trete ich ein. Der Küchenchef hebt kurz die Hand, um uns zu signalisieren, dass er uns gesehen hat und gleich bei uns ist. Dann unterhält er sich erst einmal weiter mit dem Polizisten. Wir setzen uns an einen Tisch in der Ecke, über uns hängen Wandleuchter mit Kerzen, die alles in angenehm dezentes Licht tauchen. Als aus der Küche wunderbare Düfte von Käse und Soßen wehen, ist jegliche Skepsis, ob ich überhaupt noch etwas essen kann, schlagartig verschwunden.

Am Tresen reicht der Küchenchef dem Polizisten gerade zwei Behälter mit Essen zum Mitnehmen und sagt dazu etwas auf Italienisch. Selbst wenn ich die beiden besser hören könnte, würden sich meine italienischen Großeltern wahrscheinlich im Grab herumdrehen, wenn sie wüssten, wie wenig ich verstehe: Eigentlich nur *»molti sapori«,* was – wenn ich mich recht erinnere – so viel heißt wie »viele Aromen«. Bei mir dreht sich eben alles ums Essen.

Die Worte des Küchenchefs scheinen dem Polizisten recht nahezugehen, denn er senkt den Kopf und muss schlucken. Er nickt, als ob er sagen wollte »Du hast ja recht«. Als er sein Essen bezahlen will, schüttelt der Küchenchef den Kopf und nimmt nur die Hälfte des Gelds entgegen. Der Polizist nickt dankbar, nimmt beide Behälter und verlässt das Lokal.

Nun kommt der Küchenchef an unseren Tisch und begrüßt uns mit einem Lächeln, das tiefe Grübchen und Falten in sein wettergegerbtes Gesicht gräbt. »Buona sera, mi chiamo Marco.« Sein Italienisch klingt so weich und sanft wie Milchkaffee. Matteo sagt ein paar erklärende Worte, nickt in meine Richtung (»Americano«), woraufhin Marco seinerseits nickt. *»Sì, sì …«* und dann auf Englisch umschaltet. »Sie mögen Antipasti? Ich bringe Auswahl …«

Ich antworte, dass dies ganz wunderbar klingt und ich gespannt bin, was uns ein echter italienischer Koch anbietet. Dann bestelle ich noch den von meiner Professorin empfohlenen Wein, einen Pinot grigio von Livio Felluga.

»Ausgezeichnete Wahl«, lobt er und verschwindet in der Küche, aus der er wenige Minuten später wieder auftaucht und uns solche Mengen von Antipasti serviert, dass davon locker sechs Personen satt werden könnten: dicke Scheiben Provolone, begleitet von Mortadella, Salami, Prosciutto und Peperoni, sorgfältig dekoriert mit Cornichons und Oliven. Ich starre alles nur begeistert an und kann mich gar nicht entscheiden, womit ich anfangen soll. Marco lacht. *»Molti sapori«,* sagt er dann, genauso wie vorhin zu dem Polizisten. Dann sieht er mich plötzlich mit ernster Miene an. Die tiefen Falten und Furchen erscheinen mir plötzlich wie Spuren der Erfahrung und eines langen, guten und glücklichen Lebens. »Vielleicht denken Sie, dass Sie genau wissen, was Ihnen am besten schmeckt. Aber eine Auswahl zum Probieren ist viel besser. Vielleicht sagt Ihnen ja etwas anderes viel mehr zu. Wie soll man seine wahren Favoriten finden, wenn man nicht alles probiert hat, hm?«

Er geht zurück zum Tresen. Erst als Matteo sich erkundigt, was mich bedrückt, fällt mir auf, dass ich ins Leere starre. »Ach, gar nichts«, seufze ich und nippe an meinem Weinglas. Die Empfehlung meiner Professorin erweist sich als Volltreffer. »Ich musste nur gerade an Stephen denken.« Um zu vermeiden, dass Matteo denkt, ich komme nicht von meinem Ex los, füge ich noch hinzu: »Das ist wahrscheinlich der eigentliche Grund für unsere Trennung. Ich wollte Neues probieren – nicht in Bezug auf Essen, sondern allgemein, weißt du? Und ich merke einfach, auf dieser Reise wird mir immer klarer …«

»Dass deine Entscheidung richtig war?«

Ich nicke und frage mich, ob dieser Polizist gerade Ähnliches durchmacht, und versuche Marcos Aussagen auch darauf zu beziehen.

Wie viele Menschen mögen wohl heute Abend mit gebrochenem oder schwerem Herzen durch die Straßen von Rom laufen?

In der nächsten halben Stunde arbeite ich mich mit Matteo durch die Antipasti-Auswahl und probiere von allem ein wenig. Wir unterhalten uns leise und sind beide ein wenig befangen angesichts der Stille um uns herum. Marco scheint kein Problem damit zu haben, dass so wenig los ist. Er summt vor sich hin und hockt sich vor seine Kühltheke. Sorgfältig arrangiert er die Käsesorten in der Auslage und hat dabei die ganze Zeit ein Lächeln im Gesicht.

»Woran denkst du gerade?«, erkundigt sich Matteo, während er sein Weinglas vor sich schwenkt. Das Kerzenlicht wirft dabei flackernde Schatten auf sein Gesicht, wodurch es noch markanter wirkt.

Ich schüttle den Kopf, um *gewisse* Gedanken loszuwerden. »Mir fällt nur auf, wie zufrieden Marco wirkt«, sage ich und kann mir nur mühsam verkneifen, die Krümel von meinen Fingern zu lecken. Worüber ich mir keinerlei Gedanken machen würde, wenn ich mit Stephen hier wäre. »Ich meine, für ihn ist das alles total klar – was ihm Kochen, also sein Handwerk, bedeutet. Warum er sich für diesen Beruf entschieden hat. Er will mit seinem Können Leute glücklich machen, so gut es ihm möglich ist. Ich finde, das ist eine tolle Einstellung.«

Nachdem ich das ausgesprochen habe, bekomme ich einen Anflug von Panik und befürchte, Matteo könnte meine Worte so verstehen, dass ich in dafür kritisiere, weil er möglicherweise seine Fußballkarriere aufgeben will. Obwohl wir heute schon eine Menge Zeit miteinander verbracht haben, kennen wir uns ja noch nicht besonders gut. Mit gesenktem Blick greife ich nach meinem Weinglas und trinke einen großen Schluck, der mir umgehend zu Kopf steigt, woraufhin sich das Lokal zwar nicht direkt zu drehen beginnt, aber bei unseren *secondi* – Pastete nach Bauernart – schon ein wenig ins Schlingern gerät.

Als wir mit dem zweiten Gang fertig sind, kommt Marco wieder an unseren Tisch und erkundigt sich, wie es uns geschmeckt hat. Ich schwärme, dass es absolut *»magnifico«* war, und entschuldige mich in Gedanken erneut bei meiner Großmutter für meine dürftigen Italienischkenntnisse.

»Wenn Sie ein Dessert möchten«, erklärt Marco, während er unsere Teller abräumt, »ist unser Angebot heute leider nur klein. Mein Konditor, er hat neuen Freund. Er, äh, wie sagt man … *distratto?«*

»Distracted«, hilft ihm Matteo auf die Sprünge, »abgelenkt.« Als ich erkenne, dass er offenbar nicht wütend auf mich ist, möchte ich am liebsten triumphierend die Faust in die Luft recken. »Sì, abgelenkt.« Marco holt die Dessertkarte und legt sie uns auf den Tisch. »Besser er geht nach Hause, erste Zeit genießen.«

Ich zeige auf die Karte. »Ich sehe, dass sie Struffoli anbieten.« Marco nickt. »Sie servieren es nicht zufällig in Form eines Weihnachtsbaums?«

Nun erscheint ein anderes Lächeln auf seinem Gesicht, ein eher betrübtes. »Es gibt nur einen Konditor in Rom, der macht solche Struffoli. Es war sein, wie sagt man …?« Er schnippt mit den Fingern und überlegt. »… Spezialität.«

Ich beuge mich nach vorn. »Kennen Sie …«

»Signor Giovanni? Ja … ich habe von ihm gehört.«

Ich erschrecke. »O nein, sagen Sie nicht, dass er, also, etwas mit ihrer Frau hatte oder so. Es tut mir leid …«

Doch Marco schüttelt den Kopf und schiebt die Hände in die Vordertasche seiner Schürze. »Nein, nein … Ich kenne Giovanni nicht persönlich. Nur die Geschichten über ihn.«

Nervös sehe ich ihn an und spüre, wie mir das Herz bis zum Hals schlägt. Hatte der Vielleicht-Papst doch recht? Werde ich finden, wonach ich suche, weil ich rein zufällig in diese leere Trattoria geraten bin?

Als ich Marco danach frage, ob er weiß, wo Giovanni jetzt ist, verneint er jedoch. »Das weiß niemand. Die Leute machen Witze, dass in ganz Rom keine Herzen mehr übrig sind, die er brechen kann, deshalb musste er weggehen und neue finden.«

Enttäuscht lehne ich mich zurück und das Herz rutscht mir erst in die Hosentasche und dann bis hinunter zu den Füßen. Den ganzen Tag habe ich damit zugebracht, durch Rom zu hetzen, auf der Jagd nach einem Mann, der überhaupt nicht mehr hier ist.

Es tut mir so leid, Charlotte.

23:04 Uhr

Obwohl ich ungemein frustriert darüber bin, dass unsere verrückte Suche nach Giovanni vermutlich gescheitert ist, kann mich eine Portion Gelato am Trevi-Brunnen *beinahe* wieder aufrichten. Die Piazza ist so gut wie leer und man hört nur das Plätschern des Wassers. Sanftes weißes Licht erstrahlt in der Dunkelheit besonders hell und erzeugt einen nahezu himmlischen Schein unterhalb der Skulptur des Oceanus. Wir sitzen auf dem Brunnenrand und genießen unser Eis, das Matteo bei *Gianfranco* gekauft hat – seiner Ansicht nach die beste Eisdiele in dieser Gegend. An seinem Lächeln erkannte ich, dass er mich damit aufmuntern wollte, mich jedoch nicht weiter bedrängen würde, bis ich das Thema *von mir aus* ansprach. Keine drängenden Fragen, keine beliebigen Ratschläge. Natürlich merkte er, wie niedergeschlagen ich war, nachdem meine Hoffnungen, Giovanni zu finden, wieder einmal zunichtegemacht wurden. Aber er hatte nicht den Drang, den Helden zu spielen und krampfhaft meine Laune aufzubessern. Stephen hätte niemals zugelassen, dass ich etwas Bedrückendes für mich behalte. Immer wieder würde er nachfragen, ob mit mir wirklich alles in Ordnung sei, ich nicht doch darüber reden wolle und was er tun könne, um es wieder ins Lot zu bringen. Denn Sachen zu richten, war Stephens große Stärke. Er verstand nicht, dass man manchmal nichts anderes für jemanden tun konnte – oder musste –, als ihm ein Eis zu spendieren.

»Ich war noch nie nachts hier«, sagt Matteo und lässt den Blick schweifen. »Es ist so *ruhig.* Du hättest mal heute Nachmittag hier sein sollen – es war so voll, dass man kaum vorankam.«

»Du warst heute schon mal hier?«, erkundige ich mich. Er nickt und macht ein betroffenes Gesicht. »Was ist denn?«

»Nichts, es ist nur ... ich muss gerade daran denken, wie es mir dabei ging. Ich war total deprimiert und hoffnungslos.«

Ich lege die Hände flach auf den Rand des steinernen Wasserbeckens und beuge mich nach hinten. Diesem Impuls folge ich, um ihm so viel Raum zu geben wie möglich, während wir dicht nebeneinandersitzen. Er sieht kurz zu mir herüber und kräuselt leicht die Lippen. Ich kann förmlich hören, wie es in seinem Kopf arbeitet, ob er mehr davon preisgeben soll oder nicht. Dann nickt er und dreht sich ein Stück in meine Richtung.

»Es fiel mir wahnsinnig schwer zu akzeptieren, dass ich so viel investiert und mich so sehr angestrengt hatte ... und trotzdem nicht gut genug war.« Bei diesen Worten wandert sein Blick unwillkürlich zu den Heldenfiguren auf der anderen Seite des Brunnens. »Das kam mir so unglaublich falsch und unfair vor – und ich hatte nicht die leiseste Ahnung, was ich beruflich sonst tun soll. Deshalb war ich so traurig wie noch nie in meinem ganzen Leben und hatte das Gefühl, dass es für immer so bleiben würde. Ich konnte ja noch nicht ahnen, dass ich demnächst jemandem begegnen würde wie *d... ir.*«

Als er das letzte Wort ausspricht, sieht er mich wieder an. Plötzlich macht er ein bestürztes Gesicht. »Also, das war jetzt nicht … so gemeint. Ich meine nur, dass wir Spaß zusammen hatten. Wir sind durch Rom gelaufen, und ich habe dabei zeitweise fast vergessen, wie deprimiert ich bin … oder *war.* Wenn ich gewusst hätte, dass ich heute einen so coolen Tag mit einer tollen amerikanischen Touristin verbringen würde, wäre ich nicht so traurig gewesen, als ich heute schon mal hier war. Das ist alles.«

Wieder wendet er den Blick ab und sieht aufs Wasser. Es ist offensichtlich, dass es ihm gutgetan hat, sich das von der Seele zu reden. Das erkenne ich daran, dass seine Gesichtszüge sich entspannen und seine Lippen nicht mehr so schmal sind.

Hör auf, ihm auf den Mund zu starren, Anna.

»Na ja …« Ich ziehe meine Füße an, sodass ich ihm im Schneidersitz gegenübersitze. »… dann habe ich heute wenigstens eine Sache richtig gemacht. Auch wenn wir Giovanni wohl nie finden werden.«

»Warum ist dir das eigentlich so wichtig?«, will er wissen und setzt sich genauso hin wie ich. Wir schauen beide auf die Piazza. »Diese fremde Hochzeit zu retten?«

Ich zögere einen Moment, denn genau das weiß ich selbst nicht so recht. Warum bin ich *derart* versessen darauf, dieses Dessert aufzutreiben? Die Toskana verlassen habe ich vor allem deshalb, um Abstand von Stephen zu gewinnen und weitere peinliche Begegnungen zu vermeiden. Außerdem wollte ich mich dafür revanchieren, dass

Charlottes Familie mich netterweise in ihrer Suite aufgenommen hat. Doch nachdem ich stundenlang durch eine fremde Stadt gelaufen bin, verschiedenste Spuren verfolgt und unzählige Fragen gestellt habe, muss ich mir wohl eingestehen, dass vielleicht doch noch mehr dahintersteckt.

»Wahrscheinlich wollte ich unbedingt, dass diese Hochzeit etwas ganz Besonderes wird. Also, wenn ich dieses Dessert auftreibe und die Hochzeit dadurch genau diesen Zauber bekommt, den die Braut sich so sehr wünscht, dann würde mir das bestätigen, dass Liebe, Beziehungen und *Romantik* vielleicht doch die ganze Mühe wert sind … Verstehst du, was ich meine?«

Offensichtlich nicht. Es sieht ganz danach aus, dass ich jetzt an der Reihe bin einzugestehen, was mich wirklich beschäftigt.

»Meine Eltern, die sind geschieden. Als sie noch zusammen waren, gab es zu Hause dauernd schlechte Stimmung: Ständig waren sie gestresst von der Arbeit, weißt du? Sie waren einfach chronisch unglücklich und ich weiß noch …« Meine Augen werden ein wenig feucht. »Ich weiß noch genau, wie gern ich irgendwas tun wollte, damit sie aufhören, sich die ganze Zeit zu streiten; damit sie nicht mehr so traurig sind. Und eines Tages – ich war ungefähr acht, glaube ich – hatten sie diesen krassen Streit, ich kann mich überhaupt nicht mehr erinnern, worum es ging. Dad ist daraufhin zur Tür hinausgestürmt und Mom verschwand nach oben ins Schlafzimmer und hat den ganzen Tag geweint. Und aus irgendeinem Grund kam ich auf die Idee, meiner Mutter ein Club-Sandwich zu machen, in der Hoffnung, sie damit aufzumuntern. Aber wir hatten keine Tomaten, deshalb musste ich mit dem improvisieren, was vorrätig war … Ich dachte, Radieschen könnten gehen, weil sie ja die gleiche Farbe haben.« Ich muss über sein verwundertes Gesicht lachen. »Ich weiß, ich weiß, aber ich war ja erst acht und hatte keine Ahnung.« Er hebt beschwichtigend die Hand und ich erzähle weiter. »Ich nehme also mein Radieschen-Sandwich, gehe nach oben und zeige es meiner Mutter. Sie beißt hinein, verzieht das Gesicht und fragt: ›Sind da Radieschen drauf?‹ Dann fängt sie an zu lachen und sagt, wie süß ich doch bin. Ich steige zu ihr ins Bett, und wir sehen fern, bis Dad nach Hause kommt. Das war super. Sie erzählt ihm, was passiert ist, woraufhin er *auch* lachen muss. Danach haben sie mich ein paar Tage lang ›Radieschen‹ genannt, meine Mutter fand meine Kreation tatsächlich *lecker* und mich ein bisschen genial, und sie haben immer wieder darüber gelacht. Eine ganze Woche lang gab es keinen Streit. Ich weiß, das klingt bescheuert, aber ich dachte die ganze Zeit, mein albernes Sandwich hätte alles wieder gut gemacht. So war es ja auch – allerdings nur für kurze Zeit. Eine Woche später fingen sie wieder an zu streiten, und ich war am Ende sogar *erleichtert,* als sie sich zur Scheidung entschlossen haben. Aber von diesem Tag an hat Essen für mich eine fast magische Rolle gespielt. Auch wenn ich noch ein kleines Kind war, konnte ich damit etwas erreichen und beeinflussen. Es war mir gelungen, meine Eltern ein bisschen glücklicher zu machen. Deshalb ist es nicht ganz leicht, mir einzugestehen, dass es diesmal bei Charlotte vielleicht nicht klappt.«

Als ich fertig bin mit meinem kleinen Monolog, mache ich eine einladende Geste in seine Richtung, da er vermutlich seine eigene Meinung dazu haben und mich vielleicht als naiv oder übertrieben optimistisch bezeichnen wird. Doch er sagt zunächst kein Wort, sondern beugt sich nach vorn, greift in seine Tasche und holt eine Handvoll Münzen heraus, die er mir hinhält.

»Willst du dir was wünschen?«

Ich nehme mir ein paar Geldstücke, weiche seinem Blick aus und sehe auf die sich kräuselnde Wasseroberfläche, um zu verhindern, dass ich ihn seufzend anhimmle, weil er einfach zuhören kann, ohne plumpe Ratschläge oder platte Sprüche von sich zu geben. Stattdessen scheint er mich einfach zu verstehen und darauf zu vertrauen, dass ich schon selbst eine Lösung finde – auch wenn wir uns erst seit ungefähr acht Stunden kennen.

»Und wozu ist das gut?«, frage ich, als wir einen Schritt vor den Brunnen treten.

»Das ist so ein Ritual«, erklärt er, während er mich sanft mit dem Rücken zum Wasser dreht. »Wenn du die Münze über deine linke Schulter wirfst, wünschst du dir, eines Tages nach Rom zurückzukehren.«

Im nächsten Moment schwirrt die Münze über meine linke Schulter. »Funktioniert das?«, will ich von ihm wissen. Er zuckt die Schultern.

»Ich wohne ja hier, von daher …«

Ich drehe mich wieder zum Brunnen um und schweigend blicken wir einen Moment lang aufs Wasser. Ich betrachte die kleinen Wellen, lausche dem Plätschern und fühle mich so lebendig und inspiriert wie schon lange nicht mehr. Es kostet mich einiges an Kraft, jetzt nicht zu Matteo hinüberzuschauen – was nicht nur daran liegt, dass ich jedes Mal dazu tendiere, ihn unverhohlen anzustarren.

Ich möchte *unbedingt* wieder herkommen.

Damit werfe ich die zweite Münze ins Wasser.

»Was machst du denn da?«, fragt Matteo.

»Ich dachte, ich wünsche mir noch, dass ich Giovanni finde«, erkläre ich. »Das kann doch nicht schaden, oder?«

Mit ernstem Gesicht zeigt er auf das Wasser. »Eine zweite Münze bedeutet, dass du dir Liebesglück wünschst.«

Ich murmle vor mich hin, dass ich *damit* ja genau richtig für die Hochzeit morgen liege. Als ich es wieder wage, ihn anzusehen, schaut er hastig beiseite, und um sein markantes Kinn zuckt es ganz kurz, als ob er ein Lächeln unterdrücken würde. Als ob er … sich darüber freut, dass ich mir aus Versehen gewünscht habe, mich zu verlieben.

Ich bin mir nicht ganz sicher, ob ich diesen Moment total schräg finde oder ob er das Beste ist, was mir heute passieren konnte.

23:42 Uhr

Matteo begleitet mich in den Stadtteil Prati, wo sich meine Unterkunft in der obersten Etage eines Appartement-Komplexes befindet. Auf dem Rückweg hatte ich die ganze Zeit Schmetterlinge im Bauch, wenn ich an meinen Münzwurf zurückdachte. Doch nun, als wir vor dem Gebäude stehen, wird mir ganz schwer ums Herz, und mein Puls rast. Ich habe am ganzen Körper Gänsehaut und weiß nicht so genau, ob das am kalten Wind liegt, der durch die schmale Straße weht, oder daran, dass dieser Tag und dieser verrückte – und irgendwie auch wunderbare – Abend jetzt endgültig vorbei ist. Wenn ich mich umdrehe und dieses Haus betrete, gibt es für Matteo und mich keinen Grund mehr, uns je wiederzusehen. Ich würde ihn am liebsten nach seiner Nummer fragen, aber worüber sollen wir reden, wenn ich wieder zu Hause bin? Welche Fortschritte ich beim Backen von Sfogliatelle mache? So etwas wäre *absolut* lächerlich, nur weil mir rein zufällig ein netter – okay und umwerfend aussehender – Typ über den Weg gelaufen ist, nachdem ich eine nervenaufreibende Trennung hinter mir hatte und reichlich durch den Wind war. Das ist doch völlig absurd.

»Es tut mir so leid, dass wir Giovanni nicht gefunden haben«, sagt er, und seine rechte Hand zuckt dabei leicht, als ob er mir am liebsten mitfühlend über den Arm streichen würde, es sich dann aber doch anders überlegt hat. Jetzt nehme ich selbst die Hände aus den Taschen, falls er seine Meinung doch noch ändert, obwohl das natürlich völlig absurd ist.

»Ist schon okay«, antworte ich. »War ja auch von Anfang an ziemlich unwahrscheinlich. Danke für die Stadtführung, hat mich sehr gefreut.«

»Und hat dir Rom denn gefallen?«

»Na, aber hallo!« Meine Stimme hallt lautstark in der schmalen Gasse wider, und es ist mir ziemlich unangenehm, wie euphorisch sie sich anhört. »Ich meine, ja, ist schon eine coole Stadt. Ich bin froh, dass ich ein bisschen was davon sehen konnte …« Ich frage mich, ob er ahnt, was ich am liebsten noch hinzufügen würde.

… mit dir.

Allerdings ist für weitere Überlegungen dazu keine Gelegenheit, denn genau in diesem Moment beginnt es aus dem Nachthimmel zu schneien. Daraufhin legen wir beide den Kopf in den Nacken und blicken mit großen Augen nach oben. Wir brechen in Gelächter aus, und als wir uns ansehen, grinsen wir ungläubig, weil alles so perfekt ist. Es schneit, in der Weihnachtszeit, in *Rom* …

… tatsächlich beuge ich mich etwas nach vorn – nur ein ganz klein wenig – und spüre ein Zucken in den Fingern, nur ganz leicht, als ob sie in seine Richtung streben. Und vielleicht denkt er ja genau das Gleiche, denn ich sehe, wie sich seine Hände ebenfalls nach vorn bewegen, kaum merklich. Zwischen uns liegen nur noch wenige Zentimeter Abstand, die wir überwinden müssten …

Als er seine Hände zurück in die Tasche steckt, überschlägt sich mein Herz beinahe.

»Gute Nacht, Anna«, sagt er schließlich. »Und alles Gute.«

»Gute Nacht, Matteo. Und vielen Dank noch mal.«

Ich drehe mich so hastig um, dass ich beinahe mit dem Fuß umknicke. Dann steige ich betont langsam die Treppe hinauf, um Matteo ausreichend Gelegenheit für die Frage zu bieten, ob wir nicht doch noch irgendwo ein letztes Stück Pizza essen wollen – oder einfach nur die Stufen hinaufzurennen, damit wir uns so nahe kommen können, wie wir es eigentlich eben wollten. Da ich keine Schritte höre, weiß ich, dass er noch nicht gegangen ist, also immer noch dort steht und mir nachschaut. Wahrscheinlich wartet er noch ab, bis ich sicher im Gebäude ankomme. Aber was ist, wenn …?

… wenn er darauf wartet, dass ich mich noch einmal umdrehe?

Mit meiner Schlüsselkarte öffne ich die Tür und drücke sie – ganz langsam – auf. Dabei rede ich mir ins Gewissen, mich umzudrehen und mich zu vergewissern, dass er immer noch dort steht, um ihm damit zu zeigen, dass ich möglicherweise genau das Gleiche denke wie er.

Doch stattdessen trete ich einfach ins Foyer und wage es nicht einmal, ihm noch ein letztes Mal zuzuwinken, aus Angst, dass wir doch nicht das Gleiche denken und ich dann allzu verzweifelt und bedürftig wirke. Ich schließe die Tür hinter mir.

Dann zähle ich die Sekunden, bis ich Schritte höre, die sich entfernen – ich komme bis fünfzehn.

Als ich in meinem Zimmer ankomme, versuche ich meine widersprüchlichen Gedanken zu sortieren: Einerseits die Enttäuschung darüber, wie schnell er mir den Rücken gekehrt hat und weggegangen ist, und andererseits die Erkenntnis, dass ich wieder einmal nicht den Mut hatte, den ersten Schritt zu machen – was bei einem so attraktiven Italiener allerdings auch durchaus verständlich ist.

Über all das könnte ich wahrscheinlich die ganze Nacht grübeln, wenn es mir nicht gelingen würde, mich irgendwie abzulenken. Deshalb verfasse ich ein paar Nachrichten an Jess in der Toskana und erkläre ihr, dass es leider nicht geklappt hat, die Struffoli aufzutreiben, was mir wirklich sehr, sehr, *sehr* leidtut, was ich mit vielen weinenden Emojis unterstreiche.

Innerhalb von zwei Minuten antwortet Jess. Ich soll mir keine Sorgen machen, weil Charlotte ja von Anfang an wusste, dass mein Plan kaum Aussichten auf Erfolg hatte. Offensichtlich ist das größere Problem inzwischen ohnehin ihre verrückte Tante Frannie, die wohl nicht davon abzubringen ist, mit ihrer grausamen Cabaret-Coverband bei der Feier aufzutreten. Sie bedankt sich für all meine Bemühungen und schreibt, dass ich mich deswegen nicht ärgern soll.

Ich sitze am Schreibtisch vor dem Fenster meines Zimmers und sehe dem Schneefall draußen zu, was jedoch meine Laune nicht nennenswert aufbessert. Vermutlich liegt es daran, dass ich Stephen bald wieder begegnen werde, da meine Struffoli-Jagd nun zu Ende ist.

Mein Zug zurück in die Toskana fährt morgen früh um 08:30 Uhr.

Es liegt auf jeden Fall nicht daran, was vor dem Haus passiert ist – oder auch nicht … oder?

Freitag, 20. Dezember
06:58 Uhr

Ich habe grottenschlecht geschlafen, weil ich den Abschied von Matteo x-mal im Kopf durchgespielt habe. In den verschiedenen Versionen hatte ich wahlweise den Mut, ihn tatsächlich zu küssen, oder meine Hände zuckten nicht nur, sondern signalisierten ihm eindeutig, dass ich nichts gegen einen Kuss einzuwenden hatte, falls er es wollte.

Ich bin mir fast sicher, dass er wollte, aber was spielt das jetzt noch für eine Rolle? Es ist vorbei – unsere Wege haben sich getrennt, und ich werde ihn nie wiedersehen. Ich meine, natürlich könnte ich ihn googeln, immerhin ist er Profisportler und somit wahrscheinlich im Netz leichter zu finden als irgendein x-beliebiger Italiener, aber wenn er gewollt hätte, dass ich ihn online aufspüre, dann hätte er mich auch küssen können.

Was er nicht getan hat.

Ich schlage die Decke zurück, springe schwungvoll aus dem Bett und fange dann zügig an meine Sachen zu packen, um meinen Zug rechtzeitig zu schaffen – als ob ich meinen Gedanken davonlaufen könnte, wenn ich beschäftigt bin und meinen Kopf mit allerlei anderen Sachen ablenke.

Ich öffne die Vorhänge und bekomme einen Schreck.

Vor meinen Augen ist alles weiß.

Bei genauerem Hinsehen erkenne ich, dass aus den wenigen Flocken von gestern Abend mittlerweile eine üppige Schneedecke geworden ist. Ohne die parkenden Autos, die aussehen wie riesige Eisskulpturen, wäre nicht erkennbar, wo der Fußweg endet und die Straße beginnt. Mir schwillt das Herz, und es fühlt sich gleich viel weniger schwer an – dieser Anblick ist so wunderschön und unerwartet, dass er mich über meinen Ärger hinwegtröstet, weder Giovanni noch die Struffoli gefunden zu haben *und* dass sich zudem ein umwerfender italienischer Sportler für mich interessiert hat, wobei es dann allerdings geblieben ist, weil ich nicht mutig genug war.

Ich weiß nicht, ob es in der Toskana ebenfalls schneit, aber wenn, wird die Hochzeit für Charlotte und Anthony noch unvergesslicher sein.

Ich nehme mein Handy vom Nachttisch, wo es zum Laden gelegen hatte, schalte es ein und öffne Google Maps, um mir schon mal den Weg zum Bahnhof anzusehen. Allerdings erscheint neben dem Bahnhof Roma Tiburtina ein rotes Ausrufezeichen. Er ist geschlossen.

Oh-oh.

10

Matteo

08:01 Uhr

Was hat mir Raffaello die ganze Saison eingetrichtert? *Ein guter Spieler muss immer wachsam sein, weil man nie weiß, wann einem der Ball unerwartet vor die Füße kommt.*

Genauso habe ich mich heute Morgen gefühlt, als ich wieder auf Julias viel zu kleinem Futon aufwachte, aus dem Fenster sah und die ewige Stadt tief verschneit vorfand – genau wie auf kitschigen Weihnachtskarten. Kinder veranstalten in warmen Daunenjacken und Wollmützen Schneeballschlachten und rennen dabei mitten auf der Straße herum, weil sie an einem Tag wie heute keine Angst vor Autos haben müssen.

In Rom ist vieles ganz wunderbar und großartig, aber die Infrastruktur ist ungefähr so antik wie der Konstantinsbogen. Es kommt zwar selten vor, dass es hier richtig schneit, aber wenn es passiert, kommt das Leben in der Stadt praktisch zum Stillstand. Die Straßenbahn fährt nicht mehr, Busse und Metro sind bald überfüllt, und sämtliche Züge fallen aus. Tausende von Pendlern kommen nicht vom Fleck, wodurch sich die Straßen schnell mit Massen von ratlosen Menschen füllen, die keine

Ahnung haben, was sie mit ihrer unerwarteten Freizeit anfangen sollen.

Heute wird die Schar der ratlosen Menschen durch mich ergänzt, einen jungen Mann, der im Laufschritt über die gefährlich glatten Straßen eilt und dabei ein albern breites Grinsen im Gesicht hat. Alle Züge sind gestrichen, was bedeutet, dass Anna nicht auf dem Weg in die Toskana sein kann, sondern noch hier sein muss. Der Ball wurde mir somit also unerwartet wieder zugespielt, und diesmal werde ich auf keinen Fall tatenlos zusehen wie gestern Abend, als ich es partout nicht gewagt habe, sie zu fragen, ob ich sie küssen darf. Diesmal werde ich es riskieren – in der Hoffnung, dass ich dabei (ebenso wie auf meinem Weg zu ihr) nicht ausrutsche und eine Bauchlandung mache. Als Fußgänger hat man es schon bei normalem Wetter in Rom nicht ganz leicht, aber wenn das Kopfsteinpflaster auch noch mit Schnee bedeckt ist, wird jeder Weg zum Extremsport.

Aber solche Gefahren sind für mich gerade nebensächlich, denn ich bin voller Energie. Ich fühle mich, als ob ich perfekt ausgeschlafen wäre und nicht beinahe die ganze Nacht wach gelegen hätte und pausenlos über meine Feigheit nachdenken musste.

Ich wünsche mir so, so sehr, dass Anna und ich uns gestern Abend geküsst hätten. Sie zu fragen, wäre kein bisschen riskanter gewesen als mein verdammter Fallrückzieher, der mir zweifelhafte Berühmtheit auf YouTube verschafft hatte. Ein Korb von ihr wäre *wesentlich* weniger schmerzhaft gewesen – trotzdem war ich zu feige dazu. Wenn sie noch hier ist, werde ich definitiv nicht wieder kneifen. Wenn ich vor ihrer Tür stehe, wird sie wahrscheinlich erst einmal überrascht sein, aber im nächsten Moment ganz bestimmt lächeln und sich freuen, dass ich da bin. Vermutlich fragt sie dann so etwas wie: »Was machst du denn hier?« Und dann werde ich ihr die Wahrheit sagen, nämlich dass ich sie gern küssen würde.

... allerdings komme ich gar nicht bis zu ihrer Tür, denn als ich das Appartement-Gebäude erreiche, kommt Anna gerade heraus. Sie hat ihren Rucksack über einer Schulter hängen und trägt die gleiche Jeans wie gestern, heute jedoch mit einem violetten Pullover, in dem sie beinahe sommerlich frisch wirkt – obwohl das vielleicht auch einfach daran liegt, dass sie frisch geduscht und ausgeschlafen ist. Als sie mich sieht, bleibt sie wie angewurzelt auf der obersten Treppenstufe stehen und lächelt mich genauso erstaunt-aber-trotzdem-erfreut an, wie ich es mir die ganze Nacht ausgemalt habe. Obendrein fragt sie, genau wie erhofft, was ich denn hier mache.

Jetzt passiert es ...

Ich wage den ersten Schritt. »Ich würde dich gern ...«

Zum zweiten komme ich nicht mehr, weil es mir die Füße wegreißt, als ob mich jemand auf dem Spielfeld attackiert hätte, sodass ich mich mit beiden Händen krampfhaft am Treppengeländer festhalten muss. Ich schaffe es gerade noch, nicht der Länge nach hinzufallen, komme aber so heftig ins Schlingern, dass ich mit der Hüfte gegen die Wand pralle ... Was gerade noch erträglich gewesen wäre, wenn ich nicht diesen peinlich-schrillen, entsetzten Schrei dabei ausgestoßen hätte.

»Matteo!« Anna stürmt die Treppe hinunter und streckt die Hände aus, um mir aufzuhelfen. »Bist du … oh–huch!«

Ihre Füße rutschen nach hinten weg, ihr Oberkörper kippt nach vorn, und nun klammert sie sich ebenfalls am Geländer fest. Dabei vollführt sie eine halbe Drehung, sodass wir vermutlich wie zwei dilettantische Trapezkünstler aussehen. Keuchend und erschrocken aufschreiend findet sie direkt neben mir Halt, wobei nur wenige Zentimeter Abstand zwischen unseren Gesichtern liegen. Atemlos hängen wir am Geländer und lassen es vorsichtshalber nicht los.

»Hast du dich verletzt?«, frage ich sie.

Sie verzieht das Gesicht. »Mein Steißbein tut ziemlich unangenehm weh. Ist bei dir alles okay?«

Ich nicke, was jedoch nur halb der Wahrheit entspricht. Ich bin zwar körperlich unversehrt, aber mein Stolz und mein Ego haben schweren Schaden genommen.

Sie zieht sich hoch, sodass sie wieder aufrecht steht, und hält sich weiter mit einer Hand am Geländer fest. »Was machst du denn hier?«

Schon klar, dass ich mich gerade schrecklich blamiert habe, aber wäre es okay, wenn ich dich jetzt küsse?

Ja, nein – das geht natürlich überhaupt nicht.

»Ich hab mir nur gedacht, ob du vielleicht irgendwo frühstücken willst.«

09:03 Uhr

Wir sitzen im *Caffe Artistico,* einem modernen Café mit leichtem Schickimicki-Flair von Annas Liste. Sie hat es ausgewählt, weil es in der Nähe des Colosseums liegt, das sie sich gern wenigstens von außen ansehen wollte, auch wenn wir auf dem Weg dorthin todesmutig in die Metro steigen mussten. Ich habe mich für einen Tisch am Fenster entschieden, weil das *Caffe Artistico* am Hang liegt, von wo aus man einen perfekten Ausblick auf das Colosseum und dessen Umgebung hat – die nun vollständig von Schnee bedeckt ist, der gerade wieder sanft zu fallen beginnt. Doch Anna würdigt eines der größten Weltwunder kaum eines Blickes, sondern konzentriert sich voll und ganz auf ihren zweiten Latte Macchiato, den sie vor sich stehen hat. Nachdenklich schüttelt sie den Kopf.

»Ich bezweifle ernsthaft, dass ich jemals wieder amerikanischen Kaffee trinken kann«, stellt sie fest und schiebt sich dann die zweite Hälfte ihres *bombolone* in den Mund. Dann holt sie ihr Handy hervor. »Ich sage am besten Jess kurz Bescheid, dass sie bei der Hochzeitsfeier eine Person weniger einplanen sollen. Dass ich es bis um vier zurück in die Toskana schaffe, ist wohl so ziemlich ausgeschlossen.«

»Du bist sicher enttäuscht, wenn du sie verpasst«, sage ich.

Anna nickt. »Das ist schon seltsam, denn ich kenne die Braut ja kaum, aber … sie war so nett zu mir. Und es war ihr so wichtig, der Familie ihres Verlobten etwas Gutes zu tun. Ich weiß auch nicht, vielleicht liegt es daran, dass mein eigenes Liebesleben gerade in Schutt und Asche liegt, aber ich wollte so gern erleben, dass Liebe funktionieren kann, weißt du? Dass manche Leute es schaffen, alles an Kämpfen, Schmerzen und Liebeskummer durchzustehen und dann am Ende tatsächlich den Menschen zu finden, der für sie bestimmt ist.«

Ich schaffe es nicht, ihr lange in die Augen zu sehen, sondern senke schnell wieder den Blick, weil ich befürchte, dass der gestrige Tag mit ihr mich auf ganz ähnliche Gedanken gebracht hat.

»Kannst du Auto fahren?«, will ich von ihr nach einer spontanen Eingebung wissen. »Vielleicht kannst du ja einen Mietwagen nehmen – die Straßen sind heute sicher ganz leer. Dann kannst du es problemlos noch rechtzeitig schaffen.« Sie macht ein unschlüssiges Gesicht. »Was ist denn?«

Sie runzelt die Stirn und verschränkt die Arme vor dem Oberkörper zu einer Art X. »Ich weiß nicht so recht, na ja … mit dem ganzen Schnee und so weiter. Außerdem hat das Auto garantiert eine manuelle Schaltung.«

»Bist du noch nie mit Schaltgetriebe gefahren?«

»Mein Vater hat es mir ein paar Mal gezeigt. Aber das ist schon mindestens drei Jahre her, bestimmt hab ich alles wieder vergessen.« Sie greift nach ihrem Kaffee, lehnt sich zurück und sieht aus dem Fenster. Sie ist so in Gedanken versunken, dass sie das Colosseum offenbar gar nicht bemerkt. »Es hilft alles nichts, ich werde es nicht schaffen.« Sie legt den Kopf in den Nacken und schaut an die Decke. »O mein Gott, und Stephen – mein Ex … alle werden ihn fragen, wo ich denn bin, und wenn ich dann *endlich* ankomme, ist er sicher megasauer auf mich und hat auch wirklich allen Grund dazu.« Sie seufzt.

Ich betrachte sie einen Moment und bemerke den krassen Widerspruch zwischen ihrer frustrierten Miene und dem herrlichen Ausblick. Draußen auf der Straße macht eine junge Familie gerade ein Selfie mit dem Colosseum im Hintergrund, und ein paar Kinder – zwei Mädchen und ein Junge – spielen auf der menschenleeren Straße Fußball. Ich kann sie zwar im Café nicht hören, sehe aber, wie sie sich etwas zurufen. Wahrscheinlich imitieren sie den Sportreporter, während sie gleichzeitig jeweils in die Rolle ihres Lieblingsspielers schlüpfen. Vermutlich werden diese Kinder heute Abend vor dem Fernseher sitzen und sich die Fußballübertragung anschauen. In einem dieser Spiele müsste ich eigentlich auf dem Platz stehen, aber wenn ich heute im Stadion auftauche, nachdem ich das Training versäumt habe, wird Raffaello mich nicht einfach nur auf die Ersatzbank setzen, sondern mich wahrscheinlich darauf festnageln. Während ich Annas Gesicht betrachte und sehe, wie sie sich auf die Lippe beißt und vielleicht sogar die Tränen zurückhalten muss, kommt mir der Gedanke, dass dieser Schneesturm mir die Chance gibt, das hier zu Ende zu bringen …

Was auch immer »das hier« sein mag.

»Ich kann dich fahren«, erkläre ich.

Ein Hoffnungsschimmer zuckt über ihr Gesicht und verschwindet sogleich wieder. »Nein, das kann ich auf gar keinen Fall von dir verlangen, die Strecke ist viel zu weit.«

»Warum denn nicht? Ich habe keine anderen Verpflichtungen.« Das ist zwar nur die halbe Wahrheit, aber ich habe es nun einmal so entschieden. »Wir können ein Auto mieten und ich fahre dich.«

Sie starrt mich einen Moment lang so verwirrt an, dass ich mich frage, ob mein Englisch plötzlich total zu wünschen übrig lässt. Doch dann zucken ihre Mundwinkel, als ob sie sich nicht so recht traut zu lächeln. »Würdest du das wirklich machen?«

»Warum denn nicht?«

Sie wird plötzlich ernst und sieht mich mit einem so warmherzigen Blick an, dass ich den Kaffee gar nicht brauche, um mich gegen die kalte Winterluft draußen zu wappnen. »Vielen Dank. Okay … also, dann mieten wir ein Auto. Könntest du vielleicht kurz nachsehen, ob es hier in der Nähe Autovermietungen gibt? Es geht bestimmt schneller, wenn du das machst, da du Italienisch kannst und so.«

»Na klar.« Als ich mein Handy aus der Jackentasche hole, halte ich das Display so, dass sie die Flut von Nachrichten und Hinweisen nicht sieht, die umgehend aufploppen, sobald ich das Gerät aktiviere. Ich recherchiere eine Mietstation, etwa zehn Gehminuten von hier entfernt, und schicke Anna den Link, damit sie auf ihren Namen einen Wagen reservieren kann.

»Wir sollten Telefonnummern austauschen«, schlägt sie vor, ohne den Blick von ihrem Handy zu heben. Aber

erränge ringsherum erfüllte, wenn der Mob zusah, wie die Gladiatoren ums Überleben kämpften – denn damals ging es im Sport ganz real um Leben und Tod. Für mich als Fußballer ist heute das größte Risiko ein etwas rauer Zweikampf. Dabei kann ich mir schlimmstenfalls eine Zerrung holen – oder wenn ich wirklich Pech habe, einen Knochenbruch. Aber ich muss keine Angst davor haben, tödlich verletzt zu werden.

»Jaaa!«

In diesem Moment spüre ich leicht panisch einen stechenden Schmerz, eine Art Druck oder Ziehen im Oberkörper, als ob meine morbiden Gedanken irgendwie Realität geworden wären und mir jemand mit dem Speer oder Schwert einen Todesstoß versetzt hätte, während der Mob über uns tobt und jubelt …

Doch es ist lediglich ein Schneeball, mit dem mich Anna getroffen hat, während ich abgelenkt war.

»Wenn du nicht wenigstens versuchst, am Leben zu bleiben, macht es überhaupt keinen Spaß«, beschwert sie sich und rennt hinaus in die Arena. Als sie bei mir ankommt, hält sie den Atem an. »Wow, krass … Das ist ja … Das ist …«

»Ja, genau.«

Eine Zeit lang schweigen wir nur und genießen es, einfach nebeneinanderzustehen, die Geräusche der kapitalen Schneeballschlacht und des Verkehrs außerhalb der steil abfallenden Mauern des Colosseums zu hören und den Anblick zu bestaunen. Mein Blick fällt wieder auf das Hypogäum, und ich versuche mir vorzustellen, wie sich ein Gladiator wohl gefühlt haben mag, wenn er dort unten saß und sich vermutlich vor dem Aufruf fürchtete: *Der Nächste bist du.*

Wie mag es sich angefühlt haben, dort zu warten und zu hören, wie oben Todeskämpfe wüten? Bekamen sie durch das Johlen der Massen überhaupt etwas davon mit?

Ob gelegentlich einer von ihnen durchgedreht ist, unmittelbar vor dem Kampf, weil ihm plötzlich klar wurde, wie unendlich grausam das Los eines Gladiators ist?

»Alles in Ordnung mit dir?«, erkundigt sich Anna und sieht mich an. »Du machst so ein Gesicht, als ob dir gerade … einiges durch den Kopf geht. Das ist mir heute Morgen schon ein paar Mal aufgefallen.«

»Alles gut«, antworte ich und schaue hinaus auf das leere Colosseum, während die Winterluft nun schneidend kalt in meinem Gesicht brennt, weil meine Wangen glühen. O Mann, jetzt steigen mir auch noch die Tränen in die Augen – im definitiv unpassendsten Moment, weil sie jetzt so nahe zu mir herantritt, dass unsere Gesichter nur noch wenige Zentimeter voneinander entfernt sind.

»Sieht aber gar nicht danach aus«, flüstert sie. »Hey, schau mich mal an …« Irgendwie schaffe ich es und stelle erstaunt fest, dass ich in ihrem Gesicht weder Unmut noch Mitleid sehe, sondern vor allem Geduld und Besorgnis. »Was ist denn los mit dir?«

»Ist nicht so wichtig.«

»Jetzt hör mal – denkst du, nach allem, was du für mich getan hast, habe ich jetzt kein offenes Ohr für dich?

Wenn ich davon ausgehe, an welchem Ort wir gerade sind, nehme ich an, dass es etwas mit deiner Karriere zu tun hat, richtig? Macht dir das gerade solches Kopfzerbrechen?«

Ich öffne den Mund, um etwas zu antworten, befürchte aber, dass ich nicht einmal auf Italienisch – und auf Englisch noch viel weniger – die richtigen Worte dafür finde. Außerdem johlt die Menge in meinem Kopf viel zu laut. Doch Anna sieht mich immer noch mit ihrem erwartungsvollen und geduldigen Blick an, und da wird mir wieder bewusst, warum ich heute Morgen beim Aufwachen so entschlossen war, dass ich sie wiedersehen muss. Es lag nicht *nur* daran, dass ich sie gern küssen würde, sondern hatte auch damit zu tun, dass es so großartig ist, mit ihr zu reden.

Sie hat mir geholfen, den gestrigen Tag zu überstehen. Vielleicht überstehe ich mit ihr auch noch den heutigen.

»Du hast recht. Ich habe über gestern Abend nachgedacht … Und gegrübelt, ob ich nach Ende dieser Saison noch weiter Fußball spielen will.«

»Hmm … Mit neunzehn ist man ja schon noch *ziemlich* jung für den Ruhestand.«

Aus irgendeinem Grund geht mir das richtig nahe. Eine einzelne Träne gleitet aus meinem Auge und rollt mir brennend heiß die Wange hinunter.

Anna lässt meine Hand los und umfasst meinen Ellbogen. »Hey … Was ist denn?«

»Ich weiß auch nicht, ach …« Ich seufze. »Ich fühle mich nur wie ein schrecklicher Versager. Jahrelang habe ich gearbeitet, alles aufgegeben … und alles dem Fußball untergeordnet. Und nun muss ich erkennen, dass ich die ganze Zeit nicht gut genug war.«

Aufmunternd zupft Anna an meinem Jackenärmel. »Aber die Mannschaft, in der du jetzt spielst, die wollen dich doch immer noch, oder? Dann hast du doch einen Job.«

Ich befreie mich aus ihrem Griff, wende mich ab und gehe einen Schritt auf Abstand. »Ja, schon, aber das ist nicht das Gleiche. Es ist nicht das, was ich immer wollte. Es ist nur Serie B.«

»Ja, das hast du schon gesagt. So was wie zweite Klasse, das hab ich verstanden. Aber es sind immer noch Profis, richtig? Du wirst als Spieler nach wie vor bezahlt.«

»Das stimmt schon, aber …«

»Ich meine, ist das nicht deine große Leidenschaft? Das, wovon du immer geträumt hast?«

»Ja«, erwidere ich schärfer, als ich eigentlich will, und hole erst einmal tief Luft. Als ich weiterspreche, klingt meine Stimme schon viel versöhnlicher. »Genau deshalb weiß ich eben nicht, ob ich in Serie B bleiben kann … Ich habe alles dafür aufgegeben, Anna. Meine sämtlichen Schulfreunde habe ich verloren – weil ich andauernd zum Training musste oder zu Punktspielen und nie Zeit hatte, um mich einfach mal so mit ihnen zu treffen. Und wenn wir uns dann doch mal verabredet haben, durfte ich nichts essen und nicht mal ein Bier trinken – das hat halt keinen Spaß gemacht. Irgendwann haben die Leute dann aufgehört, sich bei mir zu melden. Aber das war okay für mich, denn ich wollte ja unbedingt Fußballer werden. Wenn ich erst mal Profi wäre, würde sich das schon auszahlen.«

»Du *bist* ein Profi.«

Ich schüttele den Kopf. »Anna, ich bin Mittelmaß … Wenn du nach ein bis zwei Saisons nicht den Sprung aus der Serie B schaffst, wirst du dort wahrscheinlich den Rest deiner Laufbahn zubringen.«

Annas Lippen werden schmal. »Tja, aber immerhin hast du überhaupt eine. Ich wette, dass es da draußen Tausende Jungs gibt, die liebend gern …« Sie schnippt mit den Fingern. »… mit dir tauschen würden, weil es ihr allergrößter Wunsch ist, Fußballer zu sein.«

»Ich hatte mir ein Ziel gesetzt«, versuche ich ihr zu erklären. Meine Tränen sind inzwischen getrocknet. Zurück bleibt nur eine gehörige Portion Scham, der mir wie ein Kloß im Hals sitzt. »Und ich bin *gescheitert.* Verstehst du das? Ich bin nicht nur im Moment nicht gut genug für Serie A, sondern war es noch nie. Und das war vielleicht schon von Anfang an absehbar, aber ich war halt so *dumm,* dass ich es nicht erkannt habe. Mein ganzes Leben war praktisch umsonst.«

»Dann willst du also einfach hinschmeißen?«, fragt Anna fassungslos.

»Ich muss halt etwas anderes machen.« Ich hoffe nur, dass sie jetzt nicht fragen wird, was genau. »Weißt du, ich will nicht … einfach dasitzen und ewig nicht vom Fleck kommen, wie dein Stephen. Ich will keinen *Stillstand.«* Ich weiche ihrem Blick aus und zupfe an meiner

Jacke. »Ich dachte, dass gerade du das eigentlich verstehen müsstest.«

»Das ist doch was *völlig* anderes.« Ihre Stimme schallt zwischen den Mauern des Colosseums hin und her wie beim Volleyball. »Bei Stephen gibt es keinen *Stillstand.* Er ist einfach nur ein Typ, der großen Wert auf Sicherheit legt. Das werfe ich ihm auch gar nicht vor. Du hattest ein *Ziel,* eine Leidenschaft, und wirfst beim ersten großen Hindernis das Handtuch. Obwohl du die Chance hast, etwas zu tun, woran andere Freude haben … Ich meine, hey … Sport ist vielen Leuten total wichtig!« Etwas blitzt in ihren Augen auf. Eine Erkenntnis. »Dieser Junge gestern, in der Bäckerei, wo wir uns das erste Mal getroffen haben. Er hat dir doch irgendwas vorgesungen, weißt du noch?«

Ausweichend zucke ich die Schultern.

»Was war das denn? So was wie ein Fangesang aus dem Stadion?«

»Ja, einer davon«, murmle ich.

»Okay, dann ist er also wahrscheinlich ein Fan deiner Mannschaft? Und obwohl dein Patzer erst einen Tag zuvor passiert war, fand er es offenbar großartig, dich zu treffen. Und zwar so großartig, dass er sich echt Mühe gegeben hat, uns wegen Giovanni weiterzuhelfen.«

»Und was willst du damit sagen?«

Sie verdreht die Augen. »Ich will damit sagen, dass eure Fans dich ganz bestimmt noch nicht abgeschrieben haben. Diesem Jungen nach zu urteilen, stehen sie immer noch hinter dir. Du siehst es nur einfach nicht.«

Mich überkommt eine heiße Welle von Wut, die mein Gesicht zum Glühen bringt. »Du hast doch überhaupt keine Ahnung, okay? Dieses Problem lässt sich nicht …« Ich komme ins Stocken, weil sich mein Englisch gerade wie ein unkontrollierter Ball anfühlt, den ich partout nicht unter Kontrolle bekomme. »… einfach mit deinem *tollen amerikanischen Optimismus* lösen!«

Gekränkt sieht mich Anna an. »Aber mit purem Pessimismus kommst du ja wohl auch nicht weiter.«

Es tut mir schrecklich leid, sie so aufgebracht zu sehen. Ich will sie nicht verärgern oder enttäuschen. Ich versuche ihr nur begreiflich zu machen, dass es ja völlig in Ordnung ist, wenn sie gerade damit beschäftigt ist, ihre Träume zu realisieren. Aber meine eigenen sind gerade zerplatzt. Wir befinden uns in ganz unterschiedlichen Lebensphasen. »Hör zu, es tut mir leid. Ich …«

In meiner Jackentasche beginnt lautstark das Handy zu klingeln. Erschrocken wird mir bewusst, dass ich es nach der Mietwagensuche nicht wieder ausgeschaltet hatte. Hektisch versuche ich den Anruf wegzudrücken, ohne überhaupt nachzusehen, wer es ist.

»Es tut mir leid, dass ich …«

Mein Handy klingelt erneut. Als ich es diesmal hervorhole, sehe ich, dass der Anrufer Raffaello ist.

Anna bemerkt meinen Gesichtsausdruck.

»Was ist denn los?«, fragt sie und äugt auf mein Display. »Wer versucht dich denn zu erreichen?«

»Mein Trainer.« In ihrem Gesicht lese ich: *Das ist keine Erklärung.* Ich fürchte, dass unser kleiner Disput noch erheblich unangenehmer werden wird. »Es ist nur, wahrscheinlich fragt er sich, wo ich bin … Auf jeden Fall wundert er sich, warum ich gestern nicht beim Training war. Eigentlich müsste ich heute Abend gewissermaßen auf dem Platz stehen.«

Sie mustert mich mit zusammengekniffenen Augen, als ob sie versuchen würde, ein italienisches Rätsel zu lösen. »Deine Mannschaft hat *heute Abend* ein Spiel?«

Ich nicke wortlos.

»Und du machst was? Lässt sie hängen? Hast du echt keinem von deiner kleinen Sinnkrise erzählt? Nicht mal deinem Chef und deinen *Teamkollegen?*«

Ich will etwas sagen, kann jedoch nicht. Ihr Tonfall und ihre Miene sind so streng, dass ich mich total vor ihr schäme. Ich fühle mich wie der letzte Loser, der jeden Moment hinaus ins Colosseum treten und seine Strafe empfangen muss.

»O Mann«, keucht sie atemlos, dann fügt sie hinzu: »Das ist ja … Puh. Und ich dachte, wir verstehen uns, aber da hab ich mich offensichtlich getäuscht.«

Wieder spüre ich dieses unangenehme Ziehen in der Magengegend. Und ich fürchte mich vor ihrer Antwort auf meine nächste Frage: »Wie meinst du das denn?«

Sie richtet den Blick auf den steinernen Boden und schüttelt kaum merklich den Kopf. »Ich meine, ich hab mich dir anvertraut – ganz offen –, weil ich dachte, wir sind uns ähnlich. So viel ähnlicher als Stephen und ich, den ich schon seit *Jahren* kenne. Ich dachte, du weißt, was es bedeutet, sich für eine Sache zu begeistern und sie leidenschaftlich zu verfolgen. Aber ganz offensichtlich ist das bei dir doch nicht der Fall, denn wenn dein Sport dir wirklich total am Herzen läge, dann würdest du jetzt nicht einfach hinschmeißen.« Sie seufzt, und ich erkenne, dass nun ihr Tränen in die Augen schießen. »Vielleicht habe ich mir nur eingebildet, dass du so bist wie ich, weil ich es mir gewünscht habe. Um mich von meinem eigenen bescheuerten Leben und meinen Problemen abzulenken. Nun ja, jetzt ist *Schluss* mit Ablenkung.«

»Anna …«

»Hör zu.« Sie blickt so abrupt auf, dass ich zusammenzucke. Dann hebt sie die Hand, um mir zu signalisieren, dass sie nichts mehr hören will. »Du hast offenbar *eine Menge* Sachen zu klären, deshalb bin ich jetzt raus, okay? Danke, dass du … mir die Stadt gezeigt hast und versucht hast, mir zu helfen.«

Sie macht auf dem Absatz kehrt und stürmt in Richtung Ausgang. Ich sehe ihr nach und das Ziehen in meiner Magengegend wird wieder stärker.

Das tut noch *viel* mehr weh als mein verpatzter Fallrückzieher.

11

Anna

10:21 Uhr

Ich bemühe mich um einen sicheren Schritt, als ob ich genau wüsste, wohin ich jetzt gehe. Aber das ist wirklich nicht einfach. Selbst wenn ich auf dem verschneiten Weg nicht ausrutsche, komme ich auf dem glatten Pflaster nur mühsam-taumelnd voran, obwohl ich praktische Laufschuhe trage. Aber hinzufallen kann ich mir jetzt partout nicht leisten – schließlich muss ich es zu einer Hochzeitsfeier schaffen, und die einzige Person, die mir aufhelfen könnte, ist der junge Mann, der mir aus etwa zehn Meter Entfernung hinterherruft:

»Anna, weißt du überhaupt, wo du jetzt hinmusst?«

Ich hole mein Handy hervor und halte es hoch, um anzuzeigen: *Damit finde ich schon den Weg. Auf einen egoistischen Begleiter, der seine Teamkollegen im Stich lässt, kann ich verzichten, vielen Dank*. Meine Güte, wie fertig bin ich eigentlich, dass ich nach der Trennung von Stephen dem erstbesten – zugegebenermaßen absolut umwerfenden – Typen auf den Leim gehe? Und annehmen konnte, dass er als *angeblicher* Sportler Verständnis dafür hat, was Ehrgeiz bedeutet und wie wichtig Herausforderungen sind?

Und ihn für jemanden hielt, der mir zu einem Erfolg nicht nur gratulieren, sondern fragen würde: »Und weiter? Was kannst du noch meistern?«

Offensichtlich wollte ich mich so dringend von dem Dilemma mit Stephen ablenken, dass ich gleich bei meiner ersten Begegnung mit Matteo das Offensichtliche übersehen habe: den Berg von Süßkram auf seinem Teller.

Sämtliche Ambitionen, die er vielleicht einmal hatte, waren darunter schon längst begraben.

Vermutlich bin ich noch viel wütender auf mich selbst als auf ihn.

Das Gelände rings um das Colosseum ist recht weitläufig, und die Straßen machen einen großen Bogen ringsherum, als ob sie ihm nicht zu nahe treten wollten. Doch sobald man es ein Stück hinter sich lässt, holt einen die Stadt wieder mit voller Wucht ein, als ob die überfüllten Gassen und schmalen Gehwege nur darauf gelauert hätten. Als ich nach links in ein Sträßchen einbiege, fühle ich mich plötzlich bedrängt und in die Enge getrieben. Wenn man allein ist, fühlt sich Rom viel weniger freundlich an.

Ich erreiche die Autovermietung – ein riesiges und gänzlich unpersönliches Geschäft am Viale Manzoni – und trete ein. Matteo ist mir immer noch auf den Fersen und versucht mit mir zu reden. Glücklicherweise gibt es an der Theke keine Warteschlange, sodass ich direkt herantreten kann. *Sehr* laut und deutlich nenne ich meinen Namen und die Reservierungsnummer, um einerseits Matteo abzuschütteln und andererseits dem Mitarbeiter – einem relativ kleinen Kerl mit fransigen Haaren, der aussieht, als ob er noch zur Schule gehen würde – mitzuteilen, dass der gut aussehende Typ dort drüben nicht zu mir gehört.

Während der Mitarbeiter nach hinten verschwindet, um die Papiere zu holen, höre ich, wie Matteo auf mich zukommt. Ich wirbele zu ihm herum.

»Lass es«, fahre ich ihn an. »Okay? Geh am besten … einfach nach Hause und pack Weihnachtsgeschenke ein oder was weiß ich. Ich bin nicht sauer auf dich. Aber ich will auch nichts weiter mit dir zu tun haben.«

Er hört sich meine Worte an, gibt aber nicht auf. »Trotzdem brauchst du doch jemanden, der dich fährt …«

Bevor er darauf hinweisen kann, dass ich keine Erfahrung mit manueller Gangschaltung habe, falle ich ihm ins Wort, für den Fall, dass uns der Mitarbeiter belauscht. Auf der Website wurde darauf hingewiesen, dass Automatik-Fahrzeuge im Moment nicht verfügbar sind. »Das krieg ich schon hin. Lass einfach gut sein.«

Er kommt noch einen Schritt auf mich zu. »Ich kann nicht nachvollz…«

»Pass mal auf, verschwinde einfach, okay? Ich muss zu dieser Hochzeit und kann keine Zeit mehr mit jemandem verschwenden, der sich derart gehen lässt.«

Danach folgt peinliches Schweigen, während wir uns gegenseitig anstarren und kurz sacken lassen, was ich gerade gesagt habe.

»Was soll das heißen: ›Zeit verschwenden‹?«

In diesem Moment kommt der Mitarbeiter mit den Unterlagen zurück, die ich unterschreiben muss, worauf ich mich auch voll und ganz konzentriere, damit Matteo nicht mitbekommt, wie ich mich darüber ärgere, dass ich mich soeben verraten habe – dass ich nämlich auf die Idee gekommen war, zwischen uns könnte irgendetwas sein, bevor uns alles um die Ohren flog.

»Hey!« Der Mitarbeiter starrt Matteo mit großen Augen an und redet in rasantem Italienisch auf ihn ein. Das einzige Wort, das ich verstehen kann, ist »Frosinone«. Ich sehe, wie es um Matteos Kiefer zuckt, denn das ist ganz sicher das Letzte, was er jetzt gebrauchen kann. Er wirft mir einen letzten Blick zu, seufzt resigniert und verlässt dann mit hängendem Kopf das Geschäft. Draußen verschwindet er sogleich im Gewirr der Stadt. Ich weiß selbst nicht, warum ich ihm so wehmütig hinterherschaue: diesem Jungen, der vermutlich nur so getan hat, als ob er sich für mich und meine kleine Mission interessiert, damit er nicht erreichbar ist für diejenigen, die ihn gerade brauchen; diesem Versager, der mir versucht hat vorzugaukeln, dass er Verständnis für meinen Ehrgeiz hat, sodass ich mich schon gefreut habe, dem Gegenpol zu Stephen begegnet zu sein. Ich schüttele diese Gedanken ab und fange an, die Unterlagen für den Mietwagen auszufüllen.

Vergiss ihn einfach, Anna.

So jemanden brauchst du nicht.

11:06 Uhr

… aber was ich *schon* irgendwie brauche, ist ein Freund, der mit einer manuellen Gangschaltung in diesen römischen Straßen aus der Hölle, kurz vor Weihnachten … bei Schnee zurechtkommt!

Kupplung, Bremse, Gas … verdammt, wo ist der dritte Gang?

Ich bekomme totale Panik, weil ich mich an überhaupt nichts mehr erinnern kann, was mir mein Vater vor ein paar Jahren in seinem MGB beigebracht hat, den er sich für Unsummen auf dem Höhepunkt seiner Midlife-Crisis nach der Scheidung dringend anschaffen musste. Nachdem ich es geschafft habe, den Fiat auf die Straße zu manövrieren, fühle ich mich mehr oder weniger wie in einem Film à la *Fast & Furious* – nur dass in meinem Fall nicht Vin Diesel und The Rock mit 150 km/h in die Kurve rasen, sondern ich von lauter wütenden Italienern überholt werde, weil ich mit maximal Tempo 30 dahinschleiche. Dabei bekomme ich jedes Mal einen Schweißausbruch, was nicht nur daran liegt, dass so gut wie jeder von ihnen vorwurfsvoll das Kinn hebt (eine Art italienischer Stinkefinger, von dem ich bislang überzeugt war, dass er nur in Film und Fernsehen vorkommt), sondern weil sie so dicht auffahren, dass mir eine Kollision unausweichlich erscheint – und wenn das passiert, sind meine sämtlichen Ersparnisse dahin, da ich sie so ziemlich *komplett* als Kaution bei der Autovermietung hinterlegen musste.

Ich richte den Blick starr auf die Straße, um mich nicht

von den vorwurfsvollen und genervten Blicken ablenken zu lassen (gegen das dauernde Hupen kann ich leider nichts tun) und finde nach einer Weile einen gewissen Fahrrhythmus. Einen sehr langsamen zwar, aber das ist mir egal; immerhin fahre ich und lasse Rom – und alles, was damit verbunden ist – hinter mir. Schon bald werde ich die Straße erreichen, die mich zurück in die Toskana bringt. Dass es mir nicht gelungen ist, die Struffoli aufzutreiben, die Charlotte so gern auf ihrer Hochzeit servieren wollte, ärgert mich zwar enorm, aber trotzdem war der Tag nicht *völlig* umsonst. Er hat bewirkt, dass ich mir in Bezug auf meine kulinarischen Ambitionen so sicher bin wie noch nie und gern eines Tages hierher zurückkehren möchte. Als ich in diesem Land ankam, war ich ziemlich durcheinander und fühlte mich reichlich verloren, weil ich nicht wusste, ob die Trennung von Stephen richtig war. Aber inzwischen bin ich mir sicher, dass es sein musste, und bin in der Lage, einen durchtrainierten, attraktiven Italiener in die Wüste zu schicken, weil sein Ehrgeiz für meinen Geschmack zu wünschen übrig ließ. So wütend und enttäuscht ich eben noch wegen Matteo war, habe ich nun hinter dem Steuer ein Lächeln im Gesicht und werde zunehmend optimistischer …

Wenn man einmal davon absieht, dass ich nun schon zum *dritten Mal* am selben Kreisverkehr ankomme.

»Was zur Hölle …?«, murmle ich vor mich hin und sehe auf das Navi am Armaturenbrett. Die Stadt fordert meine gesamte Aufmerksamkeit, sodass es mir schwerfällt, mich auf die winzige Kartenanzeige zu konzentrieren. Zusätzlich erschwert wird die Sache dadurch, dass die Stimme im Navi hier natürlich *Italienisch* spricht, weshalb ich nur maximal jedes fünfte Wort verstehe. Jetzt zeigt mir der kleine Pfeil an, dass ich den Kreisverkehr zu drei Viertel umrunden soll, und blinkt dabei rot ... *Aber das habe ich doch beim letzten Mal auch gemacht ... Oder?*

Mist! Gerade noch rechtzeitig sehe ich aus dem Augenwinkel knallrot eins von den in Rom seltsam schulterhohen Stoppschildern. Erschrocken schreie ich auf, lehne mich zurück und umklammere das Lenkrad, als ob ich den Wagen im Zaum halten müsste wie ein wildes Pferd. Dann fällt mir noch rechtzeitig ein, auf die Bremse zu treten und mich innerlich für einen Schleudergang zu wappnen. Allerdings erwische ich mit der Außenkante meines Fußes versehentlich das Gaspedal, und der Fiat macht einen Satz nach vorn, direkt auf ein älteres Paar zu, das gerade unsicher die Straße überquert. Als die beiden meine Bremsen quietschen hören, bekommen sie fast einen Herzinfarkt. Ich reiße das Lenkrad nach rechts und komme auf dem Fußweg zum Stehen, wobei ich den Motor abwürge.

Ich steige aus. Die älteren Leute starren mich fassungslos an und sagen etwas auf Italienisch. Es wäre nicht verwunderlich, wenn sie wilde Verwünschungen ausstoßen würden, aber stattdessen erkundigen sie sich offenbar, ob mit mir alles in Ordnung ist. Doch ich bin viel zu konfus, um mich auch nur ansatzweise auf Italienisch ausdrücken zu können: »Alles okay, ich komme nur mit der manuellen Gangschaltung nicht ganz klar und stecke außerdem in einer handfesten Krise.« Daher hebe ich nur entschuldigend eine Hand und lege die andere auf mein Herz, ohne genau zu wissen, was ich damit eigentlich ausdrücken will: Erleichterung, dass niemandem etwas passiert ist, oder Dankbarkeit, dass sie sich Sorgen machen? Wahrscheinlich von allem etwas.

Die beiden schlurfen weiter. Ich schaue über meinen Mietwagen hinweg, während der Verkehr ungehindert weiterfließt, als ob nichts gewesen wäre. Hätte ich nicht solches Herzklopfen, weil ich um Haaresbreite ein älteres Ehepaar umgefahren hätte, würde ich jetzt einen Freudentanz aufführen, weil nirgendwo am Auto Beulen, Kratzer oder sonstige Schäden zu sehen sind – und meine Ersparnisse somit gerettet.

Aber aus welchem Grund komme ich immer wieder am selben Kreisverkehr an? Ich bin doch jedes Mal nach drei Viertel der Runde abgebogen, genau wie vom Navi gefordert und trotzdem … *Oh.*

Jetzt geht mir ein Licht auf.

Ich bin jeweils nur bis zur Hälfte gekommen.

An genau dieser Stelle bin ich abgefahren und jedes Mal an den gleichen Geschäften vorbeigekommen – einer chemischen Reinigung, einem Zeitungsladen und einer Bäckerei namens *Orsola's* …

Mit ausgesprochen kunstvoll aussehenden Struffoli im Schaufenster.

Sehe ich da etwa einen Weihnachtsbaum?

Leider kann ich hier nicht stehen bleiben, um mich zu vergewissern. Ich lasse meinen Blick die Straße auf und ab schweifen und suche nach Parkuhren. Nirgends entdecke ich eine, aber an einer Stelle steht ein Schild mit einem Uhrensymbol und darunter irgendetwas mit *gratuito* – kostenlos also. Vermutlich kann man also dort für begrenzte Zeit frei parken. Am Straßenrand stehen etliche Fahrzeuge, und ich komme zu dem Schluss, dass ich auch nicht viel länger brauchen werde, als sie dort schon stehen. Ich überquere also die Straße und laufe in Richtung Bäckerei. Tatsächlich, das sind Struffoli. Aus der Nähe erkenne ich, dass sie die Form eines Sterns haben.

Ich meine, wenn man einen Stern hinbekommt, kann ein Weihnachtsbaum doch nicht so schwer sein, oder?

Ich trete ein. Es ist wieder ein eher rustikaler Laden, in dem es angenehm warm ist und eine Vielzahl von Düften sich wundervoll mischt. Sofort bekomme ich wieder Appetit, als ob der letzte Happen Bombolone schon endlos lange her wäre. Die weißhaarige Dame hinter dem Tresen – Orsola, vermute ich – begrüßt mich mit einem strahlenden Lächeln. Auch ohne hinreichende Sprachkenntnisse ist klar, dass sie sich erkundigt, was sie für mich tun kann. Ich schließe kurz die Augen und krame in meinem Gedächtnis danach, was Matteo direkt nach unserer ersten Begegnung gesagt hatte. Das italienische Wort für »Weihnachtsbaum«. Ach ja, richtig …

»Albero di Natale«, sage ich und zeige auf die Auslage im Schaufenster. *»Struffoli, albero di Natale?«* Verlegen verziehe ich das Gesicht, weil ich keine italienischen Präpositionen parat habe und hoffe, dass sie meinen starken Akzent nicht allzu abstoßend findet.

Orsola starrt mich einen endlos langen Moment lang an und verzieht dann den Mund zu einem ungläubigen Lächeln. Ist es jetzt so weit? Finde ich hier, buchstäblich im allerletzten Moment dieses verdammte Dessert? Ist das Glück endlich wieder auf meiner Seite?

Hoffnungsvoll ziehe ich die Augenbrauen hoch und beschließe, dem Schicksal noch ein wenig nachzuhelfen, vielleicht kennt sie ihn ja tatsächlich. »… *Giovanni?*«

Doch in diesem Moment ist es vorbei. Ihr Blick wird abweisend und sie schüttelt erst den Kopf und dann die Fäuste. Schließlich schlägt sie mit den Händen auf den Tresen, um ihre Worte zu unterstreichen: *»Giovanni … hah! … bastardo …«* (Das verstehe sogar ich!) *»Lo strozzerò!«* Pantomimisch stellt sie dar, wie sie einen unsichtbaren Menschen erwürgt, wobei ihre tiefbraunen Augen unangenehm eifrig leuchten. Nun ja, zumindest scheint Giovanni diese Frau nicht tieftraurig oder mit gebrochenem Herzen zurückgelassen zu haben wie so viele andere.

»Es tut mir wirklich leid«, antworte ich und mache ein schuldbewusstes Gesicht. »Ich spreche leider nicht Italienisch …«

»Arschloch!«, blafft sie und schlägt erneut so heftig auf den Tresen, dass einige *sfogliatelle* aus dem obersten Fach der Auslage fallen.

Da ich nicht weiß, was ich sagen soll, nicke ich einfach nur. »Ja, das habe ich auch schon gehört. Es ist nur … er stellt diese Weihnachtsbaum-Struffoli her.«

»Keine *struffoli* Weihnacht«, entgegnet sie.

Ich hebe beschwichtigend die Hände, um mich zu entschuldigen und will den Laden verlassen. Doch in diesem Moment kommt mir in den Sinn, ob ich nicht vielleicht trotzdem etwas von den Struffoli kaufen sollte. Wenn ich die einzelnen Sterne übereinander anordne, entsteht auch eine Art Weihnachtsbaum. Und schließlich sind es immerhin Struffoli, also besser als gar nichts. Vielleicht kommt es ja dem ersehnten Backwerk doch nahe und bereitet der Familie des Bräutigams ein wenig Freude. Ich bestelle daher drei Schachteln – eine mehr, als ich brauche, weil es mir leidtut, dass ich sie durch die Erwähnung von Giovanni verärgert habe. Dafür kann ich schon ein paar Euro zusätzlich ausgeben. Ihr Gesicht ist zwar immer noch angespannt, aber sie macht sich daran, die Schachteln zu füllen – ungefähr so langsam, wie ich Auto fahre.

Das ist allerdings ein echtes Problem, denn als ich aus dem Fenster schaue, sehe ich einen Verkehrspolizisten an meinem Fiat stehen.

O nein …

Ich traue mich nicht, sie mit einer Geste aufzufordern, sich zu beeilen, denn ich will auf keinen Fall riskieren, dass Orsola ausrastet und ich von ihr strozzata werde. Als sie mir die drei Schachteln reicht, reiße ich sie ihr förmlich aus der Hand und werfe ihr viel zu viele Euroscheine hin, wie mir erst an der Tür bewusst wird. Aber ich muss dringend den Verkehrspolizisten aufhalten und hoffe, dass sie sich über die vierzig Euro Trinkgeld freut.

»Nein, nein, nein!«, rufe ich dem Ordnungshüter zu, der gerade dabei ist, mir einen Strafzettel auszustellen. »Bitte, Sir, nein!«

Völlig außer Atem komme ich auf der anderen Straßenseite an und balanciere meinen Stapel aus Kuchenschachteln, die jeden Moment zu kippen drohen. Meine Güte, wenn ich sie jetzt fallen lasse …

Der Polizist dreht sich zu mir um und mustert mich mit zusammengekniffenen Augen.

»Es tut mir leid«, entschuldige ich mich und spiele, so gut es geht, die verpeilte Touristin. »Ich spreche kaum Italienisch. Aber ich reise gerade ab …«

Der Polizist schüttelt den Kopf. »Hier – nicht parken«, verkündet er und deutet mit rot gefrorenen Händen auf den Fiat.

»Aber …« Ich zeige auf das Schild direkt neben meinem Wagen, mit dem Wort »gratuito« (unter anderem) sowie zwei gekreuzten Hämmern.

Wieder schüttelt er den Kopf. »Nur Sonntag.«

»Aber …« Erneut zeige ich auf das Schild und das Uhrensymbol.

Er streckt seinen Stift in Richtung des Wagens aus. *»No disco orario«,* dann tippt er auf seinen Notizblock.

Disco orario?

Er verweist auf das Auto dahinter. An dessen Windschutzscheibe ist ein blaues Teil mit einer drehbaren Uhr aus Pappe befestigt, die auf 10:30 Uhr eingestellt ist. Er deutet mit seinem Stift auf diese Uhr und dann wieder auf das Hinweisschild. *»Quaranta minuti* … okay.« Dann zeigt er wieder auf mein Auto. »No *disco orario*. Nicht parken hier!«

Moment mal, ist das sein Ernst? Ich soll eine kleine

Uhr aus Pappe an meine Windschutzscheibe klemmen, und dann glauben sie mir, dass ich genau die richtige Zeit eingestellt habe und daran nichts manipuliere? Parken auf Vertrauensbasis also? Das alles macht mich so sprachlos, dass meine Gedanken einen Moment lang auf Wanderschaft gehen. Als ich wieder zur Besinnung komme, schreibt der Polizist mit zitternder Hand weiter an meinem Strafzettel. Hastig gehe ich einen Schritt in seine Richtung, um zu erkennen, wie viel ich zu zahlen habe. Er dreht seinen Notizblock weg von mir, aber ich habe schon eine Null mehr gesehen, als ich mir leisten kann!

Ich stelle die Gebäckschachteln auf der Motorhaube ab, denn jetzt brauche ich definitiv beide Hände. Ich lege eine Hand auf mein Herz, um anzuzeigen, dass ich es ehrlich meine. »Bitte …« Ich bemühe mich, einen allzu weinerlichen Ton zu vermeiden. »Ich war extrem in Eile, in Panik …« Ich deute an, wie mein Kopf explodiert. »Ich habe etwas falsch gemacht und das tut mir schrecklich leid. Ich werde jetzt einsteigen und sofort wegfahren, das verspreche ich. Aber … bitte …«

Ich weiß nicht, ob es an meinen Schauspielkünsten liegt oder daran, dass ich erkennbar kurz davor bin, in Tränen auszubrechen. Jedenfalls mustert er mich kurz, nickt dann und zerreißt meinen Strafzettel. Anschließend sagt er mit erhobenem Zeigefinger: *»Attenzione!«*

»Ganz bestimmt«, entgegne ich und muss mich an der Motorhaube festhalten, damit ich nicht vor lauter Erleichterung darüber, dass auf dieser Reise zum ersten Mal etwas tatsächlich klappt, vor ihm auf die Knie sinke. »Ich werde aufpassen. Versprochen!«

Ich stelle die Struffoli auf den Rücksitz – bei meiner Geschwindigkeit sollte damit nichts passieren – und steige dann in dem Gefühl ein, dass endlich etwas in meinem Sinne läuft. Gut, die Struffoli sind nicht genau die gewünschten, aber immerhin ähnlich. Außerdem habe ich gerade erfolgreich einen italienischen Strafzettel abgewehrt. Und ich *werde* es schaffen, rechtzeitig zur Hochzeit zu kommen.

Ich verzichte auf das Navi des Wagens und greife zu meinem Handy, das über Google Maps verfügt und obendrein Englisch mit mir spricht. Als ich es aus der Jackentasche hole und in die Halterung am Armaturenbrett klemmen will, leuchtet es auf und zeigt mir unzählige Benachrichtigungen an, aus denen ich genau ablesen kann, wie Stephens Vormittag verlaufen ist.

09:03 Uhr
Hey … Tut mir echt leid, dich zu stören,
aber finde meine Manschettenknöpfe nicht.
Weißt du, ob ich sie eingepackt habe oder nicht?
Sorry, dass ich dich damit behellige xo

09:11 Uhr
Alles gut. Hab sie xo

09:47 Uhr
Hab dich beim Frühstück gesucht, aber du warst nicht da.
Immer noch in Rom?

10:02 Uhr
Aber du kommst doch, oder?

10:03 Uhr
Hoffe, du lässt nicht meinetwegen die Hochzeit sausen

10:10 Uhr
Es tut mir so leid, Anna

10:11 Uhr
Du fehlst mir. <3

Ich starre so lange auf mein Display, dass der Verkehrspolizist kehrtmacht und zu mir zurückkommt. Dabei zeigt er mit dem Daumen in Richtung Straße und hält mit der anderen Hand mein Ticket hoch, nach dem Motto: *Zwingen Sie mich nicht, meine Meinung zu ändern, junge Dame!*

Ich nicke ihm zu und schreibe dann nur schnell an Stephen: *Ich komme.* Dann starte ich den Motor und steuere den Wagen zurück in den halsbrecherischen Verkehr von Rom.

Ja, ich hab's kapiert, sage ich mir, als ich wieder an den verhexten Kreisverkehr komme – zum hoffentlich allerletzten Mal. Selbst wenn ich die ganze Zeit nur im zweiten Gang fahre, sollte ich immer noch *genügend* Zeit haben, um es pünktlich zur Hochzeit zu schaffen.

Ich fahre drei Viertel um den Kreisverkehr herum. *Geschafft!*

12

Matteo

11:06 Uhr

Der Kellner im *Caffe Artistico* kommt leicht ins Taumeln, als er mir meinen Neuen Schlaraffenberg serviert. »Puh«, stöhnt er theatralisch und wischt sich grinsend über die Stirn. »Ist das alles?«

Ich schüttele den Kopf. »Die *bruttibuoni* kann ich nirgends entdecken.«

Fassungslos starrt er mich an. Ich halte seinem Blick stand, bis er schließlich kopfschüttelnd kehrtmacht. Das ist mir zwar heute schon öfter passiert, aber diesmal macht es mir viel weniger aus als beim letzten Mal.

Als er weg ist, stütze ich meinen Kopf zum gefühlt hundertsten Mal an diesem Morgen in die Hände. Ich mache mir schreckliche Vorwürfe, dass ich ein tolles Mädchen total vor den Kopf gestoßen habe, obwohl sie einfach nur nett zu mir sein wollte – und alles nur, weil ich nicht damit klarkomme, dass ich gerade als Fußballer gescheitert bin. Sachen zu vermasseln, dafür bin ich gerade voll der Experte – von Fußball bis Freundschaften. Vor allem eine Freundschaft, aus der vielleicht sogar mehr geworden wäre.

Wenn es eine Liga für Loser gäbe, würde ich garantiert in Serie A spielen.

Nun ja, egal – jetzt widme ich mich erst einmal meinem neuen Schlaraffenberg, um das quengelnde dicke Kind in mir glücklich zu machen, und fange ganz oben mit einem Cannolo an. Als ich gerade hineinbeißen will, gibt das Handy in meiner Jackentasche einen Signalton von sich. Das ignoriere ich jedoch, weil ich annehme, dass es lediglich ein Hinweis von Instagram ist, mir das neue Live-Video von Sofia anzuschauen, weil sie und Gennaro ja *sooooo verliebt* sind. Ich muss dringend meine Einstellungen ändern, um diese Folter abzuschalten.

Aber was, wenn es Anna ist? Schließlich bin ich nach wie vor der Einzige, den sie in dieser Stadt kennt. Somit wird sie sich vermutlich trotz allem an mich wenden, wenn sie Schwierigkeiten hat, auch wenn sie total sauer auf mich ist. Auf jeden Fall hat sie *keinerlei* Erfahrung beim Fahren mit Schaltgetriebe und wird sehr wahrscheinlich unterwegs mit Problemen zu kämpfen haben.

Deshalb schlinge ich den Rest meines Cannolo herunter und hole dann mein Telefon hervor. Enttäuscht muss ich jedoch feststellen, dass die Nachricht nicht von Anna ist.

Sondern von Sofia.

Hab gesehen, was neulich im Spiel passiert ist.
Sorry, dass ich mich nicht eher gemeldet habe. Hoffe, alles okay mit dir.
<3

Zu wissen, dass Sofia vermutlich das viral gegangene Video des *Frosinone-Flops* zugeschickt bekommen hat, lässt die Demütigung noch einmal aufleben, und mein Hinterkopf schmerzt an genau der Stelle, wo ich nach dem Fallrückzieher gelandet bin. Meine Wangen brennen erneut vor Scham, während ich in Gedanken erneut das Gelächter von den Zuschauerrängen höre. Ich will mein Handy gerade ausschalten, zögere dann jedoch.

Ich habe mich gegenüber Anna heute wirklich wie der letzte Idiot verhalten, als sie versucht hat, mich in meiner existenziellen Krise zu beraten. Das hat sie nicht verdient. Und auch Sofia *definitiv* nicht, nachdem sie mich während unserer Beziehung immer unterstützt hat.

Also antworte ich ihr doch.

Danke. Schmerzhafter für mein Ego als für meinen Kopf.

Das glaub ich sofort, Teo. Aber weißt du was?
Immerhin hast du's versucht.
Ab und zu braucht es halt Mut zum Risiko.
Du wirst es überstehen, das weiß ich.
Dazu hast du viel zu viel investiert.
Und die Fans wissen genau, dass dem Team ohne dich Serie C drohen würde!

Mir wird schlagartig übel, was mit großer Wahrscheinlichkeit nicht am Cannolo liegt. Sofia hat mich nicht komplett vergessen, sondern interessiert sich immer noch für mich. Ich schäme und ärgere mich über mich selbst, weil ich derart selbstbezogen bin, dass ich überhaupt nicht erkenne, dass es Menschen in meinem Leben gibt, denen ich wichtig bin und die sich die Mühe machen, sich zu melden, wenn ich es nötig habe. Wenn ich nicht aufpasse, verliere ich sie allesamt, das wird mir jetzt bewusst. Und das alles nur, weil ich total in Selbstmitleid zerfließe.

Eigentlich müsste ich es durch Raffaello besser wissen: Man darf nicht nur egoistisch spielen.

Und man muss nicht immer alles allein reißen.

Ich bedanke mich bei Sofia und schreibe zurück, dass ich hoffe, es geht ihr gut. Dann werde ich allerdings neugierig, was sie mit der Aussage »die Fans wissen …« eigentlich meinte. Von ihren Freunden ist niemand Frosinone-Anhänger, sodass sie eigentlich nur aus dem Netz wissen kann, was bei ihnen aktuell diskutiert wird.

Ich öffne Twitter und suche nach #frosinoneflop. Daraufhin werden mir etliche *Tausend* Treffer angezeigt. Ich scrolle mich hindurch und finde zahllose Tweets mit den YouTube-Videos, kommentiert mit lauter Tränen lachenden Emojis und dem Wort FAIL. Doch es dauert nicht lange, bis unter der ganzen Häme auch positivere Äußerungen zum Vorschein kommen, die von Accounts mit dem Frosinone-Wappen als Avatar stammen.

Falco ist nach wie vor legendär!

Unser bester Spieler dieser Saison, mit Abstand!
#matteomaestro

#ForzaMatteo! Er ist unsere ganze Hoffnung für den Titelgewinn!

Frosinone-Vorstand – bitte zahlt Matteo alles, was er verlangt, damit er auf Dauer in der Auswahl bleibt!

Und immer so weiter – ein aufmunternder Tweet nach dem anderen und dazu eine ganze Reihe von besorgten und herzlichen Nachrichten von Freunden und Verwandten. Mit jeder löst sich ein Stück meiner Starre, die diese Demütigung ausgelöst hat, und macht mich ein wenig zuversichtlicher. Viele Leute verweisen auf meinen Einsatz, den ich in der bisherigen Saison gezeigt habe, und bezeichnen mich als Gewinn im gelben Trikot. Die Anzahl meiner Twitter-Follower ist um fast tausend in die Höhe geschnellt.

Anna hatte recht heute Morgen im Colosseum – nicht alle haben mich abgeschrieben. Wenn ich doch nur auf sie gehört hätte, vielleicht wäre ich dann nicht darauf angewiesen, dass fremde Leute mich via Twitter aufmuntern. Aber ich war auf Krawall gebürstet und dachte gar nicht daran, ihr wirklich zuzuhören.

Ich schicke eine Rundnachricht per WhatsApp an meine Freunde und Angehörigen, in der ich mitteile, dass es mir gut geht und wir uns bald sehen werden, um nicht noch mehr Leute vor den Kopf zu stoßen. Als ich sie absenden will, meldet mir mein Handy einen weiteren neuen Follower auf Twitter, und ich muss lachen, wie groß meine Reichweite in den sozialen Medien plötzlich geworden ist.

Dabei kommt mir eine verrückte Idee.

Vielleicht kann ich ja meine neu gewonnene Popularität sogar sinnvoll nutzen …

13

Anna

12:11 Uhr

Undenkbar, so etwas *an einem Highway wie dem New Jersey Turnpike,* denke ich, während ich an meinem Espresso nippe und fasziniert von meinem Ecktisch aus die Auswahl an Fleisch- und Käsespezialitäten bewundere. Ich dachte erst, es wäre ein Witz von Professor Barnes, als sie eine Raststätte auf ihre Empfehlungsliste setzte. Doch dieses Lokal am *raccordo autostradale,* etwa eine Stunde außerhalb von Rom, toppt sogar das, in dem ich gestern Abend mit Matteo war. Es ist eingerichtet wie ein Bauernmarkt und ganz offensichtlich der beste Food Court der Welt – mit separaten Bereichen für »Primi« und »Secondi« –, denn in Italien geht man auch unterwegs beim Essen *keine* Kompromisse ein.

Wenn ich könnte, würde ich hier den ganzen Tag zubringen, aber ich *muss* es zu einer Hochzeit schaffen. Also stehe ich notgedrungen auf und verlasse wehmütig den Food Court, wobei ich mir die Auslagen lieber gar nicht so genau ansehe, damit ich nicht meine letzten Euro für eine Portion Minipizzen aus Fruchtgummi ausgebe.

Ich steige wieder in meinen Mietwagen und lenke ihn

zurück auf die Straße. Ich halte das Lenkrad zwar immer noch verkrampft umklammert, knirsche dabei aber schon *etwas* weniger mit den Zähnen. Es hilft mir, dass ich problemlos im zweiten Gang bleiben kann, ohne mich dafür in Grund und Boden zu schämen, weil die *autostrada* so gut wie leer ist, abgesehen von einem Lkw, der gerade links an mir vorbeidonnert, und einem Kombi etwa einen halben Kilometer vor mir, mit dem wahrscheinlich eine Familie in die Weihnachtsferien fährt. Ich bekomme nicht einmal mehr Panik, wenn die Reifen auf der glatten Straße ins Schlingern geraten. Selbst wenn ich nie in den dritten Gang schalte, habe ich nach wie vor reichlich Zeit für den Rückweg nach Cortona und kann vielleicht noch etwas kreieren, was Charlotte, Anthony und ihrer Familie ein Lächeln ins Gesicht zaubert und bei dieser Hochzeit für zusätzlichen Zauber sorgt.

Wenn ich das mit einem Dessert hinbekomme, dann weiß ich genau, dass ich auf dem richtigen Weg bin. In Sachen Liebe habe ich zwar überhaupt keine Ahnung, aber was die heilenden Kräfte von gelungenem Backwerk angeht, dafür bin ich Expertin!

Nachdem ich etliche Kilometer weiter dahingeschlichen bin, fasse ich schließlich Mut, in den dritten Gang hochzuschalten. Im Rückspiegel sehe ich, wie Rom am Horizont immer kleiner wird. Okay, ich habe mich also von meinem Freund getrennt und dann begriffen, dass der Typ, mit dem ich mir mehr vorstellen konnte, mir nur deshalb geholfen hat, weil er vor seinen eigenen Problemen weglaufen wollte. Trotzdem finde ich es immer noch großartig, hier zu sein, und insgesamt hat sich die Reise *definitiv* gelohnt.

Und warum steigen mir dann plötzlich Tränen in die Augen?

»Jetzt sei nicht albern«, ermahne ich mich und werfe einen kurzen Blick auf mein Handy, wie weit es laut Google Maps noch bis zur nächsten Ausfahrt ist. Wegen meiner Tränen erkenne ich das Display nur verschwommen und muss erst einmal blinzeln und mir die Augen wischen. Zehn Kilometer. *Reichlich Zeit,* denke ich, richte den Blick zurück auf die Straße und stelle erschrocken fest, dass ich das Nummernschild der Limousine unerwartet klar erkennen kann, denn seit ich im dritten Gang fahre, habe ich zu ihm aufgeschlossen und bin kurz davor, mit ihm zu kollidieren.

Ich reiße das Lenkrad nach rechts und dann sofort wieder nach links, damit ich die Limousine nicht mit der hinteren Stoßstange erwische. Die Vorderreifen quietschen auf dem Asphalt, mein Wagen macht eine 180-Grad-Drehung, sodass ich kurzzeitig rückwärts auf einer Höhe mit der Limousine bin, während ich versuche, das Auto wieder vorwärts auszurichten – was extrem schwierig ist, wenn man jegliches Gefühl für links und rechts verloren hat. Ich bremse verzweifelt, woraufhin die Hinterräder ebenfalls anfangen zu quietschen und das Fahrzeug weiter rotiert, bis es schließlich mit der vorderen Stoßstange in einer Schneewehe am Straßenrand stecken bleibt. Durch die Frontscheibe sehe ich kurzzeitig ausschließlich weiß, der Motor geht aus, und die Hinterräder heben für einen Moment ab, ehe sie mit einem dumpfen Geräusch wieder auf der Straße landen.

Die Limousine fährt davon, als ob nichts gewesen wäre und sie nicht beinahe einen folgenschweren Unfall erlitten hätte. Ich sehe ein kleines Mädchen auf dem Rücksitz – sie dreht sich um und schaut mit verängstigtem Blick aus dem Heckfenster.

Reglos bleibe ich eine Weile im Wagen sitzen und spüre jeden Zentimeter meines Körpers, den zitternde Atemzüge durchziehen. Um Haaresbreite wäre ich auf einer verlassenen Autobahn im Ausland gestorben, und keines der beiden vorbeifahrenden Autos hält an, ob mir etwas passiert ist …

… und *das,* so wird mir schlagartig klar, ist ein *echtes* Problem, denn als ich den Zündschlüssel umdrehe, gibt der Motor nur ein asthmatisches Röcheln von sich. Ich versuche es wieder und wieder, bis ich nach dem siebten Versuch schließlich aufgebe, mit der flachen Hand entnervt auf das Armaturenbrett schlage und nicht so recht weiß, ob ich mir mehr Sorgen wegen meiner verlorenen Kaution bei der Autovermietung machen soll oder weil ich hier draußen im Nirgendwo vielleicht erfrieren werde.

Nein, nein – ich bin nicht völlig verloren. Mein Handy hat immerhin Empfang. Ich kenne zwar die Nummer des italienischen Pannendiensts nicht, aber vielleicht kann ich ja das Hotel in der Toskana anrufen und darum bitten, ob sie vielleicht Hilfe schicken können. Oder ich könnte Stephen anrufen, obwohl Beistand von ihm – ausgerechnet bei einer *Autopanne* – zwischen uns alles wieder aufwühlen könnte.

Aber mir bleibt keine andere Wahl, es zu riskieren oder mich zu Tode zu frieren. Deshalb strecke ich meine Hand nach der Handyhalterung aus …

Doch mein Telefon ist nicht mehr da. Offenbar ist es herausgerutscht, als der Wagen gegen die Schneewehe geprallt ist.

»Scheiße, Scheiße …« Ich löse meinen Anschnallgurt, sodass ich mich nach vorn beugen und den Beifahrer-Fußraum absuchen kann, bis ich ein *Knirschen* höre und das Handy unter meinem Schuh entdecke. »Scheiße, Scheiße, *Scheiße!«*

Ich hebe es auf. Das Display ist zersplittert, als ob jemand mit dem Hammer draufgeschlagen hätte. Als ich auf die Hometaste tippe, ertönt nur ein schwacher Piepton, und kurz darauf wird alles schwarz. War ja klar. Dieser totale Katastrophentag steigert sich gerade ins Unermessliche.

Und alles nur, weil ich unbedingt auf Gebäckjagd gehen musste, statt mich vernünftig mit meiner Trennung auseinanderzusetzen. Natürlich wollte ich Charlotte eine Freude machen und mich bei ihr bedanken, dass sie nicht total durchgedreht ist, weil ich zwei Tage vor ihrer Hochzeit in ihrer Suite gestrandet bin. Außerdem wollte ich mein Vertrauen in die magischen Kräfte von gutem Essen bestätigen. Aber vor allem wollte ich unbedingt verhindern, dass Stephen und ich aus reiner Gewohnheit wieder zueinanderfinden.

Vielleicht sind Matteo und ich gar nicht so verschieden, wie ich heute Morgen dachte?

Erneut schlage ich auf das Armaturenbrett und bin wütend auf mich selbst – weil ich hier herumsitze und mir Gedanken über mein unbefriedigendes Leben mache, statt mein Problem *aktiv* anzugehen. Es ist ja nicht so, dass meine Lage aussichtslos ist. Ich kann zurück zur Raststätte laufen – auf der Straße ist im Moment so wenig los, dass kaum Gefahr besteht, angefahren zu werden.

Oder ich könnte den schwarzen Wagen anhalten, der sich gerade von hinten nähert, und darauf hoffen, dass der Fahrer ein funktionierendes Handy dabeihat.

Ich klettere aus dem Fiat und rufe: »Hey! Hallo!« und schäme mich kein bisschen dafür, dass ich mit wedelnden Armen auf und ab hüpfe, weil ich *so sehr* auf Hilfe aus meiner Misere hoffe. Erst als der Wagen tatsächlich sein Tempo verlangsamt, fällt mir ein, dass hilflose Mädchen am Straßenrand vermutlich *ideale* Opfer für Serienmörder sind.

Der Fahrer des schwarzen Wagens hält an und öffnet so hastig die Tür, dass ich erschrocken in Richtung meines Fiat zurückweiche und mir einrede, dass Zentralverriegelung und Automatikfenster schon ausreichen werden, um einen italienischen Psychopathen abzuwehren.

Es dauert einen Moment, bis ich meinen Augen traue, wer da verblüffenderweise aus diesem Auto steigt.

»Was machst *du* denn hier?«

14

Matteo

12:31 Uhr

Nicht zu fassen, dass ich Anna so schnell gefunden habe, obwohl ich nur die Stadt wusste, in die sie fahren will, und einfach geraten habe, welche *autostrada* sie dorthin nehmen würde. Es kommt mir vor wie ein weiteres glückliches Zusammentreffen – ein weiterer Ball, der mir unerwartet vor die Füße rollt. *Nur auf einen Fallrückzieher sollte ich diesmal verzichten.*

»Bist du verletzt?«, frage ich, nachdem ich aus dem Lancia ausgestiegen bin, den ich mir von Julia geborgt – oder eher erbettelt – habe. (Sie willigte schließlich ein, nachdem ich ihr versichern musste, dass ich mich nicht ins Ausland absetzen werde, um vor meiner viralen Berühmtheit zu fliehen.) Anna hat immer noch die Hände wie beim Herauswinken erhoben und lässt sie nun langsam sinken.

»Wie hast du mich denn gefunden?«

»Reiner Glücksfall«, antworte ich. »Los komm, steig ein.«

Sie macht ein erschrockenes und zugleich verwirrtes Gesicht und hat den Mund leicht geöffnet – offenbar ist sie unsicher, ob sie lächeln soll oder nicht. »Ich kann doch den Mietwagen nicht einfach hier stehen lassen«, gibt sie zu bedenken.

Vor Freude würde ich am liebsten auf sie zustürmen, aber ich weiß nicht, ob es der passende Moment dafür ist oder ob sie das überhaupt will. »Wir können ihn später noch holen. Im Moment ist so wenig Verkehr, von daher ist das kein Problem. Da passiert schon nichts …«

Einen Moment lang wirkt sie unschlüssig, nickt dann jedoch. »Okay …« Sie öffnet die hintere Wagentür und nimmt ihre Tasche vom Rücksitz. Dann nickt sie mir zu, damit ich ihr mit den drei Kuchenschachteln helfe.

»Sie haben zwar nicht die Form von Weihnachtsbäumen«, murmelt sie auf meinen verwunderten Blick hier, während sie das Auto verriegelt. »Aber vielleicht kann ich ja was draus machen.« Wir gehen zurück zum Lancia, und ich muss mich extrem zusammenreißen, um nichts total Albernes zu machen, wie zum Beispiel begeistert auf und ab zu springen. Nur mit sehr großer Mühe gelingt es mir, einigermaßen cool zu bleiben.

Dann bleibt sie stehen, als ob eine unsichtbare Hand sie zurückhalten würde. »Warte mal, warte …«

»Was ist denn?«

»Nur damit du Bescheid weißt … wir beide sind …« Als sie das Grinsen in meinem Gesicht bemerkt, verstummt sie.

»Ich hab Giovanni gefunden«, eröffne ich ihr.

»Was?«, quiekt Anna begeistert. Innerhalb von gefühlten zehn Sekunden stellen wir vorsichtig ihre Ersatz-

Struffoli auf dem Rücksitz des Lancia ab und ich rolle zurück auf die *autostrada*.

»Also, ich bin jetzt ein bisschen berühmt auf Twitter«, erkläre ich.

»Durch den *Frosinone-Flop?*«

»Ja. Und ich dachte mir …« Ich unterbreche mich kurz, um die Navi-Ansage nicht übertönen zu müssen, die mich auf die nächste Abfahrt in dreihundert Metern hinweist. »Und ich dachte, dass ich das ja gleich mal nutzen könnte. Deshalb hab ich einen Tweet wegen Giovanni geschrieben: ›Kennt jemand von euch diesen Konditor und weiß, wo ich ihn finde?‹«

»Und das hat *geklappt?*« Sie streckt ihre Hand aus und umfasst meinen Arm, woraufhin in meiner Brust ein kleines Feuerwerk explodiert. Ich weiß nicht, ob es nur an der Erleichterung liegt, dass sie offenbar nicht mehr sauer auf mich ist, oder ob ich diese Amerikanerin einfach generell aufregend finde.

Einen Moment lang sage ich gar nichts, sondern konzentriere mich darauf, mit dem Wagen in die Ausfahrt einzubiegen, hinter der die schneebedeckten Hügel der Toskana zum Vorschein kommen, die im schwachen Licht der Wintersonne leuchten. Sie hält meinen Arm auffallend lange fest und lässt ihn nicht los. Was sich äußerst angenehm anfühlt.

»Ja, hat es«, erwiderte ich schließlich. »Ich habe eine Menge Antworten bekommen. Manchmal sind andere Leute echt hilfsbereit.« Ich verschweige kurzerhand, dass mindestens zwei Dutzend Rückfragen kamen, ob ich nach dem *Flop* Trost bräuchte … und nach letztem Stand drei Twitterer wissen wollten, ob ich das »für ein Mädchen« tue.

Wenn der Nachmittag gut läuft, antworte ich darauf vielleicht sogar.

»Ich hab rausgefunden, wo er jetzt wohnt! In Ossaia: Das ist eine Kleinstadt, gar nicht weit weg von Cortona. Es ist nur ein winziger Umweg, sodass du immer noch genügend Zeit bis zur Hochzeit hast.«

»Ich kann's gar nicht *glauben!«* Sie drückt noch ein letztes Mal meinen Arm und lässt ihn dann los. Ihre Berührung wirkt nach, als ob sie immer noch da wäre. »Vielleicht klappt es ja tatsächlich …«

»Na ja, der Typ, der mich auf Twitter angeschrieben hat, kann sich auch getäuscht haben«, werfe ich ein und hoffe, dass meine gewohnte Skepsis ihren Optimismus nicht zunichtemacht. »Oder vielleicht ist es auch nur ein Scherz … so was kommt auch immer mal vor.« Wenn es sich als Fake erweist, kann ich mich mit dem Auto gleich von einer Klippe stürzen. Das wäre unendlich peinlich! »Außerdem haben wir keine Garantie, dass Giovanni uns nicht sofort die Tür vor der Nase zuschlägt. Nach Ossaia zieht man vermutlich nur, wenn man eher ungern Besuch hat. Und selbst wenn er einwilligt, müssen wir uns beeilen, damit wir es noch rechtzeitig zur Hochzeitsfeier schaffen.«

Allmählich fürchte ich, dass es vielleicht doch keine so geniale Idee war. Es gibt *so vieles,* was noch schiefgehen kann.

Anna trommelt aufgeregt mit den Fingern auf das Armaturenbrett. »Ich weiß, ich weiß … Ich will mir nicht zu große Hoffnungen machen, aber … stell dir doch mal vor, wie toll das für Charlotte und Anthony wäre, wenn ihr besonderes Dessert doch noch auf der Hochzeit serviert werden könnte? Das würde ihren Tag total perfekt machen, und eine Ehe, die mit einem perfekten Tag beginnt, *muss* doch glücklich verlaufen, oder?«

Als ich einen kurzen Blick zu ihr hinüberwerfe, bekomme ich einen Schreck. Denn ich sehe in ihren Augen, wie viel es ihr bedeutet, den Beweis zu haben, dass ein perfektes Dessert nicht nur eine Hochzeit retten kann, sondern auch anschließend eine glückliche Ehe garantiert. Ihre Enttäuschung könnte ich wahrscheinlich nur schwer aushalten, falls sich diese Spur *doch* als aussichtslos erweist oder der umtriebige Konditor uns nicht weiterhelfen will.

»Weiß Giovanni denn, dass wir kommen?«, erkundigt sie sich.

»Keine Ahnung«, antworte ich und gebe mir Mühe, das Lenkrad nicht gar zu fest zu umklammern. »Vermutlich ist er nicht der Typ für einen Twitter-Account.«

»Wahrscheinlich nicht.« Sie lehnt den Kopf zurück. Als ich wieder zu ihr schaue, sehe ich, wie sie auf der Unterlippe kaut und in ihr Optimismus und Zweifel gegeneinander ankämpfen.

»Wir werden das schon schaffen«, sage ich. »Für wahre Liebe würde doch jeder etwas tun, wenn er kann.«

Anna sieht mich mit dem gleichen geduldigen, aber

trotzdem zweifelnden Blick an, den ich immer von meinen Frosinone-Teamkollegen ernte, sobald ich sie in der Halbzeitpause versuche zu motivieren, wenn wir gegen eine heillos überlegene Mannschaft massiv im Rückstand sind und keinerlei Chancen haben. Dieser Blick sagt: *Netter Versuch, Matteo – aber wir erleiden hier bestimmt Schiffbruch.*

Und genau wie in der Kabine zur Halbzeitpause ignoriere ich ihren Blick. Denn wenn man von Anfang an von einem Misserfolg ausgeht, ist er praktisch schon garantiert.

Schweigend fahren wir weiter, während die Anspannung im Lancia wächst, je mehr wir uns Ossaia annähern. Erneut riskiere ich einen Seitenblick zu ihr.

Sie bemerkt ihn. »Was ist denn? Wieso lächelst du?«

»Ach, nichts«, erwidere ich. »Ich … freue mich nur, dass wir noch eine Chance haben, dein kleines Projekt zu vollenden. Und ich bin froh, dass unsere Zeit noch nicht vorbei ist.«

Ich befürchte, dass ich mit dieser Anspielung vielleicht etwas *zu* weit gegangen bin.

Doch sie sieht aus dem Beifahrerfenster und gibt einen Laut von sich, der nach Zustimmung klingt.

12:59 Uhr

Nur etwa vierzig Minuten später erreichen wir die ländliche Toskana. Das Navi schickt mich eine Straße entlang, die sich durch sanfte Hügel schlängelt. Ihre Kuppen sind mit Schnee bedeckt, der in der matten Wintersonne glänzt.

Anna wirkt angespannt, konzentriert und aufgeregt. Nun, da wir kurz davor sind, Giovanni zu finden – oder aber festzustellen, dass die scheinbar hilfsbereite Twitter-Community doch nur aus Trollen besteht –, scheint Anna nervöser als je zuvor.

Wir erreichen einen Feldweg, der zu einem bescheidenen Häuschen führt. Ich parke direkt davor, und wir steigen aus, wobei der Kies unter unseren Füßen so laut knirscht, dass wir beide das Gesicht verziehen, weil wir hier auf keinen Fall lärmend ankommen wollen.

Als wir auf die Tür zugehen, lasse ich Anna den Vortritt.

»Aber ich will auf keinen Fall anklopfen«, murmelt sie, »das musst *du* machen.«

»Warum ich denn?«

»Weil du Italienisch sprichst – alles geht viel schneller, wenn du es in die Hand nimmst.«

Das lässt sich wohl nicht bestreiten, weshalb ich vor die Tür trete und viermal anklopfe, während Anna sich im Hintergrund hält. Als ich drinnen Schritte höre, überlege ich, was ich Giovanni sagen werde. Nach allem, was wir mittlerweile über ihn erfahren haben, ist er vielleicht gar nicht der herzlose Don Juan, für den wir ihn noch vor Kurzem gehalten haben. Aber das bedeutet nicht zwangsläufig, dass er voller Begeisterung dabei ist, um vollkommen fremden Leuten eine perfekte Hochzeitsfeier zu bescheren …

Vielleicht könnte ich ihn ja bei seiner Berufsehre packen? Und zum Beispiel gleich mit einer Provokation starten, sobald er die Tür öffnet: »Glauben Sie wirklich, dass ihre Struffoli die besten in ganz Italien sind? Beweisen Sie es!« So in dieser Art …

Doch die Tür wird von einer Frau geöffnet. Sie ist relativ klein, trägt eine violette Strickjacke zu einem weiten Kleid mit Blumenmuster und hat eine wallende rote Mähne.

Feuerrote Haare …

Ich schaue zu Anna, die mich ihrerseits mit großen Augen ansieht. Ich weiß genau, dass sie das Gleiche denkt wie ich. Das *muss* Aurora sein, die Frau aus der Geschichte, die uns Vincenzo erzählt hat.

Vermutlich ist eine Menge passiert, sei Giovanni seine letzte Arbeitsstelle verlassen hat!

Aber wenn Giovanni jetzt mit der Frau zusammenlebt, die ihm vor vielen Jahren das Herz gebrochen hat, ist für ihn vielleicht doch alles glücklich ausgegangen? Ob er uns dadurch vielleicht besonders gern weiterhilft?

»Ja bitte?«, fragt Aurora auf Italienisch.

»Entschuldigung, Signora Aurora?«, stammele ich.

Sie nickt verwundert.

»Meine Freundin und ich, wir suchen nach einem

›Giovanni Lombardo‹. Uns wurde gesagt, dass er hier wohnt.«

Die Frau beantwortet meine Frage, indem sie einen Schritt nach draußen tritt und die Tür hinter sich fast ganz heranzieht. Daraus schließe ich, dass Giovanni tatsächlich da ist und sie verhindern will, dass er etwas von uns mitbekommt – warum auch immer.

»Was wollen Sie von ihm?«

Ich frage, ob sie Englisch spricht. Als sie nickt, wechsle ich die Sprache. »Wir brauchen seine Hilfe«, erkläre ich. »Es findet eine Hochzeit statt, heute, in Cortona. Und das Brautpaar wünscht sich so sehr, Giovannis besondere Struffoli zu servieren …«

Aurora sieht erschrocken zur Tür, als ob sie Angst hätte, belauscht zu werden. »Giovanni, er ist im Ruhestand.«

»Könnten wir bitte mit ihm sprechen?«, fragt Anna und klingt tatsächlich ganz ruhig, obwohl ich genau weiß, wie aufgewühlt sie gerade ist. »Diese Struffoli würden den beiden unendlich viel bedeuten.«

Aurora wirkt immer noch äußerst skeptisch, bittet uns jedoch schließlich herein und fordert uns auf, im Wohnzimmer zu warten, während sie nach oben geht.

»Ich hoffe so sehr, dass sie ihn überzeugen kann«, sage ich. Doch Anna hört mir gar nicht zu. Sie steht im Raum und reckt das Kinn in die Höhe. »Stimmt irgendwas nicht?«, frage ich.

Stirnrunzelnd sieht sie mich an. »Na ja … also, nach allem, was wir über Giovanni wissen, müssten da durch dieses Haus nicht lauter leckere Düfte ziehen? Ich hätte erwartet, dass in der Küche immer irgendetwas gezaubert wird.«

»Aurora hat doch gesagt, dass er im Ruhestand ist.«

Anna nickt, macht aber immer noch ein zweifelndes Gesicht, als Aurora wiederkommt, gefolgt von einem schlaksigen, leicht kauzig aussehenden Mann mit Brille und etwas schütteren Locken.

Das soll also der Mann sein, der die Hälfte der Bäckerinnen von Rom bezirzt und verführt hat?

Giovanni bleibt an der Tür stehen und begrüßt uns weder besonders herzlich noch unhöflich. Sein Englisch ist etwas flüssiger als das von Aurora.

»Sie wollten zu mir?«

Wir nicken.

»Wie Aurora schon sagt, ich bin im Ruhestand.« Aus seinem bestimmten Ton höre ich heraus, dass wir bei ihm keinen Erfolg haben werden.

»Ja, hat sie, Signor, aber wir hatten gehofft, dass sie sich unser Anliegen wenigstens anhören würden.«

Giovanni schüttelt den Kopf, macht langsam kehrt und lässt uns zurück. »Ich bin im *Ruhestand.«* Meiner Ansicht nach tut er ein bisschen zu theatralisch. »Wenn Sie Struffoli für Hochzeit wollen, müssen Sie selbst machen.«

»Bitte, Sir«, versucht es Anna noch einmal und geht unsicher einen Schritt auf ihn zu. »Es ist für zwei junge Menschen, die sich lieben … Ihre Weihnachtsbaum-Variante liegt der Familie des Bräutigams sehr am Herzen und würde die ganze Hochzeitsfeier wirklich zu etwas ganz Besonderem machen.«

Giovanni bleibt stehen und verkündet mit dem Rücken zu uns: »Meine letzte Portion Struffoli habe ich voriges Jahr zu Weihnachten gemacht. Noch eine wird es nicht geben.«

Er geht noch einen Schritt, und ich befürchte, dass alles endgültig vorbei sein wird, wenn er den Raum verlassen hat. Dann haben Anna und ich keinerlei Chance, diese toskanische Hochzeit zu retten, und unsere Wege werden sich trennen. Bei diesem Gedanken bekomme ich Magenschmerzen, habe aber keine Idee, womit ich Giovanni zum Bleiben bewegen könnte.

Hilfe suchend schaue ich zu Aurora, die offenbar meinen verzweifelten Blick bemerkt, denn sogleich sagt sie vorwurfsvoll auf Italienisch zu Giovanni: »Jetzt stell dich doch nicht so an. Mit deinen Backkünsten könntest du eine Hochzeit retten!«

Giovanni bleibt stehen und lehnt sich gegen den Türrahmen. An seiner Schulterhaltung erkenne ich, dass er darüber nachdenkt. Nach einer längeren Pause dreht er sich um und sieht uns eindringlich an.

»Sie haben mich nicht verstanden«, sagt er auf Italienisch. »Ich backe nicht mehr. Seit einem Jahr habe ich keinen Teig mehr angerührt.«

»Was hat er gesagt?«, raunt Anna mir zu. Ehe ich die passenden Worte finde, ist Giovanni schon ins Englische gewechselt:

»Ein einziges Mal habe ich Weihnachtsbaum-Struffoli als Überraschung für Aurora zubereitet, das war vor mehr als dreißig Jahren.«

»Und ich war so begeistert davon, dass ich unbedingt andere Leute daran teilhaben lassen wollte.« Aurora durchquert das Zimmer und ergreift Giovannis Hand.

»Aber sie waren immer nur für dich«, betont Giovanni. »In jeder Portion – im Laufe der Jahre müssen es Tausende gewesen sein – steckte meine Liebe zu dir. Voriges Jahr zu Weihnachten habe ich das Gebäck ein letztes Mal zubereitet, für dich.« Als Erklärung fügt er hinzu: »Seit dreißig Jahren oder noch länger habe ich mich danach gesehnt, dass diese Frau sich wieder in mich verliebt und wir endlich heiraten können, wie wir es als junge Leute vorhatten. Dann erfuhr ich, dass sie nicht mehr verheiratet ist. Und letztes Jahr zu Weihnachten stand ich vor ihrer Tür … Ich habe sie gefragt, ob ich ihr eine letzte Portion Struffoli backen darf, um sie an unsere gemeinsame Zeit zu erinnern und daran, wie verliebt wir damals waren. Ich hatte die große Hoffnung, dass dieses Dessert alle Erinnerungen wieder wachruft … und es hat tatsächlich funktioniert.«

»Und dann haben Sie ihr einen Heiratsantrag gemacht?«, fragt Anna und hält dabei die Hände vor ihrem Oberkörper gefaltet, während ihre Augen vor Freude über diese Geschichte leuchten, wo Backen so viel Gutes bewirkt hat.

»Nein«, antwortet Aurora. »Ich habe *ihn* gefragt, ob er mich heiraten will.«

Giovanni legt seinen Arm um sie und küsst sie auf den Scheitel. Alle seine Bewegungen sind so zart und liebevoll, dass ich ihn mir nur äußerst schwer als den Frauenhelden vorstellen kann, der so viele gebrochene Herzen hinterlassen hat.

»Das war der schönste Moment meines ganzen Lebens«, sagt er. »Ich begriff, dass sämtliche Portionen Struffoli, die ich je zubereitet hatte, eigentlich für dich waren, und jetzt, da du mich erhört hast, gibt es keinen Grund mehr, dieses Dessert jemals wieder zu machen.« Er schaut wieder zu uns. »Deshalb verstehen Sie sicher, dass … ich mit meinen Struffoli nicht weiterhelfen kann. Das Rezept war nicht durch die Zutaten etwas Besonderes, sondern durch meine Liebe zu Aurora, meine Hoffnungen und meine Sehnsucht.« Er zieht sie an sich und lässt seine Wange auf ihrem Kopf ruhen. »Aber ich habe schon vergessen, wie sich diese Hoffnung und Sehnsucht anfühlt. Nun haben sich für mich alle Wünsche erfüllt.«

Schweigen breitet sich im Wohnzimmer aus. Anna lässt niedergeschlagen die Schultern hängen, und bei ihrem Anblick wird mir bewusst, dass ich die gleiche Körperhaltung habe. Denn wenn sich Giovanni strikt weigert, das Dessert zuzubereiten, können wir einfach nichts mehr tun.

Dann ist es vorbei. Wir sind gescheitert.

Giovanni räuspert sich. »Es sei denn …«

Anna und ich heben synchron den Kopf, und mein Herz fängt hoffnungsvoll an zu klopfen, während ich mich zu erinnern versuche, wann genau ich mich eigentlich von ihrer Suche so anstecken ließ.

Der Konditor macht ein ernstes Gesicht. »Es sei denn, Sie beide stecken ihre eigene Liebe in das Dessert.«

Ich bringe es nicht fertig, in Annas Richtung zu schauen, weil ich Angst habe, dass Giovanni unser Erstaunen bemerkt, begreift, dass wir gar kein Paar sind, und sein Angebot fallen lässt. Außerdem befürchte ich auch ein wenig, dass Anna vielleicht in Gelächter ausbricht, weil sie die Vorstellung so absurd findet, dass wir zusammen sein könnten.

Das wäre aus mehreren Gründen wirklich frustrierend.

Doch Anna fasst sich ein Herz. »Okay«, sagt sie und stößt mich an. »Obwohl ich als Kochkunst-Studentin wahrscheinlich die meiste Arbeit übernehmen muss, oder?«

Sie lächelt mich an, und ich frage mich einen kurzen Moment, ob wir gerade im gleichen Film sind. Denkt sie vielleicht auch, dass Giovanni etwas gesehen hat, das uns bis jetzt entgangen ist? Dann zwinkert sie mir zu, um zu sagen: *Los, spiel schon mit,* und mein Herz sackt daraufhin so tief, dass ich Fußball damit spielen könnte.

Doch dafür ist jetzt keine Zeit. Giovanni wird plötzlich ganz geschäftig und zählt lauter Zutaten auf, die Aurora zusammentragen soll.

»Das werden wir aber nicht alles bei Corrado im Dorfladen bekommen«, wirft sie ein, während sie die Liste in ihr Smartphone tippt.

»Das borgen wir von den Nachbarn«, verkündet Giovanni und wendet sich dann wieder an uns. Er hat ein Leuchten in den Augen, das mich an die Lichter des Trevi-Brunnens gestern Abend erinnert. Dadurch verändern sich seine Gesichtszüge, seine mürrische, nach innen gekehrte Art weicht einem viel charmanteren Wesen. Ich ahne einen Funken von dem, was offenbar *unzählige* Frauen so außerordentlich anziehend fanden. »Ihr beide müsst mir aufmerksam zuhören. Ich werde alle Schritte zur Herstellung von Weihnachtsbaum-Struffoli genau erklären. Also passt gut auf – ihr könnt euch keinen einzigen Fehler leisten.«

15:38 Uhr

»Süßer …«

»Ja?«

In diesem Moment wird mir klar, dass Anna damit nur sagen wollte, dass sie die Struffoli mit noch mehr Honig bestreichen will. *Süßer* war also keineswegs als Kosename für mich gemeint. Ich umrunde die Kochinsel in der Küche von Aurora und Giovanni, hole den Honigtopf vom Herd und bringe ihn zu ihr. Meine brennenden Wangen sind dabei wahrscheinlich so rot wie die Maraschinokirschen, mit denen wir die Bäume aus Teigbällchen dekoriert haben, die wir in den letzten Stunden nach Giovannis Anleitung hergestellt haben. Drei davon liegen gerade auf der Arbeitsfläche am anderen Ende der Küche und warten darauf, mit grüner Glasur überzogen zu werden, damit sie wie Weihnachtsbäume aussehen.

»Hier, bitte.« Ich stelle den Topf vor ihr ab. Anna taucht die Struffoli – unsere vorletzte Ladung – vorsichtig in den Honig und nickt erst zu mir und dann in Richtung Herd. »Ob du es diesmal hinkriegst?«, fragt sie grinsend. Sie hatte mir die zweite Ladung Struffoli anvertraut, die ich in einen riesigen Pfannkuchen verwandelte, weil ich sie zu früh aus dem Topf nahm. Wäre ich nicht ohnehin knallrot im Gesicht, weil ich ihr »Süßer« falsch verstanden hatte, würde ich mich beim Gedanken an dieses Missgeschick in Grund und Boden schämen, während ich mich an die Zubereitung der letzten Ladung mache.

»Ich schaff das schon«, versichere ich ihr und laufe wieder um die Kochinsel herum, zurück zum Herd. »Keine Sorge.«

»Wenn du das sagst«, ruft sie mir hinterher.

»Und, wie läuft's?« Giovanni kommt in die Küche.

»Ich denke, ganz gut«, antwortet Anna, wobei sie die mit Honig überzogenen Bällchen mit Zucker und gehackten Mandeln bestreut. Ich versuche mich nicht davon ablenken zu lassen, dass ich jetzt viel mehr von ihrem Gesicht und ihrem Hals sehen kann, seit sie ihre Haare bei der Küchenarbeit zu einem Pferdeschwanz gebunden hat. Das ist allerdings *gar* nicht so einfach.

»Sie untertreibt total«, sage ich zu Giovanni, während ich rühre. »Sie schmecken fantastisch.«

Anna wirft mir einen entsetzten Blick zu. »Woher willst du das denn wissen?«

Ich versuche es mit einem gewinnenden Lächeln.

Sie kneift die Augen zusammen. »Du sollst *warten,* bis der Honig fest ist«, weist sie mich zurecht. »Als Italiener müsstest du das eigentlich wissen!«

»Ich konnte mich nicht beherrschen – sie rochen einfach so lecker.«

Giovanni sticht mit einer Gabel in eines der vor Anna liegenden Teigbällchen, schiebt es sich in den Mund und wedelt dann mit der Hand, weil es so heiß ist.

Anna hebt empört die Hände. »Seht ihr? Sie sind noch gar nicht fertig.«

»Aber Matteo … hat völlig recht«, erklärt Giovanni schluckend. »Sie sind sehr gut. Du kannst stolz darauf sein.«

Nun ist Anna diejenige, die rot wird.

Giovanni lässt seinen Blick zwischen uns hin und her wandern. Dabei lächelt er so schelmisch, dass ich befürchte, gleich wird er uns eine Frage stellen, die ich lieber nicht beantworten würde. *Also, was läuft da zwischen euch beiden?*

Er zeigt auf mich. »So wie du lächelst …« *O mein Gott.* »Macht dir das wirklich Spaß. Ist Kochen deine heimliche Leidenschaft?«

Vor Erleichterung sinke ich fast auf die Knie. »Nein, nein … wahrscheinlich bin ich schon immer gern Teil einer Gemeinschaft.« Obwohl zwei Leute nicht direkt eine *Gemeinschaft,* sondern eher eine *Partnerschaft* sind. Aber das spreche ich vor Anna lieber nicht aus.

Giovanni nickt und wendet sich dann an Anna. »Du bist wirklich begabt«, sagt er und gestikuliert neben seinem Kopf, als ob er die englischen Worte herausziehen wollte. »Du studierst Kochkunst, ja?«

»Ja.« Anna platziert ihre Struffoli gekonnt auf der

vierten Servierplatte und arrangiert die Bällchen so, dass sie wie die ausladenden Zweige eines Weihnachtsbaums aussehen. »Ich studiere an der *International Cooking School* in New York.«

Giovanni nickt, als ob er schon davon gehört hätte. »Italienisches Essen, italienische Lebensart … Magst du das besonders?«

Ohne ihre Tätigkeit zu unterbrechen, antwortet sie: »Auf jeden Fall. Ich meine, ich bin da wahrscheinlich ein bisschen vorbelastet wegen meiner italienischen Vorfahren und so, aber …« Sie schaut lächelnd zu ihm hinüber und wendet sich dann dem vierten Baum zu. »Es macht mir einfach besonderen Spaß.«

Als er nicht hinsieht, stibitzt Giovanni ein weiteres Bällchen. »Dann solltest du aber nicht in New York studieren, sondern hier.«

Anna stöhnt auf. »Ach ja, das würde ich ja gern. Aber leider hab ich die Bewerbungsfrist für ein Auslandssemester an der *Scuola di arti culinarie* verpasst.«

»*Scuola di arti culinarie?*«, fragt Giovanni. »Das ist eine sehr gute Schule.«

Anna unterbricht ihre Arbeit und macht den Eindruck, als wäre sie seltsam unzufrieden mit Baum Nummer vier, obwohl er absolut köstlich aussieht. »Das habe ich auch gehört.«

»Warum hast du dich denn nicht rechtzeitig beworben?«

Sie schüttelt den Kopf, wobei sich eine Locke aus dem Pferdeschwanz löst und ihre sanft gerundete Wange umspielt. »Ich hatte es nicht auf dem Schirm«, erklärt sie, doch als sich unsere Blicke begegnen, verzieht sie das Gesicht. »Nein, das stimmt nicht. Ich bin damals nicht auf die Idee gekommen, dass ich tatsächlich gut genug sein könnte. Deshalb hab ich's gar nicht erst versucht. Schwerer Fehler …«

Giovanni nickt und lächelt verhalten. »Und? Ist dein Selbstvertrauen inzwischen gewachsen?«

Anna nickt heftig. »Oh, und wie. Jetzt weiß ich, dass ich in diesem Kurs *locker* mithalten könnte. Das habe ich hier in Rom gelernt – dass ich gut genug bin und mir ruhig was zutrauen kann.«

Unweigerlich sieht Anna zu mir, woraufhin ich ganz verlegen werde und umgehend Ausschau nach einer weiteren Aufgabe halte. Ich bekomme ganz rote Flecken an Wangen und Hals, als ich darüber nachdenke, dass wir an diesem Wochenende praktisch die gleiche Lektion zu lernen hatten.

Aber nur einer von uns wird sie erfolgreich abschließen.

In der Küche ist jetzt nichts weiter zu tun, und als ich zu Giovanni schaue, sehe ich wieder seine Augen blitzen und das verhaltene Lächeln seinen Mund umspielen. »Vielleicht kann ich dir ja behilflich sein.«

Anna sieht ihn fragend an. »Wie meinst du das?«

»Na ja, rein zufällig kenne ich eine Dame in der Zulassungskommission …«

Anna macht wohl genau das gleiche skeptische Gesicht wie ich, denn Giovanni muss daraufhin lachen. »Keine

Sorge, alles ganz harmlos. Sie ist eine alte Freundin unserer Familie, ich kenne sie seit Jahren. Schon viel länger als …« Er macht eine Geste, die anzeigen soll *Ihr wisst schon*.

Ja. Wir wissen Bescheid.

»Ich könnte sie bitten, dass sie vielleicht ein gutes Wort für dich einlegt, wenn du Interesse hast«, schlägt er Anna vor. »Ich bin mir sicher, dass sie eine verspätete Bewerbung noch annehmen wird, wenn ich sie ankündige.«

Anna ist erst einmal sprachlos und bringt nur kurze krächzende Laute hervor. Ihr Gesicht hellt sich kurzzeitig auf, trübt sich dann jedoch wieder ein. »Tja, da gibt es eine Menge zu bedenken. Also, das müsste ich erst mal zu Hause mit meinen Dozenten besprechen … und meinen Eltern schonend beibringen, dass ich vielleicht für eine Weile weggehe. Das wird für sie bestimmt …« Unsere Blicke treffen sich. »Was ist denn? Warum siehst du mich so an?«

»Weil du dich gerade herauszureden versuchst. Du befürchtest schon wieder, dass du nicht gut genug bist«, teile ich ihr mit.

Giovanni zeigt auf die Reihe mit den Weihnachtsbäumen aus Teigbällchen. »Aber du bist *eindeutig* gut genug, Anna … Zweifle nicht an deinem Talent. Weißt du noch, was ich gesagt habe, warum ich nicht mehr backe?«

Sie nickt. »Weil es immer nur für Aurora war?«

»Richtig«, antwortet er. Er zupft ein paar Struffoli aus dem ersten Baum und lässt sie in seinem Mund verschwinden. Dann verzieht er ihn zu einem breiten Grinsen. »Deine sind eindeutig für alle da. Du musst sie mit anderen teilen.«

Anna senkt den Kopf, als ob Giovannis Lob zu viel für sie sei. Ich muss lächeln, als mir bewusst wird, wie verrückt es ist, dass ich diese Amerikanerin nach einem einzigen Tag schon so gut zu kennen glaube, dass ich genau weiß, was sie jetzt denkt und was sie so glücklich macht.

Ihre ganzen Anstrengungen waren nicht umsonst.

»Du musst unbedingt wiederkommen«, fährt Giovanni fort. »Versuch so viel zu lernen wie möglich. Ich schreibe dir meine Mailadresse auf, und wenn du dich dazu entschließt, dass ich Kontakt mit der Schule aufnehmen soll, gibst du mir einfach Bescheid.«

Ich richte den Blick auf den Herd, damit man mir nicht allzu deutlich ansieht, wie sehr mich der Gedanke *begeistert,* dass sie vielleicht bald wiederkommt. Dieser Tag erweist sich wohl doch noch als Glücksfall …

Bis Anna plötzlich ausruft: »Oh, Mist!«

Ich fahre herum und sehe, wie Anna hektisch auf die Uhr über der Tür zeigt. »Ich hab total die Zeit vergessen. Es ist schon Viertel vor vier. Die Hochzeit beginnt in fünfzehn Minuten!«

15

Anna

16:15 Uhr

Eilig verpackten wir die Struffoli in Plastikdosen, um sie zum Auto zu transportieren. (Aurora half uns dabei, denn Giovanni weigerte sich immer noch, etwas davon anzurühren!) Mir war klar, dass die Trauung inzwischen nicht mehr zu schaffen war, hoffte aber, wenigstens das Dessert noch rechtzeitig zur Feier zu bringen.

Vorausgesetzt, es übersteht die Fahrt – denn Matteo nimmt die engen Kurven durch die steilen Berge ausgesprochen rasant und verringert das Tempo nur, wenn er einem entgegenkommenden Fahrzeug ausweichen muss. Ich sitze hinten und halte die Plastikdosen mit ausgestrecktem Arm fest. Dazu muss ich mich nach vorn beugen und den Kopf gegen die Rückenlehne des Vordersitzes stützen, wodurch ich sämtliche Bodenwellen besonders deutlich spüre.

Als sich das Licht im Wagen plötzlich verdunkelt und Matteo deutlich langsamer in eine enge, zu beiden Seiten von Mauern eingefasste Straße einbiegt, hebe ich den Kopf. Links und rechts sehe ich zahlreiche Geschäfte und Cafés, und Passanten schlendern umher, ohne auf den

Lancia zu achten, der über das Kopfsteinpflaster poltert. Typisch Italien!

»Wir sind da«, verkündet Matteo, als sich vor uns eine Piazza auftut, an die eine steinerne Kirche angrenzt. Ich zeige auf das benachbarte Ristorante *Casa del cuore*. Matteo steuert darauf zu und hält mit laut quietschenden Reifen davor an, sodass das Personal drinnen vor Schreck zusammenzuckt. Ein stämmiger Mann mit Frack und Zylinder – vermutlich der Gastwirt – kommt heraus und will sich beschweren. Auch ohne nennenswerte Italienischkenntnisse verstehe ich, dass er uns mitteilt: *Geschlossene Gesellschaft – kein Zutritt.* Doch Matteo springt rasch aus dem Auto und erläutert die Situation. Dabei zeigt er auf mich und die Plastikdosen auf dem Rücksitz. Aus seinem ernsten Tonfall kann ich nicht ablesen, ob er gerade von den verrückten vierundzwanzig Stunden berichtet, die hinter uns liegen, oder auf die nostalgische Bedeutung des Desserts für den Bräutigam verweist – auf jeden Fall ist alle Feindseligkeit plötzlich wie weggeblasen, und der Wirt beauftragt drei Kellner, mit ihm die Dosen hineinzutragen.

»Ich suche noch einen Parkplatz«, sagt Matteo, als er zurück zum Lancia kommt. »Geh du schon mal in die Kirche.«

Ich renne quer über den Platz und bin einerseits dankbar für meine Laufschuhe, und andererseits schäme ich mich dafür, weil sie natürlich alles andere als hochzeitstauglich sind. Aber wenigstens komme ich damit sicher über das vereiste Kopfsteinpflaster. Denn eine bewusstlose Person in Jeans und Pullover können Charlotte und Anthony auf ihren Hochzeitsfotos nun bestimmt nicht gebrauchen. Ich umrunde den riesigen Weihnachtsbaum etwas zu knapp, sodass ich ein paar Zweige berühre und damit die daran hängenden Glöckchen in Bewegung versetze. Heftiges Geklingel begleitet mich bis zur Kirchentür, die ich beherzt aufreiße …

»Willst du, Anthony …«

O nein. Ich hatte mit einer Art Vorraum gerechnet – doch stattdessen stürme ich durch die Tür direkt ins Kirchenschiff und unterbreche damit die gerade stattfindende Trauzeremonie. Die gesamte Gemeinde dreht sich um – bis auf Braut und Bräutigam, die vor dem Priester stehen, sich an den Händen halten und den Blick nicht voneinander wenden. Übertrieben theatralisch deute ich an, wie leid mir meine Störung tut, und suche mir dann so unauffällig wie möglich einen Platz in der leeren letzten Reihe – in der Hoffnung, dass mein rot glühendes Gesicht nicht dazu führt, dass ich spontan in Flammen aufgehe. Mein einziger Trost ist, dass ich während des Trauversprechens hereingeplatzt bin und nicht an der Stelle, als der Priester die versammelte Gemeinde fragt, ob jemand rechtmäßige Einwände gegen die Ehe von Charlotte und Anthony vorzubringen habe.

Der Priester räuspert sich, um die Aufmerksamkeit zurückzugewinnen. Alle Blicke bewegen sich langsam wieder in Richtung Altar. Zuletzt auch der von Stephen, der wie die beiden anderen Trauzeugen einen beigefarbenen Anzug trägt. Er sieht einige Sekunden lang zu mir, und trotz der Verlegenheit über meinen unpassenden Auftritt bemerke ich irritiert, dass er Tränen in den Augen hat.

O nein. Ob er mich vermisst? In diesem Moment wird mir bewusst, dass auch ich ihn vermisst habe, aber auf andere Weise. Eher wie einen Bruder oder besten Freund. Ich bin so sicher wie noch nie, dass wir nicht mehr zusammengehören.

Doch dann fällt mir Stephens Nachricht von heute Morgen ein: *Du fehlst mir. <3*

Ob er will, dass wir wieder ein Paar werden?

Sobald Charlotte und Anthony zu Mann und Frau erklärt wurden, stehle ich mich aus der Kirche, damit die offiziellen Hochzeitsfotos nicht durch ein übermüdetes, zerzaustes Mädchen im grellvioletten Pullover mit unklarem Beziehungsstatus ruiniert werden.

Die schwere Holztür öffnet sich und fröhlicher Lärm dringt aus der Kirche und hallt in der kalten Luft auf der Piazza wider. Charlotte und Anthony treten Hand in Hand als Erste heraus, gefolgt von der übrigen Festgesellschaft, die gemeinsam vor dem Portal Aufstellung nimmt. Ich sehe Jess an der Seite von Luke, dem älteren Bruder und Trauzeugen von Anthony. Als sie mich sieht, winkt sie mir zu.

Ich winke zurück, deute auf meine Kleidung und forme mit den Lippen: *Tut mir leid.*

Sie schüttelt den Kopf und signalisiert: *Alles gut,* wobei sie auf das Brautpaar deutet und mir ihren hochgestreckten Daumen zeigt. So glücklich, wie sie aussehen, ist nicht davon auszugehen, dass ihr großer Tag ruiniert ist – und wenn sie dann hinüber ins Restaurant kommen und sehen, dass tatsächlich ihre besonderen Struffoli serviert werden, dürfte nicht mehr viel fehlen, um ihn als »perfekt« einzustufen. Ich bin so erleichtert, dass ich wahrscheinlich beinahe so strahlend lächele wie sie …

… bis mein Blick auf Stephen fällt, der Arm in Arm mit der dritten Brautjungfer dasteht, einem kleinen burschikosen Mädchen mit violettem Pixie-Cut. Als er mich sieht, sagt er etwas zu ihr und kommt dann auf mich zu. Seine Augen sind gerötet, als ob er geweint hätte, und mir rutscht das Herz in die Hosentasche. Ob es ihn sehr traurig macht, wenn ich ihm sage, dass ich in Rom jemanden getroffen habe, der vielleicht ein gutes Wort für mich einlegen kann, damit ich für länger hierherkommen kann? Ob er sich dann von mir wieder im Stich gelassen fühlt?

Stephen bleibt kurz vor mir stehen, ringt nervös die Hände und will sie in die Taschen stecken, bis er es sich anders überlegt und sie unsicher an den Seiten herunterhängen lässt. Als ich das sehe, zuckt es mir in den Fingern, um instinktiv seine leicht schief sitzende Krawatte zu richten. Aber das ist nicht mehr mein Part.

»Hey«, begrüßt er mich.

Ich nicke ihm zu. »Hey.«

»Ich hab gehört, dass du gestern auf 'nem kleinen Abenteuertrip warst.«

Ich nicke erneut – vorsichtig, um nicht ungewollt in etwas hineingesogen zu werden und unbemerkt abzunicken, dass wir unbedingt wieder ein Paar werden und die Trennung rückgängig machen müssen, wodurch sich unversehens eine neue Hürde vor meinen Träumen und Plänen auftut.

»Können wir reden?«

»Äh, ja ... klar.« Ich spüre ein Ziehen im Herzen. Will er dieses Gespräch wirklich hier und jetzt führen, bei der Hochzeit seines Freunds? Okay, die anderen Gäste sind gerade nicht in der Nähe, sondern auf der anderen Seite des Platzes, auf dem Weg zum Restaurant. Trotzdem empfinde ich den Zeitpunkt als unpassend. Und falls ich tatsächlich den Mut fasse, ehrlich zu ihm zu sein und ihm alles das zu sagen, was mir seit unserer Trennung klar geworden ist, werde ich ihm damit noch einmal das Herz brechen. Und das wird noch viel schlimmer als beim letzten Mal im Flugzeug.

Stephen schaut hinunter zu seinen Füßen und reibt sich den Nacken – eine Geste, die angesichts seiner festlichen Kleidung noch unbeholfener wirkt. »Ich hab's jetzt begriffen.«

Damit habe ich nicht gerechnet, sodass ich einen Moment brauche, um seine Worte zu deuten. »Was meinst du denn?«

»Ich hab viel nachgedacht über Liebe, Ehe und wie *sehr* ich mir das wünsche ...«

Oh, Mist, das klingt nicht danach, als ob er irgendetwas »begriffen« hätte.

»... aber ich will es nur mit einer Partnerin, die sich das genauso wünscht, und zwar mit mir.«

Sein Gesicht sieht dabei traurig aus, aber zusätzlich spricht jetzt daraus noch etwas anderes. Verständnis.

»Ich konnte ganz aus der Nähe beobachten, wie Charlotte und Anthony sich angesehen haben«, fährt er fort und zeigt dann lachend auf seine geröteten Augen. »Da bin ich ganz sentimental geworden … weil mir klar geworden ist, wie sehr ich mich nach einem solchen Blick sehne. Verstehst du? Und wenn ich ehrlich bin, ist es schon ziemlich lange her, dass du mich so angesehen hast. Und das tut ziemlich weh … denn ich hab dich wirklich geliebt. Vermutlich tue ich das immer noch. Aber ich hab jetzt verstanden, dass es dir wohl anders geht. Weil du dir jemanden wünschst, der dich ergänzt und dich in deinen Stärken fordert. Das konnte ich nie, weil du Dinge verwirklichen willst, die mir fremd sind. Und ich strebe nach Sachen, die du nicht nachvollziehen kannst. Es tut mir leid, dass ich so lange gebraucht habe, um das zu erkennen.«

Ohne darüber nachzudenken, nehme ich seine Hand, weil das jetzt gar kein Problem mehr ist. »Mir tut es *auch* leid«, antworte ich, »dass ich nicht … früher ehrlich zu dir gewesen bin. Es war nicht okay, dass ich schon länger Zweifel hatte und so getan habe, alles wäre in bester Ordnung.«

Er lächelt. »Das verzeih ich dir, wenn du mir verzeihen kannst.«

»Deal.« Ich gehe auf ihn zu und umarme ihn freundschaftlich.

So stehen wir einfach da und nehmen nur diesen Moment wahr. Das offizielle Ende unserer Beziehung. Zum allerersten Mal bin ich in seiner Gegenwart richtig entspannt.

Weshalb es ganz schlechtes Timing ist, dass ausgerechnet jetzt Matteo in meinem Blickfeld auftaucht.

Stephen spürt, wie ich in seinen Armen verkrampfe. Er beugt sich zurück, sieht mich fragend an und folgt dann meinem Blick in Richtung des attraktiven, durchtrainierten Italieners, der unterhalb der Treppe herumsteht.

»Entschuldigung«, sagt Matteo und hebt die Hand.

Stephen lässt mich los und schaut zurück zu mir. »Wer ist das denn?«

»Das ist Matteo«, antworte ich und fange sofort an zu labern. »Ich hab ihn gestern in Rom getroffen. Er hat mir die Stadt gezeigt und mir geholfen, Giovanni zu finden. Durch den Schneesturm sind heute alle Züge ausgefallen, deshalb hat er mich hierhergefahren. Also, wir haben nichts miteinander oder so …«

Stephen lacht und drückt leicht meine Schulter. »Weiß ich doch.«

»Hey, Stephen!«

Anthony löst sich aus einer Gruppe in der Mitte des Platzes und winkt Stephen zu sich herüber.

»Wir machen jetzt Fotos – bist du so weit?«

Stephen nickt. »Komme sofort.«

Wieder sieht er mich an. Es folgt eine wortlose Konversation: Zuerst sehe ich ihn mit zusammengekniffenen Augen an, und er nickt, dann lächle ich verhalten, und er antwortet mit einem Augenzwinkern.

Wirklich alles okay mit dir?

Ja.

Wir kriegen das schon hin …

Genau.

Dann läuft er die Treppe hinunter und eilt dem Fotografen hinterher. Traurigkeit macht sich in meinem Herz breit und Tränen steigen mir in die Augen. Obwohl ich auch irgendwie erleichtert bin, dass Stephen und ich uns jetzt endgültig getrennt haben, geht damit doch ein wichtiges Kapitel in meinem Leben zu Ende.

Und vielleicht kommt das nächste ja gerade die Treppe herauf.

16

Matteo

17:00 Uhr

Ich fühle mich ein klein wenig underdressed«, raune ich Anna zu, die mir zunickt, während wir zusehen, wie sich die *Casa del cuore* immer mehr mit Hochzeitsgästen füllt, die an ihrem Prosecco oder Cocktail nippen. Das Brautpaar ist mit den Angehörigen noch beim Fototermin. Lauter Herren in schicken Anzügen und Damen in umwerfenden Kleidern – und dazwischen Anna und ich, denkbar unpassend gekleidet. Ich bin deutlich angespannter als noch vor einer halben Stunde, als ich vor der Kirche aufgetaucht bin und Anna und Stephen in einem sehr privaten Moment überrascht habe. Als ich das Erstaunen und später die Erkenntnis in Stevens Gesicht sah, war mir das unweigerlich peinlich, als ob ich so etwas wie »der Andere« wäre.

Seitdem muss ich pausenlos daran denken, wie sehr ich die letzten vierundzwanzig Stunden mit ihr genossen habe und dass es mir gar nichts ausmachen würde, der Andere – oder vielmehr der Eine – in ihrem Leben zu sein. Ich wüsste so gern, wie sie darüber denkt und ob ihr die letzten beiden Tage genauso viel Freude gemacht haben wie mir.

»Da ist sie ja, unsere Retterin!« Jess löst sich aus der Gruppe um das Brautpaar, die gerade in Richtung Restaurant gelaufen kommt. Sie stürmt direkt auf Anna zu und nimmt sie ganz fest in den Arm. »Ich kann's gar nicht glauben, dass du die Struffoli tatsächlich aufgetrieben hast. Wie hast du das denn hingekriegt?«

»Na ja, ich …« Anna sieht zu mir herüber, und ich muss mir von innen auf die Wangen beißen, um nicht total albern zu grinsen. »Ich hatte da ein bisschen Hilfe …«

Daraufhin fällt Jess auch *mir* noch um den Hals. »Ihr beide habt diesen Tag gerettet.«

Ich widerstehe dem Impuls, etwas so Banales zu erwidern wie *Das ist mein Job,* weil ich einerseits nicht annehme, dass Jess die Serie B verfolgt, und falls doch … will ich das ja eigentlich gar nicht mehr, oder?

»Dürfte Matteo noch mit zum Essen bleiben?«, fragt Anna nach. Ich will widersprechen, doch Jess versichert, dass es gar kein Problem sei, weil vier ihrer »unzuverlässigen« Cousinen den Weg aus England nicht gefunden hätten, worüber ihre Mutter »meeeegaverärgert« sei. Dann lässt sie uns beide allein. In diesem Moment kommt ein Kellner mit Prosecco vorbei. Ich nehme zwei Gläser von seinem Tablett und reiche Anna eins davon.

»Worauf trinken wir?«, fragt sie, und ich erstarre, weil ich die ganze Zeit nur daran gedacht habe, wie sehr wir beide uns diesen Drink verdient haben.

Doch dann fällt mein Blick auf das Brautpaar, das inmitten einer kleinen Gruppe steht und sich immer wieder so liebevoll anlächelt, dass es total ansteckend ist. Mit ihrem

Glück machen die beiden alle anderen glücklich. Das ist echte Liebe, und in diesem Augenblick wird mir klar, warum wir alle derart versessen auf einen Menschen an unserer Seite sind, mit dem wir unsere Freude teilen können ...

Trotzdem fällt es mir nicht ganz leicht, Anna zu antworten: »Auf die Liebe?«

Sie starrt mich einen Moment lang an und wird ein wenig rot, sodass ich befürchte, etwas Falsches gesagt zu haben.

»Ich meine, auf ihre Liebe«, schiebe ich deshalb hinterher und zeige auf das Brautpaar. »Natürlich ...«

»Ich weiß schon, was du meinst.« Sie hebt ihr Glas und hat dabei ein versonnenes Lächeln im Gesicht und ihre Augen glänzen sanft. »Auf die Liebe.«

Wir stoßen an und trinken.

18:04 Uhr

Ich halte mich das gesamte Abendessen über und bis zum Ende der ersten Rede – von Luke, dem Bruder und Trauzeugen des Bräutigams – an meinem Glas Prosecco fest. Immer wenn der Kellner an unserem Tisch vorbeikommt, schüttele ich den Kopf. Am Ende der zweiten Rede – gehalten von Jess – erhebe ich ein Glas Wasser. Ich hoffe, das gilt nicht als schlechtes Omen!

Nun steht Charlotte auf. »Ich werde jetzt etwas sehr Heikles versuchen«, verkündet sie und hantiert mit mehreren A4-Blättern. »Ich werde meine Rede nämlich zur Hälfte auf Italienisch halten ...«

Gemurmel – erstaunt und angetan – erhebt sich unter den Gästen.

Charlotte deutet auf einen der Tische vor sich, an dem eine Gruppe von älteren Leuten sitzt. »Anthonys Familie hat uns in den letzten drei Wochen so herzlich empfangen, dass ich sie gern direkt ansprechen möchte. Das einzige Problem ist allerdings, dass ich erst seit einem Jahr Italienisch lerne, sodass dieser Versuch mehr als gewagt ist …«

Damit hat sie die Lacher auf ihrer Seite. Anna lehnt sich ein wenig zurück, sodass sich ihr Kopf nun direkt über meiner Schulter befindet. Sie schaut zu mir und flüstert: »Jetzt brauche ich dich wieder als Dolmetscher.«

Ich wage es nicht, mich zu bewegen, denn wenn ich mich zu ihr drehe, würden meine Lippen ihre Stirn berühren. Deshalb nicke ich nur, wobei ihr Haar meine Wange streift.

Charlotte beginnt mit ihrer Rede, zunächst auf Englisch. Sie sagt viele wunderbare Sachen – dass sie zum Beispiel hofft, auf diesen ersten Tag werden noch viele weitere folgen, und dann erzählt sie eine ganz bezaubernde Geschichte, wie Anthony und sie am Tag ihres Kennenlernens überraschend einen Hund adoptierten.

Sie ergreift Anthonys Hand und sagt direkt an ihn gewandt: »Ich habe oft gedacht, wie gern ich schon damals gewusst hätte, dass ich gerade den Mann getroffen habe, mit dem ich den Rest meines Lebens verbringen werde. Aber jetzt, wo wir unser gemeinsames Leben tatsächlich beginnen, wird mir klar, dass ich mich geirrt habe.

Denn wenn ich gewusst hätte, was ich heute weiß, hätte ich nicht die Freude gehabt, wiederzuentdecken, wie sehr ich jemanden lieben kann, was ich beinahe jeden Tag erlebt habe, seit wir zusammen sind …«

Ein gerührtes *Aaaahhh* geht durch die Menge, untermalt von vereinzeltem Applaus.

Charlotte lächelt verschmitzt. »Den Entschluss, uns für sechs Monate zu trennen, klammern wir hier mal eben aus.«

Die gesamte Gesellschaft bricht in Gelächter aus. Anthony schlägt neben ihr im Spaß die Hände vors Gesicht und Luke stößt ihn gut gelaunt an.

Nun wechselt Charlotte unsicher und stockend ins Italienische. Ich beuge mich nach vorn, damit ich Anna das Gesagte wiedergeben kann. Dabei steigt mir der Duft ihrer Haare zu Kopf, als ob ich wesentlich mehr als nur einen Prosecco getrunken hätte.

Da Charlotte alles andere als fließend spricht, komme ich problemlos mit: »Es bedeutet mir sehr viel, dass wir hier heiraten, denn hier hat Anthony seine Wurzeln. Er ist zwar nicht hier aufgewachsen, aber er hat mir oft erzählt, wie wichtig ihm seine italienische Herkunft ist. Und dieser Mensch hat mir an einem kalten Adventsabend in New York praktisch das Leben gerettet. Ich bin mir sicher, dass ihr alle die Geschichte kennt …«

Nach der Heiterkeit der älteren Herrschaften am Tisch vor ihr zu urteilen, ist davon auszugehen, dass diese Geschichte in der Familie schon oft erzählt wurde.

»Ohne ihn wäre ich niemals nach New York gezogen,

hätte auch nicht meinen Traum wahr gemacht, Journalistin zu werden, und würde jetzt nicht für die Nummer 37 der meistbesuchten Nachrichtenseiten im Großraum New York schreiben«, witzelt Charlotte und macht dazu ein ironisches Gesicht, was wiederum allgemeine Heiterkeit hervorruft. (Zumindest bei allen, die Italienisch sprechen!)

»Das alles war mir nur möglich, weil ich diesen Mann an meiner Seite hatte. Ein Mann, der mich wieder aufgerichtet hat, als ich es nötig hatte, und keinerlei Erwartungen an mich gestellt hat, außer immer ich selbst zu sein. Und ich kann euch versichern, auf diese Weise entdeckt man garantiert, wer man wirklich ist.«

Als ich spüre, wie Anna erstarrt, wird mir bewusst, dass ich irgendwann im Laufe der Rede meine Hand auf ihre Schulter gelegt habe und sie nun sanft drücke, während ich darüber nachdenke, wie sehr sich Charlottes Rede auch auf uns beide beziehen könnte.

Anna kam an einem Tag in mein Leben gewirbelt, als ich das Gefühl hatte, mein Leben sei mehr oder weniger vorbei. Sie hatte keine Ahnung, wer ich bin, wusste nichts vom *Frosinone-Flop* und hat einzig und allein von mir verlangt, ich selbst zu sein. Jetzt, einen Tag später, habe ich dieses Tief hinter mir gelassen – und bin ihr unendlich dankbar dafür.

»Alles okay?«, erkundigt sie sich und sieht mich an, während wir Charlotte am Ende ihrer Rede applaudieren.

»Entschuldige …« Ich ziehe meine Hand weg, nehme

mir eine Serviette vom Tisch und hoffe, dass Anna nicht nachfragt, warum mir bei einer Hochzeitsfeier die Tränen kommen.

»Das war eine wunderbare Rede, oder?«, murmelt sie und blickt zum Brauttisch, wo die Gäste gerade Schlange stehen, um den frisch Vermählten zu gratulieren. Ihre Augen … glänzen dabei feucht.

Sie ist also ebenfalls zu Tränen gerührt. Sofort schießen mir lauter Fragen durch den Kopf. Ob sie vielleicht das Gleiche gedacht hat wie ich? Aber eine fremde Hochzeit ist wohl der falsche Zeitpunkt, um über *so etwas* zu reden.

Sie betrachtet meine Hände, die ich auf den Tisch gelegt habe. Dabei kneift sie die Augen zusammen, als ob sie sich in der Tat auch eine von den Fragen stellt, die ich gerade nicht auszusprechen wage.

Als sie vorsichtig und tastend nach meiner Hand greift, beginnt mein Herz zu rasen, als ob der nächste Fallrückzieher anstünde.

Aber es fühlt sich gut – und irgendwie richtig – an, die Hand jenes Menschen zu halten, der in den beiden letzten verrückten Tagen an meiner Seite stand. Nachdem wir uns eine Weile angeschaut haben, müssen wir lachen, und ich spüre, wie sie meine Hand drückt, erleichtert und auch triumphierend. Was immer auch heute Abend noch passieren wird, auf jeden Fall können wir uns zugutehalten, dass wir direkt nach unserem Kennenlernen gemeinsam ein Ziel verfolgt haben. Und Erfolg dabei hatten.

Weil wir ein gutes Team sind.

17

Anna

18:21 Uhr

Möglicherweise bedauert Matteo nun das Händchenhalten, denn nachdem die Reden vorbei sind und das Dessert serviert wird, umklammere ich seine Finger derart fest, dass ich Angst habe, sie ihm zu brechen. Giovanni hat mich zwar für meine Arbeit gelobt, aber was, wenn außer ihm niemand damit zufrieden ist? Wenn nach diesem Abend alle Gäste konstatieren, dass es zwar eine *tolle* Feier war, die jedoch durch zweifelhafte Struffoli getrübt wurde?

Charlotte steht noch einmal auf und ergreift das Wort, als vier Kellner die aus Teigbällchen arrangierten Weihnachtsbäume hereintragen.

»Als Dessert gibt es etwas ganz Besonderes«, sagt sie an Mr. Monteleone, Anthonys Vater, gewandt, der drei Plätze vom Bräutigam entfernt sitzt. Zwischen ihm und seinem anderen Sohn, Anthonys Trauzeugen, befindet sich ein leerer Stuhl. Mr. Monteleone beugt sich nach vorn und sieht erstaunt zu, wie die Kellner das Dessert platzieren – jeweils eine Platte zu beiden Enden der Brauttafel. Er seufzt auf und ist sichtlich gerührt.

»Kurz nachdem ich nach New York gezogen bin«, spricht Charlotte weiter und tritt hinter ihren Schwiegervater, »hat mir Tommy die Geschichte von dem Abend erzählt, als er Isabella, Anthonys Mutter, in der Weihnachtszeit hier in Cortona, bei genau diesem Dessert, einen Heiratsantrag gemacht hat.« Sie legt Mr. Monteleone eine Hand auf die Schulter und sieht auf den leeren Platz. »Bedauerlicherweise durfte ich Isabella nicht mehr kennenlernen, aber ich habe schon seit Langem das Gefühl, sie zu kennen, weil sie in eurer ganzen Familie noch so präsent ist. Und ich wollte ihr so gern irgendwie meine Ehre erweisen …«

Sie zeigt auf die Struffoli – *meine* Struffoli. Mr. Monteleone hat nun tatsächlich Tränen in den Augen, wischt sich mit einer Hand über das Gesicht und greift mit der anderen nach Charlottes Hand. Anthony macht ein überwältigtes Gesicht und schüttelt leicht den Kopf, als ob er gar nicht glauben könne, dass Charlotte so etwas getan hat. Alle Anwesenden staunen, lächeln und legen die Hand auf ihr Herz, weil dies wirklich das Liebevollste ist, was die Braut für den Bräutigam und seine Familie tun konnte.

O Gott, ich hoffe nur, dass niemand etwas daran auszusetzen hat …

»Tja, das war gar nicht so einfach zu organisieren«, erklärt Anna, geht zu einem Ende des Tisches und ergreift die beiden Schaumlöffel neben den Serviertplatten. Sie lässt den Blick durch den Raum schweifen und zeigt dann mit einem der Löffel auf mich. »Unsere Freundin Anna hat ein *ziemliches* Abenteuer hinter sich, um diese Struffoli in Weihnachtsbaumform zu finden. Und wie ich von meiner Schwester gehört habe, hast du sie am Ende sogar selbst hergestellt. Stimmt's?«

Aus dem leichten Ziehen in meiner Herzgegend, das ich schon die ganze Zeit während Charlottes Worten gespürt habe, ist inzwischen ein handfester Schmerz geworden, und mir fehlen völlig die Worte. Deshalb nicke ich einfach nur und werde vor lauter Schreck immer kleiner, während ich Matteos Hand noch fester drücke.

Doch Charlotte strahlt noch viel heller als ihr Kleid. »Also, vielen Dank, liebe Anna. Von ganzem Herzen. Ich kann dir gar nicht sagen, wie toll ich es von dir finde, dass du solche Mühen für den Freund eines Freundes auf dich genommen hast.« Dann wendet sie sich an die gesamte Hochzeitsgesellschaft. »Anna ist offenbar nicht nur eine angehende Meisterköchin, sondern obendrein auch noch eine großartige Detektivin.«

Aus der Menge ertönt ein Vielfaches *Ooohh,* während sich alle Köpfe zu mir umdrehen.

»Der Schöpfer dieses ganz besonderen Desserts war ein reichlich mysteriöser Mann, beinahe so etwas wie ein Gespenst – doch davon ließ sich Anna nicht abhalten. Sie hat ganz Rom nach ihm abgesucht und ihn am Ende wirklich gefunden. Und zwar nur etwa fünfzehn Kilometer von hier entfernt.«

Die Gäste lachen. Ich versuche einzustimmen, bin aber immer noch viel zu angespannt. *Probiert doch erst einmal davon, bevor ihr euch bei mir bedankt!*

Charlotte setzt den Löffel an einem der Bäume an, und als ich Honig heruntertropfen sehe, möchte ich am liebsten triumphierend die Faust in die Höhe recken. Er ist nicht kristallisiert! Ich atme auf und lasse endlich Matteos Hand los, während Charlotte eine Platte zu Mr. Monteleone bringt und Anthony, Luke und Jess den anderen Gästen das Dessert servieren. Als alle Gäste versorgt sind, schlägt Matteo mit seiner Kuchengabel sacht gegen meine. Ehe er den ersten Bissen probieren kann, halte ich ihn am Handgelenk zurück.

»Warte noch«, murmle ich. »Für den Fall, dass …«

Er verdreht die Augen. »Ich hab doch schon davon gekostet, vergessen? Ich weiß, dass es großartig schmeckt.«

Unsicher sehe ich mich im Saal um, wo nichts weiter zu hören ist als das Klirren und Klappern von Besteck und Tellern … und anschließend Raunen und Gemurmel …

»Ich verstecke mich hinter dir«, flüstere ich Matteo zu, »ich halte das nicht …«

»Delizioso!«

Die Einheimischen, die Charlotte in der zweiten Hälfte ihrer Rede angesprochen hatte, lächeln beseelt und zeigen mit ihrer Gabel auf das Dessert. Am Brauttisch umarmt das Brautpaar gerade Anthonys Vater. Alle drei haben Tränen in den Augen. Ich kann zwar nicht hören, was sie sagen, aber es ist unverkennbar, dass Mr. Monteleone ihnen versichert, wie viel ihm das bedeutet. Charlotte legt die Hand auf ihr Herz und schüttelt den Kopf. Dann dreht sie sich um, lässt den Blick durch den Raum schweifen und hält nach jemandem Ausschau …

Sie entdeckt mich und wirkt dabei so beglückt, dass ich alle Aufregung vergesse, als sie mich zu sich heranwinkt.

»Das haben wir alles Anna zu verdanken«, verkündet Charlotte, als ich am Brauttisch ankomme.

»Na ja, ich hatte ein bisschen Unterstützung«, antworte ich und drehe mich kurz zu Matteo um. Er beobachtet das Geschehen von unserem Tisch aus und lächelt dabei versonnen. Ich habe keine Zeit, um darüber nachzudenken, was es mit diesem Lächeln wohl auf sich haben mag, denn in diesem Moment kommt Anthonys Vater auf mich zu und breitet die Arme aus, um mich an sich zu drücken. Das ist vielleicht das sonderbarste Erlebnis auf dieser ganzen verrückten Reise. Obwohl ich ihn schon seit Jahren kenne, war er eben immer ein Freund der Familie meines Freunds. *Mr.* Monteleone und nie im Leben Tommy. Er ist einer von den älteren Herren, die ich selbstverständlich grüße, wenn ich sie auf der Straße treffe. Aber das ist auch schon alles. *Niemals* wäre ich auf die Idee gekommen, ihn zu umarmen. Bis jetzt …

»Vielen Dank«, sagt er mit bebender Stimme. »Das ist … ich kann gar nicht … ach, es ist, als ob ein Teil von Isabella hier wäre, so wie es eigentlich sein sollte. Dir ist es zu verdanken, dass dieser Tag absolut perfekt ist.«

»Das freut mich so sehr«, erwidere ich und werde nun auch noch von Braut und Bräutigam umarmt, denen ich versprechen muss, dass ich ihnen irgendwann genau erzähle, was ich an diesem Tag in Rom erlebt habe – und im Gegenzug möchte ich von *ihnen* erfahren, wie es kam, dass sie am Tag ihres Kennenlernens einen Hund adoptierten.

»Einverstanden«, sagt Charlotte und legt ihren Arm um Anthony. »Diese Geschichte erzähle ich immer wieder gern.«

Anthony lächelt und deutet dann mit dem Kinn zu unserem Tisch. »Und wie sieht's bei dir aus, Anna? Vielleicht hast du ja deine ganz eigene Lovestory unterm Weihnachtsbaum zu erzählen. Aua!« Er lacht, als Charlotte ihn in die Hüfte kneift. »Ich mein ja nur …«

»Ich weiß auch nicht«, entgegne ich und muss mich zwingen, nicht nach hinten zu Matteo zu schauen. Denn damit würde ich mich verraten, falls Anthony das nicht längst getan hat. »Dieser Tag war so was von irre … Ich hab echt keine Ahnung, was eigentlich los ist.«

»Willst du es denn rausfinden?« Er macht jetzt ein ganz ernstes Gesicht.

»Ja, irgendwie schon.«

Ich nehme noch einige weitere Dankesbekundungen entgegen, lasse mich noch einmal von den beiden umarmen und gehe dann zurück zu meinem Tisch. Nun bin ich so sehr aus dem Häuschen, dass ich total unbefangen mehr oder weniger durch das Restaurant stolziere. Als ich mich wieder setze, merkt Matteo lachend an: »Ich hab dir doch gesagt, dass es großartig ist.«

»Ja, das stimmt.« Ich lehne mich auf meinem Stuhl ein Stück zurück, der immer noch in Richtung Brauttisch zeigt. Unsere Schultern berühren sich leicht.

Er rückt nicht von mir ab.

Als ich erneut die Hochzeitsgesellschaft betrachte, halte ich nicht mehr Ausschau nach angewiderten oder enttäuschten Blicken – denn es gibt gar keine. Ich sehe nur einen Saal mit lauter fröhlichen Menschen, die beim Essen miteinander plaudern, während sich der Bräutigam und seine Familie am Brauttisch eng mit einem fehlenden Familienmitglied verbunden fühlen, das sie jeden Tag so schmerzlich vermissen. Und nun soll mir noch einmal jemand erzählen, dass Essen keine magischen Kräfte besitzt.

Ich glaube, besser als in diesem Moment könnte ich mich nicht fühlen.

Zumindest so lange, bis ungefähr zehn Minuten später die Tische beiseitegeräumt werden, ein DJ in einer Ecke Aufstellung nimmt, das Brautpaar seinen Hochzeitstanz präsentiert und anschließend die Gäste animiert, mit auf das Parkett zu kommen.

Denn im nächsten Moment dreht sich Matteo zu mir und fordert mich zum Tanzen auf – und trotz allem, was gerade passiert ist, überkommt mich schlagartig ein Kribbeln bei dem Gedanken, dass wir gleich zum ersten Mal miteinander tanzen werden. Nun, da wir es rechtzeitig hierhergeschafft haben und die Struffoli serviert sind, kann ich mir endlich eingestehen, dass ich mich in Gegenwart von Matteo … ausgesprochen wohlfühle.

Es ist immer ein bisschen seltsam, zum ersten Mal mit jemandem zu tanzen (vor allem, wenn man praktisch gleich groß ist). Und noch *viel* seltsamer ist es, wenn keine drei Meter entfernt der eigene, noch *ganz* frische Ex-Freund tanzt. Doch Stephen wirkt kein bisschen eifersüchtig oder auch nur gekränkt, denn er tanzt gerade eng umschlungen mit Brautjungfer Diana. Offensichtlich bekommt er gar nicht richtig mit, dass ich in der Nähe bin, weil seine ganze Aufmerksamkeit ihr gilt.

»Bist du jetzt erleichtert?«, erkundigt sich Matteo.

Ich nicke, und mein Kopf fühlt sich plötzlich unendlich schwer an – denn ich kämpfe gegen den Impuls an, ihn an seine Schulter zu lehnen. Aber das wäre noch viel merkwürdiger als unser momentaner Blickkontakt. Ich sehe in seine Augen und suche nach einem winzigen Hinweis, dass er etwas von meinen Gefühlen teilt. Aber entweder lässt er sich nichts anmerken, oder mir fehlt einfach jegliche Intuition, denn ich habe nicht die leiseste Ahnung, was er wohl gerade denken mag.

»Oh, tut mir leid!«, rufe ich, als wir mit einem älteren Paar kollidieren. Sie murmeln etwas auf Italienisch, zeigen auf mich und gestikulieren anschließend etwas vage in den Raum, wo wir zuvor gesessen haben.

»Struffoli … *eccellente!* Sie … sehr gut backen.«

Ich deute eine kleine Verbeugung an. »Vielen lieben Dank. *Grazie, grazie.*«

Als sie weitertänzeln, grinse ich Matteo an. »Weißt du was? Ich hab in den letzten Tagen in diesem Land so viel Lob geerntet, dass ich es *kaum erwarten kann,* wiederzukommen.«

Und nun habe ich das Gefühl, mit einer Statue zu tanzen. Matteo sagt kein Wort, obwohl es um seine Mundwinkel zuckt, als ob er gern lächeln würde, sich aber nicht traut. »Willst du wirklich wiederkommen?«

»Ich ziehe es in Erwägung.« Umgehend verziehe ich das Gesicht, pruste los über diese viel zu förmliche Bemerkung und sehe dann Matteo entschuldigend an.

Doch Matteo verzieht keine Miene. Sein Blick wandert unruhig hin und her, als ob er etwas suchen würde.

»Was ist denn?«, frage ich ihn. »Du siehst aus, als ob dir irgendwas Kopfzerbrechen macht.«

Er nickt. »Ich hab überlegt, dich zu fragen, ob ich dich küssen darf.«

Ich suche krampfhaft nach einer lässigen Antwort, um ihn mit einem Witz zu ermutigen, nicht länger darüber nachzudenken, sondern es einfach zu tun, aber mein Gehirn hat auf einen Schlag die englische Sprache komplett vergessen.

Deshalb nehme ich stattdessen einfach sein Gesicht in meine Hände und spüre seine Bartstoppeln an den Handflächen, als ich ihn an mich ziehe und meine Lippen auf seinen Mund drücke. Dabei wird mir endgültig klar, wie gern ich genau das schon gestern getan hätte.

18:49 Uhr

Da wir beide keine großen Fans von öffentlichen Liebesbekundungen mitten auf der Tanzfläche waren, verdrückten wir uns recht schnell nach oben, auf einen Balkon mit Blick auf die Piazza. Es hatte leicht angefangen zu schneien und die Flocken wurden durch die Beleuchtung des Weihnachtsbaums in rotes, grünes und goldenes Licht getaucht.

Von alldem bekamen Matteo und ich allerdings hier oben nicht allzu viel mit. Es ist ein ganz anderes Gefühl, wenn man jemanden küsst, einfach um ihn zu küssen. Nicht weil man ihm seine Zuneigung zeigen will oder versucht, sich seiner Zuneigung zu versichern, sondern weil man sich einfach zu diesem Menschen hingezogen fühlt und ihn deshalb einfach *küssen möchte*. Es ist schon sehr lange her, dass ich zum letzten Mal so empfunden habe.

Alles fühlt sich so perfekt an, dass ich reichlich genervt bin, als sich mein Kopf einschaltet und daran erinnert, dass ich mich eigentlich noch um eine Sache kümmern muss. Deshalb stoße ich einen Seufzer aus, der alles andere als wohlig – und daher gerade äußerst unpassend – klingt.

Matteo weicht zurück. »Was ist denn?«

»Mir ist nur gerade eingefallen, dass ich den Mietwagen noch holen muss«, teile ich ihm mit, während wir uns immer noch an den Händen halten und uns in die Augen sehen. »Wenn ich ihn nicht aus dieser Schneewehe herausbekomme und schleunigst abgebe, dann ist meine Kaution dahin und damit mehr oder weniger mein gesamtes Geld. Allerdings habe ich schon Alkohol getrunken. Wie der letzte Idiot!« Zwar nur ein paar Gläser Prosecco, aber trotzdem … genug, um nicht mehr sicher fahren zu können.

»Also, ich habe mich die ganze Zeit an einem einzigen Glas festgehalten«, sagt er und drückt leicht meine Hände. Aufmunternd, aber nicht dominant. »Ich bin somit nüchtern. Lass uns an der Bar noch einen Kaffee bestellen. Dann fahre ich dich zu dem Wagen. Bis wir dort sind, sollte es ausreichen, dass du selbst zurückfahren kannst.«

Gemeinsam gehen wir zurück ins Gebäude und hinunter in die schicke Bar des Restaurants. Durch die Tür am hinteren Ende kann ich sehen, dass bei der Hochzeitsfeier noch allerbeste Stimmung herrscht. Matteo führt ein kurzes Gespräch auf Italienisch mit dem Barkeeper, der mir anschließend einen Espresso einschenkt und Matteo ein Glas Wasser hinstellt. Auf meinen fragenden Blick hin sagt er: »Ich hab nur ein Glas getrunken, erinnerst du dich?«

»Warum denn eigentlich?« Ich tippe gegen seinen Arm. »Kannst du nichts vertragen?«

Er kommt nicht dazu zu antworten, denn in diesem Moment wird die Tür aufgerissen, und ein Schwall aus Musik und Stimmengewirr dringt herein, ehe sie sich hinter einer kleinen Gruppe von lachenden und scherzenden Männern im Anzug wieder schließt. Angeführt wird die Gruppe von einem kleineren Mann mit grauen Haaren, die leicht wirr vom Kopf abstehen. Er ruft dem Barkeeper etwas auf Italienisch zu, der daraufhin nach der Fernbedienung greift und den in einer Ecke hängenden Fernseher einschaltet. Die Sendung scheint eine Art Sport-Talkshow zu sein, in der sich ehemalige Spieler über die heute aktiven Spieler austauschen. Die Männer nehmen an einem Tisch in der Ecke Platz, und einer von ihnen tritt an die Bar, um Getränke zu bestellen.

Als er uns bemerkt, muss er zunächst zweimal hinschauen. Zuerst denke ich, dass er mir vielleicht auch ein Kompliment für meine Struffoli machen will, doch dann erkenne ich, dass er vielmehr Matteo mustert, als ob er ihn … *erkennen* würde.

Nun fängt der Mann an, in rasantem Italienisch auf ihn einzureden, und da Matteo daraufhin erstarrt und den Kopf schüttelt, nehme ich an, dass es nichts Nettes ist.

»Was sagt er denn?«, murmle ich.

»Ach, nichts«, erwidert Matteo, »nur …«

Der Mann streckt den Zeigefinger aus. »Er Matteo Falco, *sì?*« Es ist mir zwar einigermaßen peinlich, aber ich kenne nicht einmal Matteos Familiennamen! Erst als der Mann sagt: »Frosinone!«, ahne ich, dass er den richtigen Matteo meint – und erinnere mich zudem, dass ich den Mann neulich schon an der Hotelbar gesehen hatte, als er Matteos Missgeschick live im Fernsehen verfolgte.

Der Mann sieht ihn fragend an. »Du hast Spiel heute Abend!«, sagt er schließlich auf Englisch. »20:45 Uhr!«

Matteo ist die Sache sichtlich unangenehm. »Sind Sie Anhänger von Frosinone?«

Der Mann deutet auf seine Freunde, die schon angeregt auf Italienisch miteinander diskutieren, wobei heftig in Richtung der TV-Gesprächsrunde gestikuliert wird (vermutlich nicht gerade freundlich?). »Wir kommen alle aus Frosinone«, erklärt er. »Wir schon als Kinder Fans.« Dann ruft er zu seinen Freunden hinüber, wobei ich die

Worte »Matteo« und »Frosinone« heraushöre. Innerhalb weniger Sekunden sind wir von der gesamten Gruppe umringt. Alle bedrängen Matteo.

»Was machst du hier?«, will der Erste von ihm wissen.

Ein dürrer, gestylter Kerl im beigefarbenen Anzug schlägt die Hände vors Gesicht. »Wir spielen heute gegen Cremonese. Das verlieren wir!«

Ein kleiner weißhaariger Mann ruft von ganz hinten: »Du bist wichtigster Spieler von ganze Mannschaft!«

Matteo schüttelt den Kopf. »Nein, das stimmt nicht. Sie können auch ohne mich gewinnen.«

Die Herren heben empört die Hände. »Panacci ist schon alt«, merkt der erste Mann an. »Er nicht mehr gut!«

»Salvatore ist einer der besten Spieler in Serie B.« Matteo kehrt der Bar den Rücken zu, greift nach seinem Wasserglas und versucht zu signalisieren, dass das Gespräch beendet ist.

Aber die älteren Herren sind hartnäckig – sie umringen und bedrängen ihn an der Bar und bombardieren ihn mit verärgerten Fragen.

»Warum hast du Team im Stich gelassen?!«

»Hat Raffaello dich gefeuert, nur wegen diesem Fehler?«

Betroffen starrt Matteo in sein Glas. »Nein, das nicht. Ich habe die Mannschaft selbst verlassen.« Er wirft mir einen schuldbewussten Blick zu.

»Aber warum?«, fragen die älteren Herren im Chor.

Matteos Kinnpartie zuckt wieder, und ich befürchte,

dass er jeden Moment ungehalten wird. Ich weiß zwar inzwischen, dass meine Struffoli gut angekommen sind, aber wenn ich jetzt an einer Kneipenschlägerei beteiligt bin, würde ich doch noch dafür sorgen, die Hochzeit nachhaltig zu *ruinieren.*

»Keine Sorge«, versichert er ihnen. »Das geht schon klar. Wir haben ja immer noch Lorenzo. Er sorgt dafür …«

Der Rest des Satzes erstickt in einem heftigen italienischen Wortgefecht, von dem ich so gut wie nichts verstehe, mir aber zusammenreime, dass dieser Lorenzo-Typ nicht sonderlich beliebt ist.

Das scheint Matteo nicht ungern zu hören. Immerhin hat er nun ein mildes Lächeln im Gesicht.

Der erste Mann zeigt Matteo seinen hochgestreckten Daumen. »Deine kleinen Aktionen im Spiel … sie sind ganz wichtig.«

Der weißhaarige Mann nickt. »Du musst unbedingt spielen«, verkündet er. »Wir wollen Serie A nächste Saison, ah?« Die anderen äußern ihre Zustimmung und stimmen dann jenes Lied an, das der jugendliche Aushilfskellner im *Giovanni* gestern schon Matteo vorgesungen hatte.

»Dai Frosinone …
vinci con la Forza del leone …«

Matteo wippt im Rhythmus mit und hebt dann die Hände. »Das ist wirklich nett von Ihnen. *Grazie.*«

Die Männer schütteln ihm noch einmal die Hand und reden ihm dabei erneut halb ermutigend und halb flehend ins Gewissen, ehe sie zurück an ihren Tisch vor den Fernseher gehen. Obwohl sie schon reichlich betrunken sind, fürchte ich, dass sie ihren Whiskey mit einem Bier auf ex hinunterspülen werden.

Matteo lehrt sein Wasserglas, lehnt sich dann gegen den Tresen und starrt ins Leere. Ich gebe ihm ein wenig Zeit.

»Alles okay so weit?«

Er schüttelt den Kopf. »Ich weiß nicht so recht.«

»Diese Fans scheinen mehr von dir zu halten als du selbst.«

Matteo lächelt verlegen. »Ich bin mir nicht so sicher, ob meine kleinen Aktionen auf dem Spielfeld wirklich *so* eine Rolle spielen.«

Ich sage eine ganze Weile nichts, bis er mich ansieht und mein empörtes Gesicht bemerkt. »Also komm …« Ich zeige zur ausgelassenen Hochzeitsfeier, auf die wir die letzten zwanzig Minuten kaum geachtet haben. »Sieh nur, was wir mit den Struffoli für die Hochzeit getan haben. Das war vielleicht nichts total Riesiges, aber wir haben uns echt angestrengt und damit ein paar Leuten wirklich eine große Freude gemacht. Und *diese* Freude hat sich dann auf die anderen übertragen, sodass ein ohnehin großartiger Tag zu etwas ganz Besonderem geworden ist – zumindest für das Brautpaar. Kleine Aktionen *können* total wichtig sein. Manche Sachen müssen gar nicht *perfekt* sein, um etwas zu bewirken. Vielleicht musst du überhaupt nicht der *Beste* sein oder der Auffälligste, sondern nur solide spielen und andere damit glücklich machen. Oder *dich selbst.* Ist das denn gar nicht wichtig?«

Er sieht mich an, weiß aber nicht so recht, was er sagen soll. Dann dreht er sich wieder zu den älteren Herren vor dem Fernseher um, wo gerade eine Zusammenfassung der vergangenen Spiele läuft. Dann starrt er auf seine Schuhspitzen und überlegt.

Und so verrückt es ist, weil ich ihn ja erst seit einem Tag kenne – als er den Kopf hebt und ich ihm wieder in die Augen sehe, weiß ich *genau,* was er tun wird.

Somit ist mir sofort klar, dass es noch ein paar Stunden dauern wird, ehe wir meinen Mietwagen abholen können.

18

Matteo

19:07 Uhr

Ich hole mein Handy heraus, das sich in meiner Tasche mittlerweile unerträglich schwer angefühlt hat – bleischwer durch viele weitere Nachrichten von meinen Teamkollegen, die im Laufe des Tages eingegangen sind. Als ich es einschalte, habe ich somit einiges zu erwarten …

Salvatore:
Kommst du wirklich nicht???

Luigi:
Wir machen uns Sorgen um dich! Der Trainer springt im Dreieck!

Lorenzo:
Keine Sorge, Matteo … Ich schieße mein 15. Tor nur für dich, du Loser.

Erneut werde ich ganz rot im Gesicht – diesmal allerdings nicht aus Verlegenheit, sondern vor Zorn. Ich stelle mir vor, wie selbstgefällig Lorenzo grinsen wird, wenn er sein Versprechen heute Abend wahr machen wird. *Ich werde ihm schon zeigen, dass ich kein Loser bin!* Die Uhr auf meinem Handy zeigt an, dass es erst kurz nach sieben ist – ich habe also immer noch Zeit … wenn ich genauso rasant fahre wie von Giovanni aus nach Cortona.

Als ich Anna ansehe, lächelt sie.

»Na dann, los geht's.«

Und schon überqueren wir im Laufschritt die Piazza. Jedes Mal, wenn ich auf dem vereisten Pflaster ausrutsche, bekomme ich einen Schreck, denn einen verstauchten Knöchel kann ich heute Abend nun ganz bestimmt nicht gebrauchen. Ich strecke den Arm nach hinten aus und ergreife Annas Hand, damit sie mit mir mithalten kann.

»Woher kommt dein plötzlicher Sinneswandel?«, ruft sie, während wir durch die enge Gasse rennen.

»Durch dich«, rufe ich zurück. »Ich habe das gestern nicht gleich verstanden, aber so, wie du in Maddalenas Küche alle motiviert hast … das war wie ein Mittelfeldspieler, der sein Team durch eine schwierige Phase lotst. Es hat mich total begeistert, dich dabei zu beobachten, aber womit das zusammenhing, hab ich eben erst kapiert: Du hast mich an mich selbst erinnert.«

Anna prustet los. Ich bin reichlich verlegen, als wir bei Julias Lancia ankommen.

»Das ist jetzt nicht egozentrisch gemeint.« Ich entriegele die Türen und wir steigen ein. »Ich habe gesehen, wie wohl du dich dabei gefühlt hast, als du tun konntest, was dir am

Herzen liegt und worin du einfach gut bist. Und jetzt wird mir auch klar, warum du dabei so glücklich warst – weil du einfach genau *wusstest,* was du tust. Dabei hast du eigentlich relativ einfache Sachen gemacht, überhaupt nichts Ungewöhnliches oder so, aber du wusstest genau, dass du es kannst und der Chor davon begeistert sein würde. Weil du deine Arbeit einfach liebst.«

»Das klingt jetzt zwar vielleicht ein bisschen verrückt, aber ich liebe *meine* Arbeit auch. Okay, ich schieße nicht allzu viele Tore – und bei meinem einzigen nennenswerten TV-Auftritt habe ich mir fast das Genick gebrochen –, aber dieser ältere Mann in der Bar hatte recht. Ich *bin* wichtig für die Mannschaft. Sie wird ohne mich vielleicht nicht gleich zum Totalausfall, aber wenn ich mit auf dem Platz stehe, gewinnen wir wesentlich mehr Spiele. Und wenn wir gewinnen, sind diese alten Fans glücklich …« Ich wende den Blick ab und frage mich, wie albern sich das wohl anhören mag.

»Und worauf wartest du dann noch?«, fragt sie und schnallt sich an. »Fahr los!«

Erst als ich den Zündschlüssel umdrehe, fällt mir ein: »Mist, dein Mietwagen!«

Sie legt ihre Hand auf meinen Arm. Ich sehe ihr in die Augen und erkenne, dass sie es versteht – dass sie *mich* versteht. Mein Herz rast nun noch ein wenig schneller. »Das reicht auch noch nach dem Spiel. Du musst das jetzt durchziehen.«

Ich parke den Lancia aus. »Nach dem Schlusspfiff machen wir uns sofort auf den Weg.«

»Geht klar.«

»Ich verspreche dir, dass ich vom Spielfeld direkt zum Parkplatz komme. Ich gehe nicht mal duschen!«

»Igitt!«

Tolle Fehlleistung mal wieder, Matteo. »Nein, nein, ich meinte …«

Ich spüre ihre Lippen auf meiner Wange, direkt neben dem Mundwinkel. Offenbar doch keine Fehlleistung.

Da glücklicherweise die *autostrada* immer noch so gut wie menschenleer ist – und ich Formel-1-verdächtig fahre –, schaffen wir es tatsächlich zehn Minuten vor dem Anstoß ins Stadion.

22:29+ Uhr
Frosinone 4 : 2 Cremonese
(87. Minute)

Lorenzo springt in die Höhe und setzt sich nach dem Eckstoß von Salvatore gegen den Verteidiger von Cremonese durch, verschätzt sich doch bei seinem Kopfball, woraufhin der Ball aus dem gegnerischen Torraum hinaussegelt. Einer ihrer Stürmer erobert ihn und startet einen Konter. Und obwohl ich diesmal in unserer Hälfte geblieben bin, um Angriffe abzuwehren, verliere ich das Laufduell gegen ihn. Hätte er nicht übermotiviert den Ball ins Aus geschossen, wäre das für uns äußerst gefährlich geworden. Wir hätten gut und gern ein drittes Tor kassieren können, was komplett meine Schuld gewesen wäre – und das lag nicht nur daran, dass ich mit Mühe und Not meine Stutzen anziehen konnte, ehe mich Raffaello nach der Halbzeitpause widerwillig einwechselte.

Trainingsrückstand und ungefähr 3000 Kilokalorien mehr als üblich intus sind vermutlich der Grund für meine Defizite. Aber immerhin kam ich ins Spiel, als es 2:2 stand, und danach haben wir noch zwei Tore erzielt. Okay, beide hat Lorenzo geschossen (sechzehn!), Aber damit kann ich heute Abend leben. Jetzt müssen wir nur noch die letzten Minuten überstehen, dann sind uns drei Punkte sicher, mit denen wir uns dann auf Platz drei unserer Liga hochgearbeitet haben.

Cremonese startet einen weiteren Angriff und deren Torwart schießt eine weite Bogenlampe in unsere Hälfte. Ich kläre mit einem Kopfball, ehe ein gegnerischer Spieler den Ball annehmen kann.

Ihr Mittelfeld lässt den Ball laufen, spielt sich fünfmal, sechsmal zu und findet dabei einen Rhythmus. Während Salvatore versucht, in Ballbesitz zu kommen und kontinuierlich ihr Zuspiel stört, bin ich wachsam und behalte vor allem ihren Linksaußen im Auge, der an der Seitenlinie lauert und jederzeit droht, in unsere Räume einzudringen, sobald ein Steilpass gespielt wird. Nach dem achten und neunten Pass laufe ich mich frei und agiere vorsichtig, um niemandem zu zeigen, was ich vorhabe, und die Spieler von Cremonese in Sicherheit zu wiegen.

Nach dem zehnten Pass schalte ich mich entschlossen ein und grätsche in den gegnerischen Angriff, indem ich das rechte Bein ausstrecke und den Ball mit dem

Fuß stoppe. Dann rappele ich mich auf und befördere die Kugel sicher ins Seitenaus.

Anders als bei Lorenzos beiden Toren gibt es daraufhin kaum Applaus von unseren Fans. Einen Kurzpass auf der Mittellinie abzufangen, ist für die Zuschauer keine allzu spektakuläre Aktion. Vermutlich haben nur ganz wenige Leute überhaupt mitbekommen, wie prekär es hätte ausgehen können, wenn ich nicht rechtzeitig zur Stelle gewesen wäre.

Aber *ich* weiß genau, was hätte passieren können. Ich weiß, was ich in unser Team einbringe. Und im Moment spielt es für mich gar keine Rolle, wenn ich vielleicht nie den Sprung in Serie A schaffen werde, denn als der Schiedsrichter das Spiel abpfeift und ich zusammen mit meinen Teamkollegen zur Seitenlinie laufe, um unseren Fans – wie nach jedem Spiel – zu danken und ihnen Beifall zu klatschen, und dabei ihre Gesänge und Jubelrufe höre und das Lächeln in ihren Gesichtern sehe, während sie begeistert die Faust in die Luft recken, überkommt mich großer Stolz, dass wir sie glücklich gemacht haben. Ich bin in so guter Stimmung, dass ich erst nach ein paar Sekunden bemerke, dass Lorenzo neben mir steht und die Hand ausstreckt.

Ich schüttele sie, obwohl sich das ziemlich seltsam anfühlt.

»Gutes Spiel«, sagt er anerkennend – und es scheint ihm gar nichts auszumachen. »Danke für deine Vorlagen.«

»Keine Ursache«, antworte ich und klopfe ihm auf die

Schulter. Er läuft los in Richtung Kabine und ich drehe mich noch einmal um und freue mich erneut über die vielen lächelnden Gesichter.

Doch nun gibt es nur noch ein lächelndes Gesicht, das ich so schnell wie möglich sehen möchte …

Ich mache kehrt und laufe zur Spielerbank, die sich an der Mittellinie befindet, in etwa fünfzig Meter Entfernung. Doch schon von hier aus entdecke ich Anna, die direkt hinter dem Platz sitzt, wo ich die erste Halbzeit zugebracht hatte (sie durfte die Freikarte von Raffaellos Frau Carmella nutzen, die *nie* zu einem Spiel kommt). Alle Erschöpfung, die ich gegen Ende des Spiels empfunden hatte, ist auf einen Schlag verschwunden. Ich habe sogar noch genug Energie, die Strecke bis zu ihr zu sprinten.

Sie lacht, als ich über die Spielerbank auf die Tribüne klettere. Sie kommt die Treppe zu mir hinunter und wir treffen uns in der Mitte. Plötzlich herrscht in meinem Gehirn das reinste Chaos – ich überlege krampfhaft, was ich jetzt Geistreiches zu ihr sagen könnte, während ich mich im selben Moment etwas panisch frage, was sie wohl jetzt von mir denken mag, wenn sie mich nach dem Spiel so knallrot und verschwitzt vor sich sieht. Höchstwahrscheinlich habe ich auch noch Grasreste in den Haaren.

Mir fällt nur ein einziger Satz ein: »Du hast das geschafft.«

»Unsinn«, wehrt sie ab.

»Nein, das meine ich ernst.« Ich nehme ihr Gesicht in meine Hände, und mein Herz bekommt einen Höhenflug, als sie sich mir nicht entzieht, obwohl ich ihre Wangen mit Schmutz verschmiere. »Gestern hatte ich kapituliert. Weil ich nicht sehen konnte, welchen Beitrag ich leiste … Jetzt, wo ich es erkenne, bin ich …« Glücklicherweise ist Lorenzo schon in der Kabine verschwunden. Wenn er mich jetzt sehen würde, wie ich schniefe …! »Ich bin einfach nur glücklich … Zum ersten Mal seit sehr langer Zeit, und ich …«

Sie greift nach meinem Trikot und zieht mich an sich. Als wir uns küssen, frage ich mich, warum wir überhaupt damit aufgehört haben. Außerdem frage ich mich, wie ich auf die Idee kommen konnte, dass meine Stutzen mir irgendwie Glück bescheren könnten.

Denn ich habe doch die ganze Zeit nur Anna gebraucht.

Epilog

Anna

Sonntag, 12. April

Wenn mir voriges Jahr zu Weihnachten jemand gesagt hätte, dass ich dieses Frühjahr in Rom leben und tatsächlich an der *Scuola di arti culinarie* studieren würde, hätte ich ihn für verrückt erklärt. Vermutlich hätte ich die Idee toll gefunden und so, aber sie auf gar keinen Fall für eine reale Möglichkeit gehalten. (Herzlichen Dank, Giovanni!)

Und wenn mir jemand voriges Jahr zu Weihnachten prophezeit hätte, dass ich in Rom jede Woche ein Fußballspiel besuchen würde, hätte ich ihm geraten, die Medikamente sofort abzusetzen, die der Arzt ihm verordnet hat.

Aber genauso sieht mein Leben jetzt aus – immer sonntags und mittwochs sitze ich auf der Tribüne und schaue beinahe zwei Stunden zu, wie Matteo einem Ball hinterherrennt. Ich bin zwar *kein* Fan der Gelben, aber die Mannschaft spielt wirklich gut. Wenn sie dieses Spiel gewinnen und anschließend noch die nächsten beiden, steigen sie automatisch in Serie A auf.

Diesen Zusammenhang verstehe sogar ich – und so

langsam bekomme ich überhaupt ein gewisses Verständnis für Fußball.

Allerdings begreife ich nicht, warum mein Freund – ein Abwehrspieler – den Ball zum Gegner schießt; warum er außerhalb des Strafraums zu einem Torschuss ansetzt …

… und dieser Ball tatsächlich im Tor landet!

Matteos Teamkollegen reißen ihn begeistert zu Boden, während 14 000 Frosinone-Fans total durchdrehen und einen italienischen Gesang anstimmen, den ich vielleicht *eines Tages* sogar verstehen werde. Als die Spieler wieder zum Anstoß Aufstellung nehmen, biegt Matteo in Richtung Seitenlinie ab, wendet den Kopf in alle Richtungen und hält Ausschau nach mir. Ich winke ihm zu, damit er mich sieht. Als er mich anlächelt und mit dem Finger auf mich zeigt, macht mein Herz vor Freude einen Rückwärtssalto. Ich weiß genau, dass er damit das Gleiche sagen will wie bei der Hochzeitsfeier in Cortona, als er beschlossen hat, den Fußball doch nicht aufzugeben.

Du hast das geschafft.

Ich zucke theatralisch die Schultern. *Ja, vielleicht* … Dann zeige ich auf ihn und anschließend auf die vielen Hundert Leute um mich herum, die über dieses Tor immer noch total aus dem Häuschen sind. Leute, die er damit glücklich gemacht hat.

Aber du hast das *geschafft* …

»Es gibt da ein paar … technische Fragen«, sage ich nach dem Spiel zu Matteo, als wir auf dem Parkplatz des Stadions in seinem Audi sitzen und gleich nach Flaminio fahren wollen, wo wir mit Sofia und Gennaro zum Essen verabredet sind. (Eigentlich finde ich solche Doppeldates mit der Ex meines Freunds ja seltsam, aber Matteo und ich sind vor ein paar Monaten auch mit Stephen und Diana ausgegangen, als Matteo mich in New York besucht hat. Von daher sind wir wahrscheinlich alle vier ein bisschen schräg.) Er öffnet die Schachtel mit den *sfogliatelle,* die ich als »Hausaufgabe« für meinen morgigen Kurs vorbereitet habe. Das ist auch eins von unseren kleinen Ritualen – ich komme zu seinen Spielen, und Matteo testet meine kulinarischen Kreationen.

Wenn ich ganz ehrlich bin, hat er dabei den besseren Part erwischt.

Matteo beißt hinein und legt dann den Kopf in den Nacken. Das macht er jedes Mal, aber ich kann damit leben.

»Gott sei Dank muss ich nicht mehr diese Diät halten«, schwärmt er und verspeist auch noch den Rest. »Ansonsten würde ich den schönsten Vorzug dieser Beziehung verpassen.«

Mit gespielter Empörung entreiße ich ihm die Schachtel. Lachend versucht er, noch ein Stück zu erwischen, doch ich bin schneller und stopfe es mir komplett in den Mund. Dabei krümele ich mir Unmengen von Zucker über Lippen und Kinn. Ich versuche ihm die Zunge herauszustrecken, schaffe es jedoch nicht, da mein Mund viel zu voll ist. Deshalb kaue ich einfach weiter … und kaue und kaue, bis ich endlich widersprechen kann.

»Ich hab vielleicht ein bisschen zu viel Zimt benutzt.«

»Bist du sicher?« Er beugt sich zu mir herüber und drückt sanft seine Lippen auf meinen Mund. Als er sich wieder von mir löst, ist seine Unterlippe leicht mit Zucker überzogen, was mich an den Schnee erinnert, der mich voriges Jahr zu Weihnachten in Rom so kalt erwischt hat. Jener Schnee, der vielleicht dafür verantwortlich ist, dass wir uns ineinander verliebt haben und nach unserer ersten Begegnung nicht unserer Wege gegangen sind, ohne uns jemals wiederzusehen. »Ich finde sie perfekt.«

»Okay«, entgegne ich und streichele seine Wange, wobei ich sie leicht mit Zucker beschmiere. Aber das stört uns beide nicht. So ist das, wenn man glücklich und zufrieden ist – und dazu habe ich im Moment wahrlich allen Grund. Ich wohne in meiner Lieblingsstadt, studiere das, was mich begeistert, und mein Freund ist ebenfalls hier und geht seiner eigenen Leidenschaft nach. Dabei motivieren wir uns gegenseitig, uns immer weiter zu verbessern, und erinnern uns gleichzeitig daran, dass wir trotzdem *gut genug* sind. »Es ist … es ist einfach perfekt.«

Dann küssen wir uns wieder.

Stephanie Elliot und James Noble sind die beiden Autoren hinter dem Pseudonym Catherine Rider. Stephanie Elliot arbeitet als Lektorin in New York und lebt mit ihrem Mann und ihrer Tochter in Brooklyn. James Noble ist Lektor und hat bereits mehrere Romane unter verschiedenen Pseudonymen verfasst. Als waschechter Londoner arbeitet er heute in einem Londoner Verlag.

Von Catherine Rider ist ebenfalls bei cbt erschienen:
Kiss me in New York (16455)
Kiss me in Paris (16478)
Kiss me in London (16520)

Catherine Rider

Kiss me in Paris

ca. 300 Seiten, ISBN 978-3-570-16478-5

New Yorkerin Serena Fuentes hatte es sich alles so schön vorgestellt: Paris, die Stadt der Liebe, 21. Dezember, auf den Spuren der Hochzeitsreise ihrer Eltern, gemeinsam mit der Schwester – Romantik pur! Doch die Schwester düst mit ihrer neuesten Flamme nach Madrid ab, während Serena bei einem komplett Fremden unterkommen muss. Quelle horreur! Jean-Luc Thayer ist nur mäßig begeistert von der Aussicht, eine amerikanische Touristin babysitten zu müssen. Umso irritierter ist er, als Serena ihn auf eine von A bis Z durchgeplante Tour durch die Stadt mitzerrt. Jean-Luc improvisiert lieber, vorzugsweise mit der Kamera. Aber irgendwann merken Serena und Jean-Luc, dass Gegensätze sich anziehen ...

Catherine Rider

Kiss me in London

ca. 320 Seiten, ISBN 978-3-570-16520-1

London, eine Woche vor Weihnachten. Der 19-jährige Jason Malone ist das erste Mal in der Stadt seiner Träume, denn er will sein Jura-Studium sausen lassen und Schauspieler werden. Ein Stipendium der Royal Academy of Dramatic Arts wäre der erste Schritt in die richtige Richtung, doch dafür muss Jason vorsprechen. Cassie Winter hat die Nase voll vom Theater, Film und Schauspielern im Besonderen. Und das hat Gründe. Als Jason und Cassie sich bei einer Vorführung von *Les Misérables* über den Weg laufen, beschließen sie, London gemeinsam zu erkunden und erleben ein paar Tage voller unverhoffter Überraschungen ...

20292

cbj

www.cbj-verlag.de

Rachel Cohn / David Levithan

Dash & Lily – Ein Winterwunder

ca. 320 Seiten, ISBN 978-3-570-31191-2

Kurz vor Weihnachten entdeckt Dash in einer Buchhandlung ein rotes Notizbuch, in dem ein Mädchen namens Lily den Finder zu einem geheimnisvollen Spiel auffordert. Bald schicken sich die beiden gegenseitig quer durch Manhattan. Über das Notizbuch tauschen sie ihre Gedanken und Träume aus und kommen sich dadurch näher – das erste Treffen zögern sie hinaus, bis es fast zu spät ist ...

30309

www.cbt-buecher.de

Rachel Cohn / David Levithan

Dash & Lily – Neuer Winter, neues Glück

ca. 300 Seiten, ISBN 978-3-570-31158-5

Seit Dash und Lily letztes Weihnachten ein Paar geworden sind, ist allerhand passiert: Lilys geliebter Großvater hatte einen Herzinfarkt und die Familie steht vor der schwierigen Frage, ob sie ihn noch zu Hause betreuen kann. Lily leidet sehr unter der angespannten Situation. Dabei steht in zwölf Tagen bereits wieder Weihnachten vor der Tür – Lilys Lieblingstage im Jahr! Höchste Zeit für Dash, ihr den magischen Zauber von New York City im Dezember wieder vor Augen zu führen …

30310

www.cbt-buecher.de